大运河古诗词三百首

程章灿　赫兆丰　主编

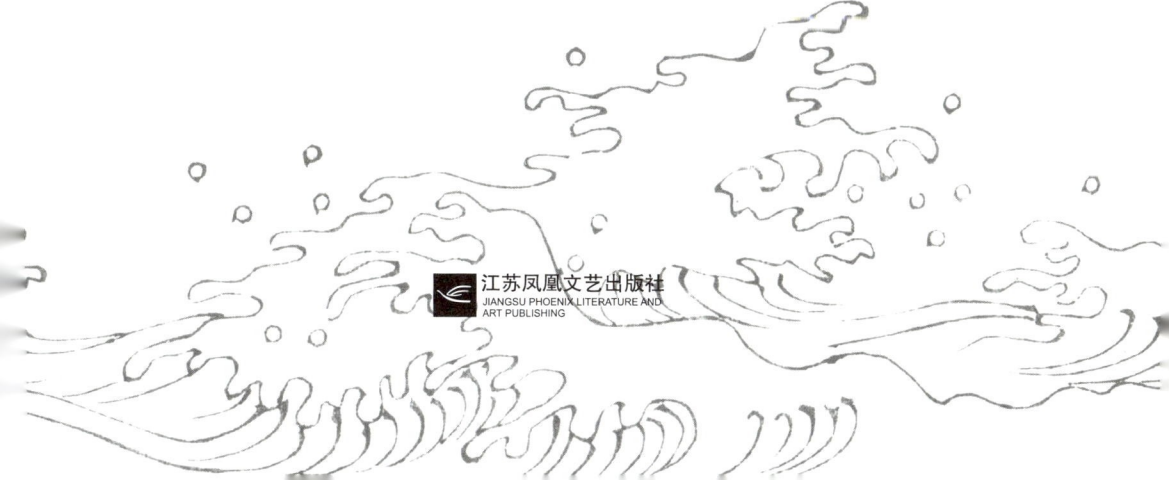

编委会名单

主　　编　　程章灿　赫兆丰

编写组成员　于　溯　刘　驰　杨化坤　卜兴蕾

　　　　　　　郭　薇　时文甲　侯承相　陈灿彬

　　　　　　　刘碧波　张鑫龙　陈健炜　余正帆

　　　　　　　王　琦　汪　斌　付英超

前　言

众所周知，大运河是举世瞩目的东方奇迹，但是很少有人注意到，大运河实际上有两种存在形态，甚至可以说，这个世界上同时存在着两条大运河。

一条是在中国大地上流淌着的大运河，它包括京杭大运河、隋唐大运河、浙东运河三个部分，流经浙江、江苏、安徽、山东、河南、河北、天津、北京等8个省市，贯通钱塘江、长江、淮河、黄河、海河等五大水系，贯通南北。这条绵延数千公里的大运河，是古代中国人伟大的工程创造，沟通了中国京津、燕赵、齐鲁、中原、淮扬、吴越等文化区域，是促进国家统一与民族融合的大动脉。这条大运河可以溯源至春秋时代，已有2500多年的历史，但直至今天，它仍与民生国运须臾不可分离，是中国大地的地理奇观，也是"一部书写在华夏大地上的宏伟诗篇"。

另一条是在中国古诗词中流淌的大运河，历经隋、唐、宋、元、明、清，在长达一千多年的时光里，在以宋之问、张若虚、王维、孟浩然、韩愈、刘禹锡、白居易、杜牧、李商隐、韦庄、柳永、范仲淹、张先、晏殊、梅尧臣、欧阳修、王安石、贺铸、周邦彦、杨万里、姜夔、戴复古、文天祥、袁桷、张翥、王冕、张羽、高启、李东阳、杨慎、朱曰藩、尤侗、陈维崧、朱彝尊、屈大均、王士禛、潘耒、郑板桥、姚鼐、龚自珍、文廷式等人为代表的众多著名诗家词人的手中，这条河流出了平仄相间的音韵谐美，也流出了五彩缤纷和回味不尽的隽永。这条河中沉淀了国族的盛衰分合，也浸透了个人的悲欢离合。这是一条古诗词的大运河，尽管长度难以精确统计，深度也难以准确测量，但是，可以确定无疑的是，它是从最有才华、最为敏感的一批中国诗人的心上淌出来，又流进更多中国人的心灵里。这是中国人心中的一条大运河。

地上的大运河与心中的大运河，当然是不同的：前者是实体的、物质的，后者是虚拟的、文献的；前者是在大地之上流淌的，后者是在文字之中流淌的；前者是土石水草混合的流动道路，后者是字词章句构筑的文本之河；前者保留了历史遗址和文化遗迹，后者存录了古人的身影、声音和情怀。另一方面，心中的大运河又是地上的大运河的映现，两条大运河相互交叉缠绕，交相辉映，在日夜不停的流淌中，积淀成为中华文明的重要符号。

这条古诗词的运河，虽然历经一千多年，凝聚了无数名家巨匠之才智，却鲜少以物质形态固定下来，也罕见系统的收集、爬梳和整理。编纂《大运河古诗词三百首》，就是要以书籍的形式，呈现这条文本的大运河。我们从历代诗词总集和别集中，精选227位诗人吟咏大运河的古诗词三百首，加上简要的注释以及要言不烦的评析，再配上精美的插图出版。全编共选录各体古诗词三百首，这是第一次以"三百首"这种经典选本的方式，将这条古诗词的大运河引介给21世纪的读者。从此，这条大运河将从古人的心目之中，潺潺流入今人的心目。

这部大运河古诗词选本，是地上的大运河和心中的大运河的融合，是古人的心目与今人心目的通接，是两条大运河在经典化道路上的交汇。大运河早已成为中华文明史的经典符号，而"三百首"则是中国文学史的经典符号。"诗三百，一言以蔽之，曰思无邪。"孔夫子一锤定音，奠定了《诗三百篇》也就是《诗经》的经典地位。后人继起，编撰了以《唐诗三百首》《宋词三百首》为代表的"三百首"系列的选本。"三百首"作为文学经典的地位越来越牢固，不可动摇。《大运河古诗词三百首》中所选诗家词人，大多是古诗词的经典作家，前文所开列的那一长串名单可以为证。这些名家出手不凡，艺术功力深湛，为这些作品奠定了经典化的基础。例如，被称为"诗仙"的唐代诗人李白所作《题瓜洲新河饯族叔舍人贲》，这原本是一首寻常的离别诗，但李白开门见山，开口便道："齐公凿新河，万古流不绝。丰功利生人，天地同朽灭。"有了这样气象恢宏、大气磅礴的句子，这诗便显得不同寻常。对于李白来说，"万古流不绝"自然说的是他眼中那条盛唐开元二十六年（738）润州刺史齐澣所开凿的瓜洲新河，也就是瓜洲运河，但我们完全可以借用这一句诗，来描述这条古诗词的大运河。

面对大运河这条历史长河，诗人们是观察者，也是感受者，是评说者，也是记录者。他们的感兴是丰富的，他们的视角是多样的：

在诗人眼中，大运河是一条时间之河。从时间上看，大运河所涉及的时间，既有突出的漫长性，又有明显的阶段性。就漫长性来说，它长达2500多年，一直可以上溯到春秋时代吴王夫差开凿邗沟那个时代。就阶段性来说，大运河的历史主要分为三期：雏形草创的春秋时期，这可以称为大运河的1.0版本时代；规模初见的隋代时期，这可以称为大运河的2.0版本时代；体系成型的元朝时期，这可以称为大运河的3.0版本时代。越到后来，大运河的网络联接能力越强，影响辐射范围越广。其中，隋代无疑是最有历史意味、最值得关注的时段。"眼看他起朱楼，眼看他宴宾客，眼看他楼塌了。"隋代只是一个短命的王朝，但是，隋文帝尤其隋炀帝主持开凿了山阳渎、通济渠、永济渠，又重新疏通扩大了江南运河和浙东运河，使运河实现了全线贯通，成为全国性的运河体系，真正具有了"大"的规模和气势。从这一点来说，隋代承上启下，贡献最大。而大运河作为隋代给中国留下的最为重要的历史遗产，其成败利弊，自然成为后人评说隋朝及隋炀帝的最重要焦点。本书所选古诗词中，以隋堤、隋宫、隋帝陵为吟咏主题的，可谓比比皆是，不胜枚举。与此同时，隋炀帝也顺理成章地成为"箭垛式的人物"，几乎受到千夫所指。实际上，隋炀帝之恶未必如史书所谴责的那样不堪，这正如当年子贡评说商纣王的时候说过的："纣之不善，不如是之甚也。是以君子恶居下流，天下之恶皆归焉。"晚唐诗人皮日休在其《汴河怀古二首》之二中写道："尽道隋亡为此河，至今千里赖通波。若无水殿龙舟事，共禹论功不较多。"比起屡见不鲜、层层相因的怀古感慨，比起诸多人云亦云的史论，皮日休这篇怀古诗貌似翻案，实则持论公平，一分为二，还隋朝以及隋炀帝以公道，不仅体现了诗人独特的视角，而且体现了他超卓的史识。

在诗人眼中，大运河是一条空间之河。从空间上看，大运河从南到北分为几段，沿线串联了很多古都名城、名山大川，沟通了多个不同的文化区域。古诗词中均有涉及，多少不均。把古诗词中写到的这些地点联结起来，就串成一条大运河的诗歌之路。很多历史文化名城的命运，与大运河息息相关，甚至可以说，有些名城就是由大运河催生的，更有甚者，民间乃至于出现了"北京城是从大运河上漂来的"的说法。望文生义地说，大运河就是这些名城的"大运"之河。以大运河江苏段为例，分布在大运河沿线的淮安、扬州、高邮、镇江、苏州等名城的兴衰，与大运河都有密切的关系。扬州是其中最为典型的例子。扬州处于大运河与长江交汇点上，自隋炀帝南游、在此修筑宫殿迷楼，扬州逐渐脱颖而出，成为全国水陆交通中心和中外贸易的重要港口。到了唐代，扬州与西南的益州（成都）并称"扬一益二"，是唐代除东西两京以外最引人瞩目的繁华城市。唐代诗人张祜客游至此，曾作《纵游淮南》一诗，表达其由衷的欢喜赞叹之情："十里长街市井连，月明桥上看神仙。人生只合扬州死，禅智山光好墓田。"一个人生于何地，是不由自主的，但葬于何地，却可以选择。张祜不是扬州人，没有生长于扬州自是遗憾，只能希冀死后葬于扬州，可见他对这座运河之城的高度认同。另一方面，扬州又因其与隋代的特殊关系，而成为大运河文化带最富有意味的时空交汇点之一，本书所选诗词作品，有关扬州的特别多，并非偶然。扬州特殊的地理位置和繁荣的城市景象，催生了很多优秀的运河诗篇，比如唐代扬州籍诗人张若虚的名篇《春江花月夜》。张若虚仅凭这一篇作品就名垂诗史，被人称为"孤篇横绝，竟为大家"。有人说这首诗创作于瓜洲镇，有人说创作于广陵古曲江之地，总而言之，它是扬州运河文化中心地带的产物。被历代朝鲜半岛学人尊为朝鲜半岛文学宗祖的新罗文人崔致远，在唐朝居留17年，曾任职于淮南节度使高骈幕府。他回国前曾作《酬杨赡秀才送别》，期望"好把壮心谋后会，广陵风月待衔杯"，表达了对友人及唐朝的依依难舍之情。

诗人们观察作为空间之河的大运河，还有另外一个特色视角，那就是眼光开阔，涉及整个大运河文化带。根据《大运河文化保护传承利用规划纲要》，大运河文化带划分为三个层次："核心区""拓展区""辐射区"。核心区"主要指大运河主河道流经的县（市、区），包含典型河道段落和重要遗产点，是孕育形成大运河文化的主要空间，也是大运河文化带的关键区域"；拓展区"主要是指大运河主河道流经的地市，是大运河文化向外逐步拓展与沿线地域文化融合的交汇地带，也是大运河文化带的重点区域"；辐射区"主要是指大运河主河道流经的省（市），是大运河文化进一步向外传播辐射的联动区域，也是支撑和保障大运河文化带的省域空间"。本书所选三百首诗词，涉及大运河文化辐射区的8个省（市），多数属于大运河文化带的核心区和拓展区。其中题咏大运河江苏段的作品选录较多，这主要是因为此类作品本身较多，另一方面也是因为编者有意突出这一重点。

在诗人眼中，大运河是一条意象之河，流淌着无数的意象。意象有的宏大，有的具体，但都充满了自然或者人文历史内涵。大者如钱塘江、长江、淮河、黄河、汴水、泗水、济水、海河等水系意象，中者如沟池、渡口、桥梁、亭驿、寺庙、隋堤等空间意象，小者如琼花、淮白、吴粳、鲈鱼、官柳等风物意象。经过诗歌的开掘，这些意象日益丰富，由文学意象深化成文化意象，成为运河沿线风景和历史文化的重要符号。这些意象与诗人们的行旅结合在一起，让人联想到大运河之上各种各样的流动：水的流动、船的流动、物的流动、人的流动，以至情思的流动、生命的流动。大运河古诗词，抒写的就是流动的历史、流动的情怀。细细品味这些诗作中的意象，可以在脑海中组合成一幅大运河的生活图画，也可以更好地理解大运河对人们日常生活的意义。唐代张继的《枫桥夜泊》，是人人耳熟能详的诗篇："月落乌啼霜满天，江枫渔火对愁眠。姑苏城外寒山寺，夜半钟声到客船。"乌啼和钟声诉诸听觉，霜月、江枫和渔火诉诸视觉，这些富含情韵的美妙的意象，只有与大运河的背景结合起来，只有在充满动感的夜行船中，才会显得格外美妙。城渐远，山寺渐近，寂静中的声音，时间与空间的切换，很多人的大运河夜航船的行旅经验都被这首短诗代言了。

再举一例意象之大者。姚鼐是清代桐城派散文大家，并不以诗名，但他的《德州浮桥》诗在设喻取象上却写得很有特色："运河绕齐鲁，势若张大弓。隈中抱泰岳，两萧垂向东。""隈"指的是弓把两边的弯曲处，"萧"指弓箭的末段。从地图上来看，流经齐鲁大地的大运河确实形如一张大弓，姚鼐诗句采用鸟瞰视角，连环设喻，不仅形象生动，而且新奇贴切，读后给人留下深刻的印象。姚鼐的诗固然是一篇文学作品，但对于认识大运河的走向，尤其是对于了解大运河山东段的走向特点，却具有地图学所不可取代的生动性和形象性。

在诗人眼中，大运河还是一条历史之河。那些发生在大运河之上的史事，也透过诗人之眼，被记录了下来，成为一种特殊视角、特殊价值的历史文献。南宋时代，大运河是宋金使节来往的必经之路。乾道五年（1169），楼钥随其舅汪大猷出使金朝，沿途作《北行日录》，还作诗记录所见所闻所思所感。他在《泗州道中》诗中写道："行役过周地，官仪泣汉民。中原陆沉久，任责岂无人。"目睹陆沉已久的中原故国，听到遗民追思故国的悲泣之声，楼钥哀痛不已。此番运河之行，对楼钥而言，就是亲眼见证家国兴亡之旅。差不多百年之后，民族英雄文天祥兵败被掳北上，在运河道上亲历了亡国的惨痛。因为这些诗人的抒写，运河成为兴亡的见证。清代康熙、乾隆二帝南巡，途中往往考察运河漕运以及水利工程。康熙四十二年（1703），皇帝第四次南巡，途经高邮。当地士人贾国维献《万寿无疆诗》《黄淮永奠赋》，大合帝意，被召至沙船，试以《河堤新柳》七律一首，其首联"官堤杨柳逢时发"，暗含颂圣之意，再次大得康熙欢心，从此被康熙拔擢重用，成为康熙身边的红人。乾隆也曾多次南巡，理政余暇，在运河沿线流连风景，留下了不止一首题咏大运河的诗作。清代著名文学家蒲松龄，曾担任高邮知州孙蕙的幕僚，协助孙蕙处理河务，并写过《河堤远眺》等诗作。对于小说家蒲松龄而言，高邮的这番经历是他人生难得的一段体验。按照传统的诗歌题材分类，大运河古诗词中最常见的是怀古咏史、羁旅行役、离别送行以及山水游览等几类诗。从广义的角度来讲，这些题材类型都与历史场景相关。大运河所具有的恢宏的时空背景，对于敏感的诗人来说，就是最好的诗料，也为他们的诗作提供了深厚的历史背景。而这些诗作传之后世，也融入大运河的历史之中，成为运河的文化风景。

在诗人眼中，大运河也是一条文化之河，诗人们行走其中，自然也能体会其所蕴藏的中国文化精神。中国传统文化中，经常以自然界中的事物来比拟人世伦理道德，仁山智水，就是一种以山水比德的说法。"子在川上曰：'逝者如斯夫，不舍昼夜。'"感慨时光的流逝，强调时不我待、自强不息的努力，这是儒家对于水德的认识。大运河的开凿、使用和治理的过程，就体现了这样一种民族文化精神。练湖闸是宋代大运河沿岸重要的水利工程，运河水位较低时，即开闸引湖水济漕。杨万里《练湖放闸》（其一）生动地描写了开闸放水时的壮观景象，体现了这一工程的浩大及其设计的精巧："满耳雷声动地来，窥窗银浪打船开。练湖才放一寸水，跳作冰河万雪堆。"运河的治理，历来是一项艰巨的工程。清人潘耒在《汴河行为方中丞欧馀作》中，描述清代山东巡抚方大猷（欧馀）率领当地人民治河，废寝忘食，辛劳投入，十分感人："公也捧节来治河，赤手与塞滔天波。指挥人徒三十万，北河柳尽南河柯。大帚如山小如蝶，一浪不敌冲风过。晨餐掬泥土，夕眠枕盘涡。以身为石发为皁，乃感帝力鞭鼋鼍。荆隆口闭神马塞，汴河南北重蚕麻。"另一方面，正如《荀子》所言，"水能载舟，亦能覆舟"，这是中国古代学者对于人与自然、君与民、治理与被治理关系的思考。清道光十九年己亥（1839）五月十二日，诗人龚自珍行抵淮安清江浦，目睹运河纤夫艰难拉漕船的情形，深有感触，作《己亥杂诗》第八十三首，其诗云："只筹一缆十夫多，细算千艘渡此河。我亦曾縻太仓粟，夜闻邪许泪滂沱。"这虽然是一个普通官员的自省，也含有对于"覆舟"的戒惕。往深里说，这其实就是中国传统文化中的忧患意识和民胞物与情怀的表现。从这一视角来说，大运河古诗词可以说展现了中国文化的情怀。

总之，大运河古诗词是一条诗歌之河。这些诗词体裁形式多样，有五七言绝句、五七言律诗、五七言古诗，还有词作，小令慢词皆有。本书将诗词混编，以诗人生卒年先后为序。词体之中，也不乏柳永、张先、周邦彦等名家之作。例如，周邦彦的《绕佛阁·旅况》就是一首长调慢词，其题材则是周邦彦最为擅长的羁旅行役之词。其下片云："倦客最萧索，醉倚斜桥穿柳线。还似汴堤、虹梁横水面。看浪颭春灯，舟下如箭。此行重见。叹故友难逢，羁思空乱。两眉愁、向谁舒展。"其表达的精致和婉约，令人遥想北宋时代的人文风貌，即使在大运河路上奔走的倦客，也不失其优雅气度。

这三百篇历代诗家词人们优美的诗作，有如文学献给大运河的三百颗珍珠。本书试图将其串成一串项链，披挂到大运河身上，也呈献于读者的眼前。让我们一起沿着古典斑斓的诗句，沿着时间这条"逝者如斯"的流水，走进"万古流不绝"大运河。

　　本书从选题策划到最终出版，得到了原省委常委、宣传部部长、现任省人大常委会副主任王燕文同志和省委宣传部、省大运河文化带建设工作领导小组办公室的关心指导，得到了江苏凤凰出版传媒股份有限公司总编辑徐海、江苏凤凰文艺出版社社长张在健、南京大学文学院院长徐兴无等领导的大力支持。书中插图选自江苏省国画院提供的《中国大运河史诗图卷》。在此一并致谢。

程章灿　赫兆丰

2020年8月16日

目录

隋
无名氏	隋炀帝幸江南时闻民歌	三
虞世南	奉和出颍至淮应令	四
杨 广	早渡淮	五
	泛龙舟	六

唐
宋之问	初宿淮口	一一
	夜渡吴松江怀古	一二
张若虚	春江花月夜	一三
王之涣	送别	一五
孟浩然	耶溪泛舟	一六
	扬子津望京口	一七
王泠然	汴堤柳	一八
王 湾	次北固山下	二〇
王昌龄	芙蓉楼送辛渐	二一
王 维	千塔主人	二二
李 白	别储邕之剡中	二三
	题瓜洲新河饯族叔舍人贲	二四
	魏郡别苏少府园北游	二五
崔 颢	维扬送友还苏州	二六
	晚入汴水	二七
	舟行入剡	二八
刘长卿	送子婿崔真甫、李穆往扬州四首（其二）	二九
孟云卿	汴河阻风	三〇
李 益	汴河曲	三一
	莲塘驿	三二
孟 郊	汴州留别韩愈	三三
张 继	枫桥夜泊	三四
权德舆	广陵诗	三五
韩 愈	汴泗交流赠张仆射	三七
王 建	汴路即事	三九
白居易	钱塘湖春行	四〇
	长相思二首（其一）	四一
	汴河路有感	四二
刘禹锡	杨柳枝	四三
	杨柳枝词	四四
李 绅	宿扬州水馆	四五
姚 合	寄汴州令狐楚相公	四六
李 涉	醉中赠崔膺	四七
张 祜	隋堤怀古	四九
	纵游淮南	五〇
	题金陵渡	五一
鲍 溶	隋帝陵下	五二

唐

许　浑	汴河亭	五三
	京口津亭送张崔二侍御	五四
朱庆馀	南湖	五五
李敬方	汴河直进船	五六
杜　牧	汴河怀古	五七
	汴河阻冻	五八
	寄扬州韩绰判官	五九
罗　邺	汴河	六〇
徐　凝	忆扬州	六一
	汴河览古	六二
李商隐	隋宫	六三
	隋宫	六四
薛　能	杂曲歌辞·杨柳枝	六五
许　棠	汴上暮秋	六六
	汴河十二韵	六七
罗　隐	汴河	六八
	中元夜泊淮口	六九
韦　庄	过扬州	七〇
	河传	七一
皮日休	汴河怀古二首	七二
胡　曾	汴水	七三
秦韬玉	隋堤	七四
李山甫	隋堤柳	七五
刘　沧	经炀帝行宫	七六
崔致远	酬杨赡秀才送别	七七
翁承赞	隋堤柳	七八
	杨柳枝	七九

宋

孙光宪	河传	八五
柳　永	雨霖铃	八六
范仲淹	赴桐庐郡淮上遇风三首（其一）	八八
张　先	惜琼花·汀蘋白	八九
	江南柳·隋堤远	九〇
	虞美人·述古移南郡	九一
晏　殊	寒食游王氏城东园林因寄王虞部	九二
宋　庠	汴渠春望漕舟数十里	九三
梅尧臣	汴渠	九四
	汴之水三章	
	送淮南提刑李舍人（其二）	九六
	送胡臣秀才	九七
石　介	汴渠	九八
欧阳修	送朱职方提举运盐	一〇〇
	自河北贬滁州初入汴河闻雁	一〇三
苏　洵	送王吏部知徐州	一〇四
祖无择	汴水即事	一〇六
蔡　襄	泗州登马子山观漕亭	一〇七

宋			
刘 敞	山光寺	一〇九	
黄 庶	汴河	一一〇	
金君卿	汴渠	一一二	
王安石	泊船瓜洲	一一四	
	汴流	一一五	
	和吴御史汴渠	一一六	
郑 獬	汴河曲	一一八	
沈 遘	山光寺一首		
	（寺本隋炀帝故宫）	一二〇	
王 令	九曲池悼古	一二一	
韦 骧	初入淮上	一二三	
	汴河	一二四	
张舜民	行运河辛大观先行以此走寄	一二五	
苏 轼	虞美人	一二七	
	江城子·恨别	一二八	
	如梦令·题淮山楼	一二九	
苏 辙	高邮别秦观二首（其一）	一三〇	
	迟钝赏州纯老	一三一	
	水调歌头·徐州中秋	一三二	
	同子瞻泛汴泗得渔酒二咏		
	（其一）	一三三	
孔武仲	汴河	一三四	
	大业二绝（其二）	一三六	
黄庭坚	新息渡淮	一三七	
刘 弇	早发襄邑	一三八	
	九曲池	一三九	
	雷塘	一四〇	
秦 观	秋日三首（其一）	一四二	
	泗州东城晚望	一四三	
赵令畤	清平乐	一四四	
华 镇	登舟夜作	一四五	
贺 铸	汴渠夜泊示毕绍彦祖	一四六	
	汴上留别李智父	一四七	
	汴下晚归	一四八	
张 耒	初离淮阴闻汴水已下呈七兄	一四九	
周邦彦	绕佛阁·旅况	一五〇	
	浣溪沙	一五二	
	兰陵王·柳	一五三	
	尉迟杯·离恨	一五五	
	青房并蒂莲·维扬怀古	一五六	
陈 瓘	减字木兰花	一五八	
毛 滂	雨中花·下汴月夜	一五九	
	玉楼春·至盱眙作	一六〇	
饶 节	次韵吕无求同泛汴水	一六一	
德 洪	都下送僧归闽	一六二	
韩 驹	夜泊宁陵	一六三	
周紫芝	秀淮亭晚眺	一六四	
李 纲	九月八日渡淮	一六五	

宋

吕本中	舟行次灵璧二首（其一）	一六七
	题淮上亭子	一六八
朱弁	绍兴十三年自云中奉使回送伴至虹县以舟入万安湖	一六九
曾几	适越留别朱新仲	一七〇
沈与求	观琼花	一七一
王以宁	念奴娇·淮上雪	一七二
曹勋	隋堤草	一七四
王十朋	炀帝	一七六
韩元吉	行汴渠中	一七七
葛立方	好事近·归有期作	一七八
	春光好·寒食将过淮作	一七九
颜师鲁	第一山	一八〇
范成大	汴河	一八一
杨万里	归舟大雪中入运河，过万家湖	一八二
	至洪泽	一八三
	初食淮白	一八四
	过奔牛闸	一八五
	练湖放闸（其一）	一八六
	初入淮河四绝句（其一）	一八七
	松江鲈鱼	一八八
丘崈	垂丝钓·戊戌迓客。自入淮南，多所感怆作	一八九
王炎	通守赵侯改倅会稽以诗饯行	一九〇
楼钥	泗州道中	一九一
	北行雪中渡淮	一九二
虞俦	初八日早出洪泽闸泛淮	一九三
许琮	隋堤用罗昭谏韵	一九四
刘过	瓜洲歌	一九五
姜夔	送范仲讷往合肥三首（其一）	一九七
	扬州慢	一九八
刘宰	运河行	二〇〇
戴复古	淮上回九江	二〇三
乐雷发	汴堤柳	二〇四
潘希白	送蒋朴之维扬	二〇五
文天祥	发高邮	二〇六
	维扬驿	二〇八
	念奴娇·和友驿中言别	二〇九
汪梦斗	南乡子·初入都门漫赋	二一〇
汪元量	淮安水驿	二一一
汤仲友	枫桥	二一二
施岳	水龙吟	二一三

元

耶律铸	炀帝故宫	二一九
	眼儿媚·醴泉和高斋过炀帝故宫	二二〇

元

王恽	浣溪沙·付高彦卿		二二一
方回	洛社晓行		二二二
董朴	保应店		二二三
鲍寿孙	维扬怀古		二二四
冯子振	题扬州琼花		二二五
吴存	江城子·高邮舟中		二二六
黄庚	炀帝行宫		二二七
袁桷	直沽口		二二八
萨都剌	过嘉兴		二二九
张翥	沁园春·广陵九日		
	与刘士幹成元璋泛舟邗沟		二三一
	萤苑曲		二三三
王冕	过京口		二三五
张昱	汴河怀古		二三六
傅若金	直沽口		二三七
邵亨贞	凤来朝·汴堤送别		二三八
陈基	青丝络马头送李彦章		二三九
许恕	长亭柳		二四一

明

释宗泐	杨柳枝词		二四七
张羽	纪行诗八首·邗沟		二四八
孙蕡	过隋宫故址		二五〇
徐贲	咏三虫·萤		二五三
陈祯	和弟景容见寄韵		二五四
高启	十宫词·隋宫		二五五
	舟次丹阳驿		二五六
陈伯康	汴河堤		二五七
王恭	隋堤柳		二五八
唐之淳	奉和春日汴河即事之韵		二六〇
	直沽口占		二六一
胡俨	汶上开河与仲熙、子启		
	登岸散步		二六二
程本立	杨花曲		二六四
吴实	芜城		二六六
曾棨	舟次开河,同胡祭酒、		
	邹侍讲登岸散步长林诗		二六七
张绅	送友赋得玉钩斜		
	(在扬州。炀帝葬宫人处)		二六九
薛瑄	卫河舟中怀古		二七一
	过邗沟怀古		二七二
李裕	经九曲池		二七三
程敏政	八甲湾复会亚卿同行		
	至开河驿始别		二七四
	琼花		二七五
李东阳	吴粳万艘		二七六
王廷相	芜城歌		二七七
陆深	行经隋堤有感		二七八
汤珍	浪淘沙三首(其一)		二七九

明

方　豪	开河二首	二八〇
杨　慎	河传·咏隋堤	二八一
李　濂	甲辰元夕	二八三
詹　瀚	开河迤南即事	二八四
王　畔	书开河驿壁	二八五
岳　岱	邗沟	二八六
朱曰藩	隋堤柳	二八七
宋登春	送句吴豪士重游大梁	二八八
欧大任	过隋故宫二首（其二）	二八九
	寻迷楼遂登平山堂	二九〇
	初秋登迷楼	二九一
郭谏臣	开河驿夜坐	二九二
宗　臣	南旺湖夜泊	二九三
王穉登	海夷八首（嘉靖甲寅）（其四）	二九四
唐伯元	过南旺，与玉车游蜀山湖，湖中逢檀季深、季明二昆仲	二九五
林　章	夜度恨这关	二九六
张　萱	广陵九曲池怀古	二九七
	迷楼怀古	二九八
邓云霄	和米君梦秋柳诗十二首（其四）	三〇二
谢肇淛	南旺挑河行	三〇三

章士雅	柳枝词	三〇五
徐石麒	山亭柳·咏隋堤柳	
	和邹程村韵	三〇六
区怀年	邗沟	三〇八
冯　班	柳枝词	三〇九
郭之奇	邗江秋月夜	三一〇
梁以壮	隋堤	三一二
陈子升	隋宫	三一三
王邦畿	隋宫	三一四

清

顾炎武	清江浦	三一九
陆求可	千秋岁引·维扬怀古	三二一
曹尔堪	西江月·隋苑	三二三
尤　侗	菩萨蛮·扬州怀古	三二四
吴　绮	太常引·隋宫吊古	三二六
俞士彪	贺新郎·九日途中忆兄璈伯	三二七
杜　濬	平山怀古	三二九
陈维崧	点绛唇·江楼醉后与程千一	三三〇
邹祗谟	山亭柳·咏隋堤新柳	三三一
朱彝尊	题分水庙	三三三
董元恺	迷仙引·访迷楼故址	三三四
屈大均	太常引·隋宫故址	三三六
陈恭尹	怀古十首·隋宫	三三七
孙　蕙	浚河行	三三八

清

王士禛	高邮雨泊	三四〇
田 雯	水关行	三四一
李 符	怨王孙·自京口渡瓜洲	三四二
蒲松龄	泛邵伯湖	三四三
	河堤远眺（其四）	三四五
鲍鼎铨	满庭芳·广陵怀古	三四六
潘 耒	汴河行为方中丞欧馀作	三四八
孔尚任	舟泊天津	三五二
邹德臣	新柳八首·隋堤	三五三
沈岸登	满江红·渡扬子	三五四
查慎行	京口和韬荒兄	三五六
爱新觉罗·玄烨	看运河建坝处	三五七
	亲阅运河堤	三五八
纳兰性德	浣溪沙·红桥怀古和王阮亭韵	三六〇
王 策	七娘子·送人之扬州	三六一
杜 诏	隋堤曲	三六二
贵国维	河堤新柳	三六四
沈德潜	舟行鱼台，如故乡风景，同倪稼咸、吴恂士赋	三六五
郑板桥	瓜洲夜泊	三六六
汪 沆	瘦西湖	三六七
史承谦	风入松·夜泊广陵城外	三六八
爱新觉罗·弘历	堤上偶成	三七〇
爱新觉罗·弘历	过运河	三七一
爱新觉罗·敦敏	春柳十咏·隋堤	三七二
姚 鼐	德州浮桥	三七三
翁方纲	韩庄闸（其一）	三七五
吴锡麒	临江仙·夜泊瓜洲	三七六
金衍宗	扬州怀古和倚吟	三七七
叶绍本	十二郎·秋水时至，泛舟通惠河即事	三七九
周之琦	扬州慢·维扬晚泊	三八一
龚自珍	春晚送客	三八三
	己亥杂诗（其八十三）	三八四
魏 源	赠太仓水手陈阿三	三八五
牛 焘	扬州四首（其一）	三八六
顾太清	金缕曲·送纫兰妹往大梁	三八七
蒋春霖	探芳讯·瓜洲夜渡	三八九
陈 锦	邗沟	三九一
陈 倬	马陵道中	三九二
佘 鳌	菩萨蛮八首（其六）	三九三
宋伯鲁	拱宸桥夕发	三九四
文廷式	潞水舟次	三九五

隋

隋炀帝幸江南时闻民歌

无名氏

我兄征辽东❶,饿死青山下。今我挽龙舟,又困隋堤道❷。

方今天下饥,路粮无些小❸。前去三千程,此身安可保?

寒骨枕荒沙,幽魂泣烟草。悲损门内妻,望断吾家老。

安得义男儿,焚此无主尸。引其孤魂回,负其白骨归。

注:

❶ 征辽东:大业八年至十年,隋炀帝曾三次发兵,远征高丽。
❷ 隋堤:隋炀帝大业元年,开凿通济渠,自洛阳西苑引谷水、洛水达于黄河,自板渚引黄河入汴水,经泗水达淮河,谓之"御河"。河畔筑御道,种植杨柳,名为"隋堤"。
❸ 些小:少许。

【作者简介】

　　无名氏,作者不详。这首民歌原出《青琐高议》后集卷五《隋炀帝海山记下》,本无题目。后被《古谣谚》卷九十辑录,故有此题。题下引《炀帝海山记》,曰:"隋炀帝大业十年(614),东幸维扬,御龙舟中道,夜半闻歌者甚悲,其辞曰云云。帝闻其歌,遽遣人求其歌者,至晓不得其人。帝颇彷徨,通夕不寐。"

【评析】

　　这首民歌是后人依据隋炀帝故事而拟作的。悲哀的挽舟者终于成了"无主尸",唯有"孤魂""白骨"可以归回。挽舟者如此这般唱出的,确乎是小民内心的一曲悲歌。

奉和出颍至淮应令❶

隋｜虞世南

良晨喜利涉，解缆入淮浔❷。

寒流泛鹢首❸，霜吹响哀吟。

潜鳞波里跃❹，水鸟浪前沉。

邗沟非复远❺，怅望悦宸襟❻。

注：

❶ 颍：颍水。
❷ 浔：水边。
❸ 鹢：水鸟，画其象于船头；鹢首：代指船。
❹ 鳞：代指鱼。
❺ 邗沟：又名渠水、韩江、中渎水。公元前486年，吴王夫差为北上伐齐争霸中原，从邗城下挖沟，引长江水入淮河，为中国大运河最早开挖的河段，为后来京杭大运河的开凿奠定了基础。
❻ 宸：指帝王所居，代指帝王。

[作者简介]

虞世南（558—638），字伯施，会稽余姚（今浙江余姚）人。出身世家，与兄世基同从学于吴郡顾野王，又学书于王羲之七世孙智永禅师，文章为徐陵称许。隋大业初授秘书郎，入唐，与房玄龄同掌文翰。后迁太子中舍人，转著作郎，弘文馆学士，擢秘书监，进爵永兴县（今属湖南郴州）子，世称"虞永兴"。编有《北堂书钞》。

[评析]

彼时太子杨广巡东南、镇江都，出颍水至淮水途中，感而赋诗，虞世南应令和作。此诗虽是为歌颂其事，但写景尤为生动，旅途似乎也因眼前鱼跃鸟沉的画面变得轻快起来。

早渡淮

隋｜杨 广

平淮既淼淼❶，晓雾复霏霏❷。

淮甸未分色❸，泱漭共晨晖❹。

晴霞转孤屿❺，锦帆出长圻❻。

潮鱼时跃浪，沙禽鸣欲飞❼。

会待高秋晚❽，愁因逝水归。

注：

❶ 淼淼：水势浩大的样子。
❷ 霏霏：烟雾浓密的样子。
❸ 甸：田野。
❹ 泱漭（yāng mǎng）：朦胧不明的样子。晨晖：清晨的阳光。
❺ 晴霞：明霞，灿烂的云霞。屿：小岛。
❻ 圻：河岸。
❼ 潮鱼两句：化用《诗经·旱麓》"鸢飞戾天，鱼跃于渊"而来。
❽ 会：适逢。

作者简介

杨广（569—618），弘农华阴（今陕西华阴）人。隋文帝杨坚次子，史称隋炀帝，604年至618年在位。在位期间开凿了通济渠、永济渠和江南运河，曾亲征吐谷浑，三征高丽。

评析

此诗描写了一次渡淮的情景。时间始于清晨，周围的景物都仿佛刚刚睡醒，沉浸在朦胧的雾气之中。船驶出河岸，转过小岛就迎来了灿烂云霞。鱼跃鸟飞，即使是在容易生愁的秋天，愁绪好像都随着流水而消逝了。

泛龙舟

隋｜杨　广

舳舻千里泛归舟❶，言旋旧镇下扬州❷。

借问扬州在何处，淮南江北海西头❸。

六辔聊停御百丈❹，暂罢开山歌棹讴❺。

讵似江东掌间地❻，独自称言鉴里游❼。

注：

❶ 舳：船尾。舻：船头。舳舻泛指船只。
❷ 旋："还"。旧镇：杨广曾镇江都，故云"旧镇"。
❸ 淮南：淮河之南。江北：长江之北。海西头：扬州东临大海，在海之西。
❹ 辔：驾马所用的缰绳，意指在陆地驾车。百丈：牵船所用篾缆长达百丈，代指在水上行舟。
❺ 开山：指在陆上行进。棹讴：行船之时所唱之歌。
❻ 讵：岂，难道。
❼ 鉴：镜子。

> 评析

　　此诗描绘了杨广行舟游幸江都的场面。在有的人眼中，江东像是一块巴掌大的地方。而在杨广眼中，他乘坐的是缆绳长达百丈的龙舟，行在江东地界，就像在镜中游弋。

中国大运河史诗图卷／上卷　古代伟大创举／局部

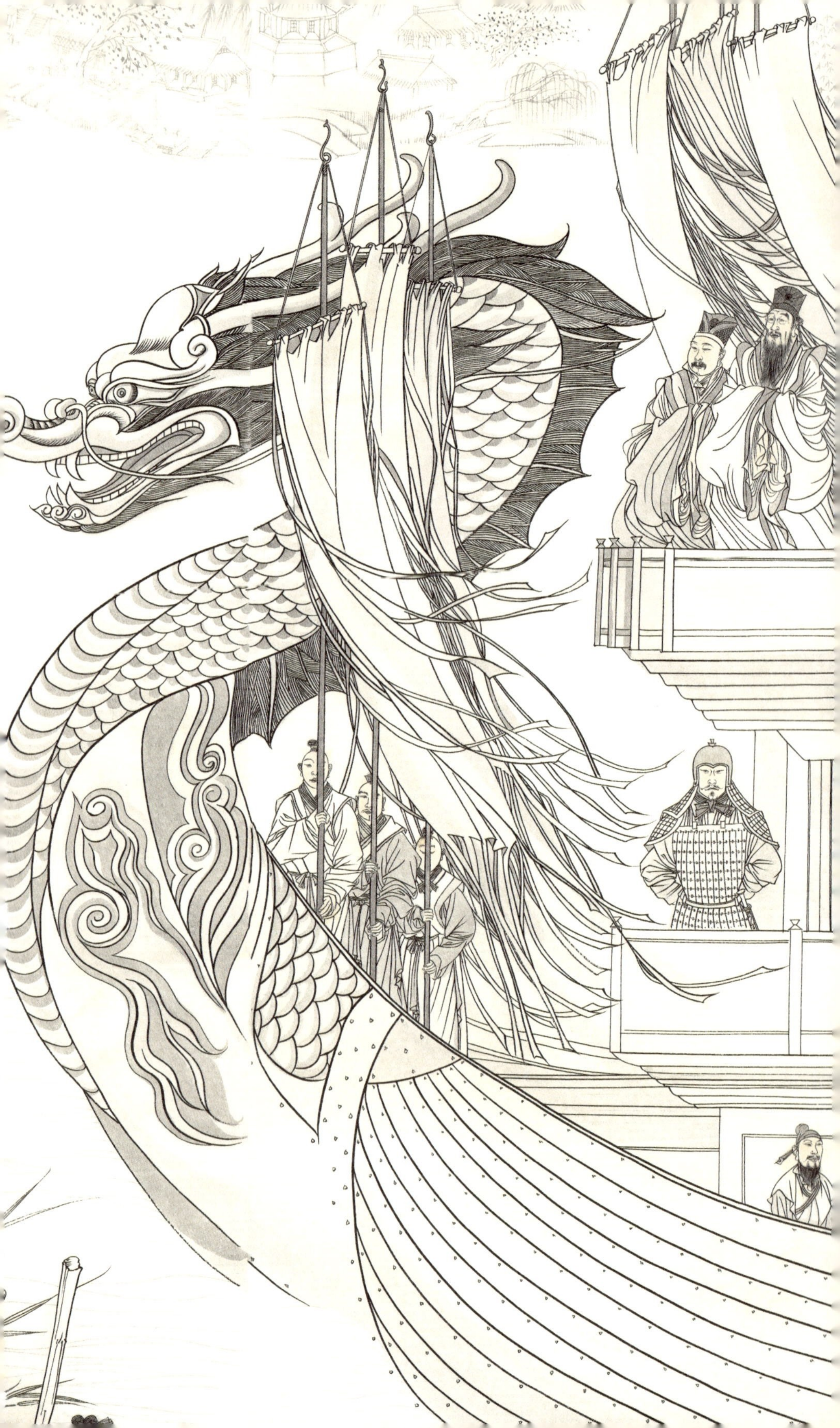

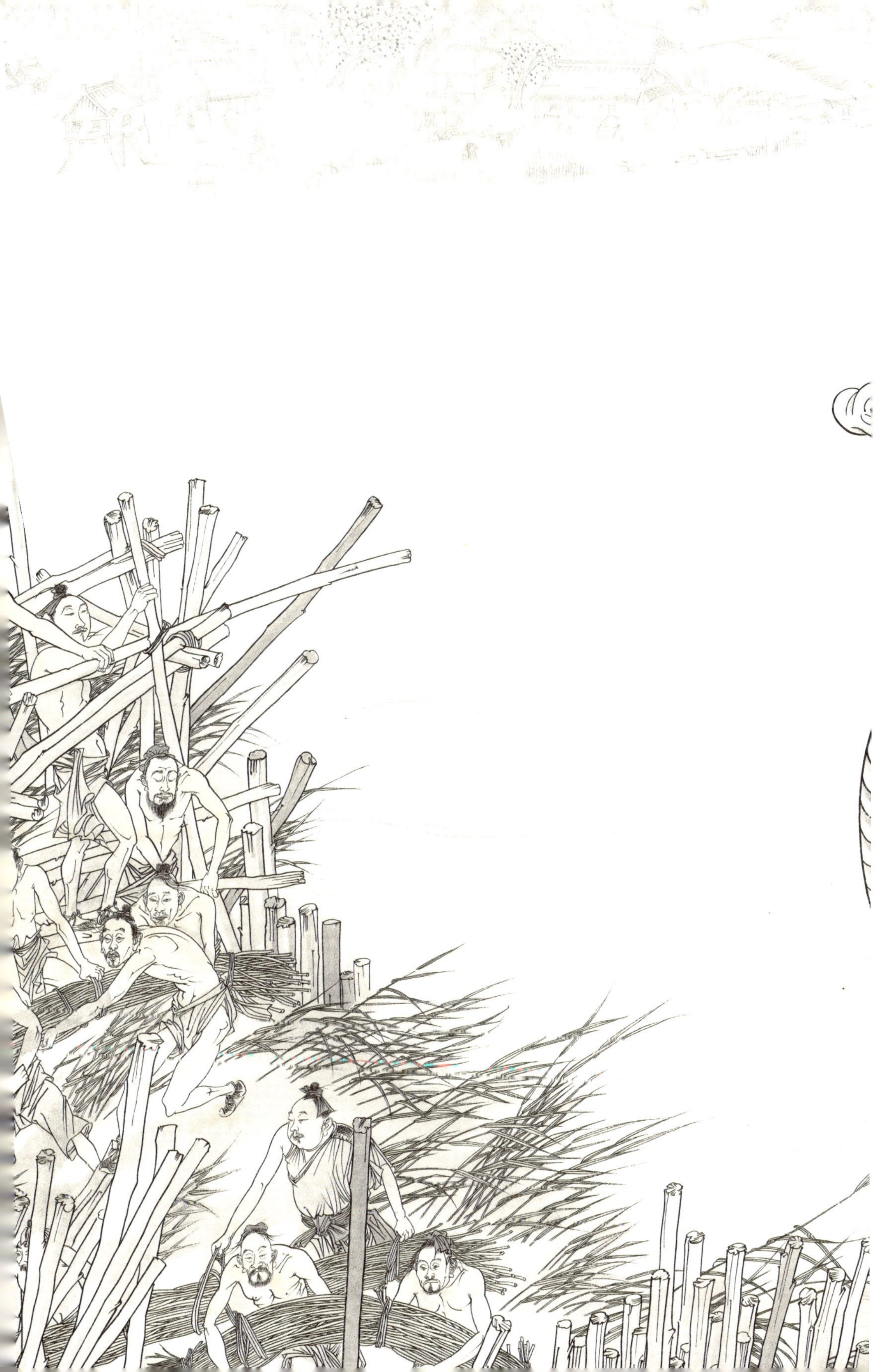

隋/唐

唐

初宿淮口❶

唐 | 宋之问

孤舟汴河水❷,去国情无已。

晚泊投楚乡❸,明月清淮里。

汴河东泻路穷兹❹,洛阳西顾日增悲。

夜闻楚歌思欲断,况值淮南木落时。❺

注:

❶ 淮口:又称清口、泗口,是泗水入淮处,在今江苏盱眙附近。
❷ 汴河:隋炀帝大业元年(605),开凿通济渠,自黄河至淮河的一段,因流经汴州(今开封)而称汴水。宋时亦称汴河、汴渠。全长650公里。自河南荥阳的板渚出黄河,至江苏盱眙入淮河。
❸ 楚乡:指东楚,包括古代彭城以东的东海、吴、广陵三郡,约为今江苏大部、安徽东南部和浙江西北部地区。
❹ 兹:此。
❺ 淮南:淮水之南,属东楚之地。木落:叶落。

> 评 析

宋之问此诗作于洛阳赴越州途中,夜宿于淮口。东流的汴水至此汇入淮河,回望洛阳,故乡渐行渐远,去国的悲情一日比一日浓烈。诗中以所闻楚地的歌声以及所见淮南的木叶,来衬托断肠之悲。

夜渡吴松江怀古❶

唐 | 宋之问

宿帆震泽口❷,晓渡松江濆❸。棹发鱼龙气❹,舟冲鸿雁群。

寒潮顿觉满,暗浦稍将分。气出海生日,光清湖起云。

水乡尽天卫❺,叹息为吴君❻。谋士伏剑死❼,至今悲所闻。

注:

❶ 吴松江:吴江,本名松江,出于太湖。
❷ 震泽:太湖别名。
❸ 濆(fén):水边。
❹ 鱼龙:泛指鱼类。
❺ 天卫:天然屏障。
❻ 吴君:春秋时期的吴王夫差。
❼ 谋士:伍子胥。吴王夫差尝欲伐齐,伍子胥上谏,吴王不从,遂赐伍子胥铸镂之剑,命其自刭。

作者简介

宋之问(约656—712),字延清,虢州弘农(今河南灵宝)人。唐高宗上元二年(675),登进士第。历任洛州参军、官司礼主簿、尚方监丞、泷州参军、鸿胪主簿。后贬越州(今浙江绍兴)长史,又流放钦州(今属广西),最终赐死桂州(今广西桂林)。以诗知名,与沈佺期并称"沈宋"。著有《宋之问集》。

评析

宋之问自越州流放钦州,夜渡吴江,舟行江上,惊动了水中的鱼、天上的鸟。在一片水乡里,宋之问想起伍子胥被吴王夫差赐死的故事,不禁悲从中来。诗中所写,就是由其所见而引起的怀古之悲。

春江花月夜

唐 | 张若虚

春江潮水连海平，海上明月共潮生。
滟滟随波千万里❶，何处春江无月明。
江流宛转绕芳甸❷，月照花林皆似霰❸。
空里流霜不觉飞❹，汀上白沙看不见❺。
江天一色无纤尘，皎皎空中孤月轮。
江畔何人初见月？江月何年初照人？
人生代代无穷已❻，江月年年望相似。
不知江月待何人，但见长江送流水。
白云一片去悠悠，青枫浦上不胜愁❼。
谁家今夜扁舟子❽？何处相思明月楼？
可怜楼上月徘徊，应照离人妆镜台。
玉户帘中卷不去❾，捣衣砧上拂还来。
此时相望不相闻，愿逐月华流照君❿。

鸿雁长飞光不度,鱼龙潜跃水成文。

昨夜闲潭梦落花⓫,可怜春半不还家。

江水流春去欲尽,江潭落月复西斜。

斜月沉沉藏海雾,碣石潇湘无限路⓬。

不知乘月几人归,落月摇情满江树⓭。

注:

❶ 滟滟(yàn):水流动的样子,这里用来形容月光。
❷ 甸:郊野。
❸ 霰(xiàn):雪。
❹ 流霜:犹飞霜。春天不会降霜,这里形容月光皎洁。
❺ 汀上句:月光之白与沙不能分辨。
❻ 穷已:穷尽。
❼ 青枫浦:地名,在今湖南省浏阳县境内。
❽ 扁(piān)舟子:乘着小船的旅人。
❾ 玉户:闺房的美称。
❿ 逐:追随。月华:月光。
⓫ 闲潭:寂静的水边。
⓬ 碣石:山名,在今河北省乐亭县西南。潇湘:湖南境内的两条河流,湘水至零陵县西与潇水合流,合称潇湘。
⓭ 摇情:落月的余光摇荡着树影,象征离人情绪的波动。

作者简介

张若虚(约670—约730),扬州(今江苏扬州)人。曾任兖州兵曹。与贺知章、张旭、包融并称为"吴中四士"。《春江花月夜》是其脍炙人口的名作,从中可见其诗风受到六朝宫体影响,但也富有盛唐气象。

评析

这首诗所描写的景地在瓜洲一带,正是作者家乡扬州长江入海口。诗歌以明丽的形象与轻快的节奏,将自然的美景、诗人的遐想与人间的相思交织成一幅神奇的画幅。无限与有限、永恒的宇宙与短促的人生、美景与离愁,在诗中得到了巧妙的平衡。张若虚因此篇而名垂千古,晚清王闿运评价张若虚"孤篇横绝,竟为大家",并非夸大之言。

送别

唐 | 王之涣

杨柳东风树❶，

青青夹御河❷。

近来攀折苦，

应为别离多。❸

注：

❶ 东风：春风。
❷ 御河：隋炀帝大业元年（605），开凿通济渠，自洛阳西苑引谷水、洛水达于黄河，自板渚引黄河入汴水，经泗水达淮河，谓之"御河"。
❸ 古代送别时，有"折柳"的习俗。

作者简介

王之涣（688—742），字季凌，原籍晋阳（今山西太原），五世祖迁居绛州（今山西新绛）。曾任冀州衡水主簿，因谤辞官。晚年出任文安县（今属河北）尉。善作边塞诗，与高适、王昌龄、崔国辅等唱和，名动一时。

评析

也许是因为"柳"与"留"读音相近，"折柳"才成为送别的传统。可古今别离太多，令诗人颇感攀折之苦。诗人在这首诗中所经历的，是一次运河上的送别，也是千千万万次送别中的一次。

耶溪泛舟❶

唐｜孟浩然

落景余清辉❷，轻棹弄溪渚❸。

澄明爱水物❹，临泛何容与❺。

白首垂钓翁，新妆浣纱女。

看看未相识，脉脉不得语。❻

注：

❶ 耶溪：若耶溪，在浙江绍兴南，出若耶山下，北注镜湖，流入运河。相传西施浣纱于此，故又名浣纱溪。
❷ 落景：落日。
❸ 棹：船桨。
❹ 澄明：明净清澈。
❺ 容与：从容闲适的样子。
❻ 此句出自《古诗十九首·迢迢牵牛星》："盈盈一水间，脉脉不得语。"

[作者简介]

孟浩然（689—740），襄州襄阳（今湖北襄阳）人。唐玄宗开元十六年（728），赴长安应举不第，还襄阳。开元二十五年张九龄镇荆州，署为从事，互相唱和。长于五律，与王维齐名，并称"王孟"。著有《孟襄阳集》。

[评析]

身披落日的清辉，在若耶溪上泛舟，眼前是一派澄明。老翁在这里垂钓，少女在这里浣纱，就在这运河上游的一水间，掩藏着各自不能道出的心事。

扬子津望京口❶

唐｜孟浩然

北固临京口❷，

夷山近海滨❸。

江风白浪起，

愁杀渡头人。

注：

❶ 扬子津：位于长江北岸漕渠与长江汇合处。京口：古城名，在今江苏镇江。
❷ 北固：山名，在今江苏镇江之北，有南、中、北三峰，北峰三面临江，形势险要，故称"北固"。
❸ 夷山：焦山余脉，焦山与北固山、金山并称京口三山。

评析

孟浩然游历吴越，在扬子津望向京口：北固山是它的屏障，而另一座屏障夷山又临近大海。眼看江风掀起白浪，正要摆渡的人，如何不生愁。行旅之离愁别恨，尽在不言之中。

汴堤柳

唐 | 王泠然

隋家天子忆扬州，厌坐深宫傍海游。

穿地凿山开御路，鸣笳叠鼓泛清流。

流从巩北分河口，直到淮南种官柳。

功成力尽人旋亡，代谢年移树空有。

当时彩女侍君王，绣帐旌门对柳行。

青叶交垂连幔色，白花飞度染衣香。

今日摧残何用道，数里曾无一枝好。

驿骑征帆损更多，山精野魅藏应老。

凉风八月露为霜，日夜孤舟入帝乡。

河畔时时闻木落，客中无不泪沾裳。

注：

❶ 汴堤：又称隋堤。隋炀帝大业元年（605），开凿通济渠，自洛阳西苑引谷水、洛水达于黄河，自板渚引黄河入汴水，经泗水达淮河，谓之"御河"。河畔筑御道，种植杨柳，名为"隋堤"。

❷ 傍：靠近。

❸ 叠鼓：连续敲鼓。

❹ 流从句：河南巩县东北，有洛水入黄河口。

❺ 旋：立即。

❻ 彩女：宫女。
❼ 旌门：帝王出行，张帷幕为行宫，宫前树旌旗为门。柳行：排成行列的柳树。
❽ 幔：布帘。
❾ 白花：指柳絮。
❿ 曾（zēng）：竟。
⓫ 木落：叶落。

[作者简介]

　　王泠然（692—725），字仲清，太原（今属山西）人。唐玄宗开元五年（717）登进士第，授太子校书，迁右威卫兵曹参军。《全唐诗》存诗四首。

[评析]

　　这首《汴堤柳》讲述的是隋炀帝的故事。诗中有"刺"，亦有"怨"，"刺"的是昔日"功成力尽人旋亡"，"怨"的是今时"数里曾无一枝好"。木落而悲，本是古今共通的情感，因为了解汴堤柳的往事，听那树叶落下的声音，行人便愈发悲伤。

次北固山下[1]

唐 | 王 湾

客路青山外,行舟绿水前。

潮平两岸阔,风正一帆悬。

海日生残夜,江春入旧年。

乡书何处达[2]?归雁洛阳边。

注:

[1] 次:旅行所居止之处所。北固山:在今江苏镇江之北,有南、中、北三峰,北峰三面临江,形势险要,故称"北固"。
[2] 乡书:家书。

作者简介

王湾,生卒年不详,河南洛阳人。唐玄宗开元元年(713)进士,任荥阳主簿。参编《群书四部录》,书成,调任洛阳尉。

评析

王湾这首诗,同时被《国秀集》与《河岳英灵集》两部唐人选唐诗的集子收录。《河岳英灵集》的版本,不仅题作《江南意》,内文也有不少差异,比如一二句为"南国多新意,东行伺早天",七八句为"从来观气象,惟向此中偏",这或许是作者的初稿。不过,有了在青山绿水行路的人,有了旅人对故乡的思念,才使"海日生残夜,江春入旧年"的名句,真正成为历代传诵的绝作。

芙蓉楼送辛渐❶

唐 | 王昌龄

寒雨连江夜入吴,

平明送客楚山孤❷。

洛阳亲友如相问,

一片冰心在玉壶❸。

注:

❶ 芙蓉楼:润州(今江苏镇江)的城楼。辛渐:生平不详。
❷ 楚山:指镇江的山。古代镇江曾先后属于吴、楚二国,这两句诗中的"吴""楚"互文,皆指镇江。
❸ 此句比喻个人品德清白,脱胎自鲍照《白头吟》"直如朱丝绳,清如玉壶冰"。

作者简介

王昌龄(698—约757),字少伯,京兆万年(今陕西西安)人。唐玄宗开元十五年(727)进士,历任校书郎、汜水尉、江宁丞、龙标尉,世称"王江宁""王龙标"。擅长五七言绝句,被尊为"七绝圣手""诗家夫子"。著有《王昌龄集》。

评析

王昌龄曾被贬为龙标尉,此诗当是他从贬所回到江宁以后所作。当时辛渐正要去洛阳,所以诗人特意赶到镇江送别,并嘱咐他:如有亲友问到自己,请代为说明我的清白。其实《芙蓉楼送辛渐》共有两首,此为其一,其二则云"高楼送客不能醉,寂寞寒江明月心",意思虽与"一片冰心在玉壶"相似,却少了一份动人的委婉。

千塔主人

唐 | 王 维

逆旅逢佳节❶,征帆未可前。

窗临汴河水❷,门渡楚人船❸。

鸡犬散墟落,桑榆荫远田。

所居人不见,枕席生云烟。

注:

❶ 逆旅:迎接旅客之处,即旅舍。
❷ 汴河:隋炀帝大业元年(605),开凿通济渠,自黄河至淮河的一段,因流经汴州(今开封)而称汴水。宋时亦称汴河、汴渠。全长650公里。自河南荥阳的板渚出黄河,至江苏盱眙入淮河。
❸ 楚人:汴河接入淮水,而淮水之南古属东楚,故有"楚人"之谓。

作者简介

王维(699—761),字摩诘,祖籍太原祁县(今山西祁县),其父迁居于蒲(今山西永济),河东人。唐玄宗开元九年(721)进士,历任太乐丞、济州司仓参军、右拾遗,后转监察御史尚书右丞,世称"王右丞"。晚年隐居蓝田辋川,以禅悟诗,故有"诗佛"之称。与孟浩然并称"王孟"。著有《王右丞集》。

评析

此诗当是描写某次行旅途中所看到的江南。东流不绝的汴河,来往穿梭的船,山野,村落,闲庭信步的鸡犬;这就是江南。诗人在这里寻找"千塔主人",却只能寻到枕席上的云烟。

别储邕之剡中❶

唐｜李　白

借问剡中道，东南指越乡❷。

舟从广陵去❸，水入会稽长。

竹色溪下绿，荷花镜里香。

辞君向天姥❹，拂石卧秋霜。

注：

❶ 储邕：生平事迹不详，李白另有《送储邕之武昌》诗，当为同一人。剡（shàn）中：古地名，今浙江嵊州、新昌一带。当地有剡溪，即东晋王徽之雪夜访戴逵处。
❷ 越乡：会稽。春秋时为越国都城，故云"越乡"。唐时江南东道有剡县，隶属会稽。
❸ 广陵：今江苏扬州。
❹ 天姥（mǔ）：山名，位于今浙江新昌。

作者简介

李白（701—762），字太白，号青莲居士，绵州昌隆（今四川江油南）人。天宝初至长安，供奉翰林，不久被谗去职。安史之乱中因依附永王李璘被牵连。晚年客死当涂。诗风俊逸豪宕，富浪漫色彩，世称"诗仙"。著有《李翰林集》。

评析

诗人辞别友人，经运河水路，从广陵去往会稽。昔日谢灵运诗云"暝投剡中宿，明登天姥岑"，李白似乎也沿着前辈的足迹在前行。

题瓜洲新河饯族叔舍人贲❶

唐｜李 白

齐公凿新河❷，万古流不绝。丰功利生人，天地同朽灭。

两桥对双阁❸，芳树有行列。爱此如甘棠❹，谁云敢攀折。

吴关倚此固，天险自兹设。海水落斗门❺，潮平见沙㵎❻。

我行送季父❼，弭棹徒流悦❽。杨花满江来，疑是龙山雪❾。

惜此林下兴❿，怆为山阳别⓫。瞻望清路尘，归来空寂蔑⓬。

注：

❶ 瓜洲：扬州江都县南三十里有瓜洲镇，正对京口北固山。
❷ 齐公：指齐澣。唐开元年间，齐澣任润州刺史，开凿伊娄河二十五里，以利漕运，功绩显著。
❸ 两桥：新河两岸所架设的桥梁。双阁：指斗门建筑物。
❹ 甘棠：果树名，典出《诗经》。西周时，召伯巡行南国，曾在甘棠树下听讼决狱，处理政事，人民感其善政，不忍伐其树。
❺ 斗门：古代堤堰上所建泄洪的闸门。
❻ 㵎（jué）：水从孔穴中疾涌而出。
❼ 季父：叔父，即诗题中的舍人李贲。
❽ 弭：止。弭棹：停船。流悦：流连于赏心悦目之事。
❾ 龙山：指逴龙山，传说中北方常寒之山。
❿ 林下兴：典出"竹林七贤"林下之游。"七贤"之中的阮籍、阮咸为叔侄，正可类比李贲与李白。
⓫ 山阳：汉县名，以在太行山之南而得名，故址在今河南修武县西北。竹林七贤中的向秀与嵇康寓居河内山阳，向秀后经山阳故居，闻笛而作《思旧赋》。
⓬ 寂蔑：寂寞。

评析

这首诗是李白为其族叔李贲饯行而作。虽为饯行，却从瓜洲新河写来，细数了这条运河的历史、功用、意义，前半部分简直如同一曲"新河颂"。诗的后半部分，李贲才出场，李白联想起往昔"竹林七贤"的种种，令今时的别离分外凄怆。

魏郡别苏少府因北游

唐 | 李 白

魏都接燕赵,美女夸芙蓉。淇水流碧玉,舟车日奔冲。

青楼夹两岸,万室喧歌钟。天下称豪贵,游此每相逢。

洛阳苏季子,剑戟森词锋。六印虽未佩,轩车若飞龙。

黄金数百镒,白璧有几双。散尽空掉臂,高歌赋还邛。

落魄乃如此,何人不相从。远别隔两河,云山杳千重。

何时更杯酒,再得论心胸。

注:

❶ 魏郡:今河北邯郸一带。少府:唐代人称县尉为少府。
❷ 淇水:出于河内共县,东至魏郡黎阳县入黄河。
❸ 青楼:青漆涂饰的豪华楼房。
❹ 苏季子:苏秦,这里指代苏因。
❺ 六印:史载,苏秦并相六国,曾佩戴六国相印。
❻ 轩车:古大夫以上所乘有帷幕的马车。
❼ 史载,赵王以"黄金千镒,白璧百双,锦绣千纯",以约诸侯,于是六国从合。
❽ 空掉臂:形容两手空空,没有钱财。
❾ 还邛:司马相如家徒四壁,与卓文君俱之临邛。
❿ 落魄:率性豪放之意。
⓫ 两河:战国秦汉时,黄河自今河南武陟县以下东北流,经山东西北隅北折至河北沧县东北入海,略呈南北流向,与上游今晋、陕间的北南流向的一段东西相对,当时合称为"两河"。

评析

　　地接燕、赵的魏郡,美女如云,城市繁华,自古就是豪贵荟萃之地,大运河也流经此处。李白将友人苏因类比为古之苏秦,又借用司马相如的典故,从而道出苏因轻财好义的洒脱。正因其人如此,当别离到来时,诗人才会无比惆怅。

维扬送友还苏州

唐 | 崔颢

长安南下几程途，

得到邗沟吊绿芜。

渚畔鲈鱼舟上钓，

羡君归老向东吴。

注：

❶ 维扬：扬州，出自《尚书·禹贡》"淮海维扬州"。
❷ 邗沟：又名渠水、韩江、中渎水。公元前486年，吴王夫差为北上伐齐争霸中原，从邗城下挖沟，引长江水入淮河，为中国大运河最早开挖的河段，为后来京杭大运河的开凿奠定了基础。绿芜：鲍照作有凭吊广陵（即扬州）的《芜城赋》。
❸ 鲈鱼：西晋时吴郡人张翰在洛阳做官，因见秋风起，而思念吴中特产菰菜羹、鲈鱼脍，后世以"莼鲈之思"表达对故乡的眷恋。
❹ 东吴：古称太湖流域为"三吴"，东吴一般指苏州一带。

作者简介

崔颢（704—754），祖籍博陵安平（今河北安平），生于汴州（今河南开封）。其诗风格豪放，意境开阔，《黄鹤楼》一诗最为人称道，曾令李白为之搁笔。

评析

这首诗几乎没有一个难解的字词，却容易使人联想起许多典故，比如鲍照的《芜城赋》，比如张翰的"莼鲈之思"。与远去的历史相比，崔颢送别的这位友人迎来的是归老的闲适。

晚入汴水[1]

唐 | 崔颢

昨晚南行楚,今朝北泝河[2]。

客愁能几日?乡路渐无多。

晴景摇津树,春风起棹歌。

长淮亦已尽,宁复畏潮波。

注:

[1] 汴水:隋炀帝大业元年(605),开凿通济渠,自黄河至淮河的一段,因流经汴州(今开封)而称汴水。宋时亦称汴河、汴渠。全长650公里。自河南荥阳的板渚出黄河,至江苏盱眙入淮河。

[2] 泝:溯,逆流而上。

评析

此诗是写崔颢夜晚行至汴水的情景。汴水流入淮河,淮河连着汴水,诗人行舟水上,在这一浪又一浪的波涛中,涌出万千感慨。客行水上的忧愁,在这首诗中展现得淋漓尽致。

舟行入剡[1]

唐｜崔颢

鸣棹下东阳[2]，回舟入剡乡。

青山行不尽，绿水去何长。

地气秋仍湿，江风晚渐凉。

山梅犹作雨，谿橘未知霜。

谢客文逾盛[3]，林公未可忘[4]。

多惭越中好[5]，流恨阅时芳[6]。

注：

[1] 剡：古地名，今浙江嵊州、新昌一带。当地有剡溪，是曹娥江的上游，即东晋王徽之雪夜访戴逵处。
[2] 东阳：古地名，唐天宝时改婺州为东阳郡，今浙江金华。
[3] 谢客：刘宋诗人谢灵运，小字客儿。
[4] 林公：东晋僧人支遁，号道林，世称"林公"，曾在剡溪一带活动。
[5] 越中：泛指古越国之地。
[6] 阅：看。时芳：当季开的花。

评析

　　崔颢这次行舟于剡溪之上，越中风物在这样一个秋日显得愈发清丽。无怪乎谢灵运、支道林都曾是此地的"常客"，诗情与玄思因这里的山水而兴发。可惜无法久留，只能欣赏一时的芳华，诗人不禁倍感遗憾。

送子婿崔真甫、李穆往扬州四首[1]（其二）

唐 | 刘长卿

半逻莺满树[2]，

新年人独还。

落花逐流水[3]，

共到茱萸湾[4]。

注：

[1] 子婿：刘长卿长女嫁给崔真甫，次女嫁给李穆。
[2] 逻：山溪的边缘。半逻：地名，为蜀冈余脉的延伸处，位于扬州城东北的邗沟之侧。
[3] 逐：追随。
[4] 茱萸湾：今称湾头，位于今扬州城东北，京杭大运河东岸。因自古地多茱萸，故名，为南北航运的重要通道。

作者简介

刘长卿（718—790），字文房，河南洛阳人。天宝年间进士，后授监察御史，迁长洲县尉、江淮转运官，官终随州刺史，故世称"刘随州"。诗风雅畅，长于五言，号为"五言长城"。著有《刘随州文集》。

评析

因两个女婿要去往扬州，刘长卿作四首五言诗相送。此处所选为第二首，也是四首中最为历代选家瞩目的诗篇。诗的前两句浓缩了时（"新年"）与空（"半逻"）、物（"莺"）与人、一（"独"）与多（"满"）的对比，造句极为精巧。"落花流水"通常形容破败零落的景象，这首诗写的却是"落花"与"流水"相随、与行船一同前往目的地，反而自然地流露出一种浅而不俗的诗意。

汴河阻风 ❶

唐 | 孟云卿

清晨自梁宋❷,挂席之楚荆❸。出浦风渐恶,傍滩舟欲横。

大河喷东注,群动皆窅冥❹。白雾鱼龙气,黑云牛马形。

苍茫迷所适,危安惧暂宁。信此天地内,孰为身命轻。

丈夫苟未达,所向须存诚。前路舍舟去,东南仍晓晴。

注:

❶ 汴河:隋炀帝大业元年(605),开凿通济渠,自黄河至淮河的一段,因流经汴州(今开封)而称汴水。宋时亦称汴河、汴渠。全长650公里。自河南荥阳的板渚出黄河,至江苏盱眙入淮河。

❷ 梁宋:今河南开封、商丘一带。

❸ 挂席:犹挂帆。之:去、往。楚荆:淮水之南古属东楚,包括古代彭城以东的东海、吴、广陵三郡,约为今江苏大部、安徽东南部和浙江西北部地区。

❹ 群动:犹万物。窅(yǎo)冥:幽暗深邃的样子。

作者简介

孟云卿(约725—?),字升之,山东平昌(今山东商河)人。其诗朴实直率,为杜甫、元结所推重。著有《孟云卿诗集》。

评析

从梁宋到楚地,汴河是必经的水道。孟云卿乘坐的船不幸遇到风浪,难以行进,被迫弃船登岸,改走陆路。此诗作于"安史之乱"之后,"白雾鱼龙气,黑云牛马形"不仅是写江上幽冥的气氛,也喻示着政坛诡谲的风云,而"信此天地内,孰为身命轻"不但是人面对自然的喟叹,也是对世事的感悟,诗人最后"舍舟"的举动因此也有了"改图"的意味。

汴河曲[1]

唐 | 李益

汴水东流无限春，

隋家宫阙已成尘。[2]

行人莫上长堤望，[3]

风起杨花愁杀人。[4]

注：

[1] 汴河：隋炀帝大业元年（605），开凿通济渠，自黄河至淮河的一段，因流经汴州（今开封）而称汴水。宋时亦称汴河、汴渠。全长650公里。自河南荥阳的板渚出黄河，至江苏盱眙入淮河。
[2] 隋家宫阙：指通济渠边隋炀帝的行宫。
[3] 长堤：隋炀帝在通济渠岸边种植杨柳，名为"隋堤"。
[4] 杨花：柳絮。

作者简介

李益（约750—约830），字君虞，祖籍陇西狄道（今甘肃临洮），后迁河南郑州。尤工七绝，诗风豪爽明快，多作边塞诗，也善于描写感伤之情。著有《李益集》。

评析

自从隋炀帝开凿通济渠，在岸边营造宫阙、种植杨柳，汴水的故事就与这位君主难分难解。李益这首《汴河曲》便是关于这段历史的怀古之作。隋朝已经覆灭，隋家的宫阙也已成为旧迹，但汴水依然向东流去，柳絮依然会因风而起，盛衰兴亡的怅惘似乎就在行人回望历史的一念之间。

莲塘驿❶

唐 | 李 益

五月渡淮水,南行绕山陂❷。江村远鸡应,竹里闻缲丝❸。

楚女肌发美,莲塘烟雾滋。菱花覆碧渚❹,黄鸟双飞时❺。

渺渺溯洄远❻,凭风托微词❼。斜光动流睇❽,此意难自持。

女歌本轻艳,客行多怨思。女萝蒙幽蔓❾,拟上青桐枝❿。

注:

❶ 题下注云:"在盱眙界。"盱眙:县名,在江苏省西部。
❷ 陂(bēi):山坡、斜坡。
❸ 缲(sāo)丝:煮茧抽丝。
❹ 渚:水中的小洲。
❺ 黄鸟:黄雀。
❻ 溯洄:逆流而上。
❼ 微词:简短的言辞。
❽ 斜光:斜视的目光。流睇(tì):转动眼睛,形容顾盼多姿。
❾ 女萝:松萝,色淡绿或灰白,寄生于山间树上,比喻楚女。蒙:承受。
❿ 青桐:梧桐。此为作者自喻。

> 评析

　　这首诗写的是李益行经淮水时的一次邂逅。在水边与美人邂逅,素来是古代文学的经典主题。隔着莲塘的烟雾看去,楚地女子愈发迷人。诗人用笔含蓄,他与女子的故事也只停留在"斜光""流睇"之间,留下了无尽的想象。

汴州留别韩愈❶

唐｜孟　郊

不饮浊水澜❷，空滞此汴河❸。坐见绕岸水，尽为还海波。

四时不在家❹，弊服断线多。远客独憔悴，春英落婆娑❺。

汴水饶曲流，野桑无直柯❻。但为君子心，叹息终靡他❼。

注：

❶ 汴州：今河南开封。韩愈时为汴州推官。
❷ 浊水：指汴水。
❸ 汴河：隋炀帝大业元年（605），开凿通济渠，自黄河至淮河的一段，因流经汴州（今开封）而称汴水。宋时亦称汴河、汴渠。全长650公里。自河南荥阳的板渚出黄河，至江苏盱眙入淮河。
❹ 四时：四季，即终年。
❺ 婆娑（suō）：茂盛的样子。
❻ 柯：树枝。
❼ 靡他：无他。

作者简介

孟郊（751—814），字东野，河南洛阳人。家境清贫，科场不顺，中年及第，授溧阳县（今江苏溧阳）尉。其诗多写人事坎坷、世态炎凉，有"诗囚"之称。诗风冷峻，与贾岛并称"郊寒岛瘦"。著有《孟东野集》。

评析

唐德宗贞元十四年（798），孟郊离汴南游，这首留别韩愈的诗或作于此时。此诗起首即云"不饮浊水澜，空滞此汴河"，以一种决绝的姿态宣示诗人这次离别的决心。"汴水饶曲流，野桑无直柯"再次写回汴水。"曲"与"直"暗含的或许是价值取向，因此地只有"曲流"而无"直柯"，即使诗人穷愁潦倒，仅仅为了所怀的君子之心，也不得不远走。

枫桥夜泊❶

唐｜张 继

月落乌啼霜满天，

江枫渔火对愁眠。

姑苏城外寒山寺❷，

夜半钟声到客船❸。

注：

❶ 枫桥：在今江苏苏州西郊。
❷ 姑苏：山名，此为苏州别称。寒山寺：唐时诗僧寒山曾经住在这里，故名。
❸ 夜半句：唐宋时佛寺习惯，夜半可以打钟。

作者简介

　　张继，生卒年不详，字懿孙，襄州（今湖北襄阳）人。大历中，以检校祠部员外郎为洪州（今江西南昌）盐铁判官，世称"张员外"或"张祠部"。张继诗作散佚严重，但今存《枫桥夜泊》一首，堪称绝唱。

评析

　　此诗写旅愁，皆通过景物，选色配声，极为恰切；融情入景，极为超妙，千百年来为人传诵。

广陵诗❶

唐｜权德舆

广陵实佳丽，隋季此为京❷。
八方称辐凑❸，五达如砥平❹。
大旆映空色❺，笳箫发连营❻。
层台出重霄❼，金碧摩颢清❽。
交驰流水毂❾，迥接浮云甍❿。
青楼旭日映⓫，绿野春风晴。
喷玉光照地⓬，颦蛾价倾城⓭。
灯前互巧笑⓮，陌上相逢迎。
飘飘翠羽薄⓯，掩映红襦明⓰。
兰麝远不散⓱，管弦闲自清。
曲士守文墨⓲，达人随性情。
茫茫竟同尽，冉冉将何营⓳。
且申今日欢，莫务身后名。
肯学诸儒辈⓴，书窗误一生。

注：

❶ 广陵：今江苏扬州。
❷ 隋季：隋末。此为京：隋炀帝在江都大筑宫苑，定为行宫。
❸ 辐凑：也作辐辏，车辐集中于车毂，比喻人或物聚集一处。
❹ 五达：通衢大道。砥：磨刀石。如砥平：形容像磨刀石一样平坦。
❺ 旆：泛指旌旗。
❻ 连营：连绵不绝的营寨。
❼ 层台：高台。重霄：极高的天空。
❽ 金碧：指建筑物。颢清：天空。
❾ 毂：借指车轮或车。流水毂：形容车如流水。
❿ 甍（méng）：屋脊。浮云甍：形容建筑高耸入云。
⓫ 青楼：青漆涂饰的豪华楼房。
⓬ 喷玉：原指马嘘气或鼓鼻时喷散雪白的唾沫，形容骏马矫健，借喻人才智不凡。
⓭ 颦蛾：皱眉，典出西施，借指美女。
⓮ 巧笑：形容美人的笑容。
⓯ 翠羽：翠鸟的羽毛，古代多用作饰物。
⓰ 襦：短袄。
⓱ 兰麝：兰香、麝香，皆为名贵香料。
⓲ 曲士：乡曲之士，比喻孤陋寡闻的人，与"达人"相对。
⓳ 冉冉：渐渐，形容时光渐渐流逝。
⓴ 肯学：岂肯学，即不可学。

（作者简介）

权德舆（759—818），字载之，祖籍天水略阳（今甘肃秦安），后徙润州丹徒（今江苏镇江）。权德舆仕宦显达，曾于宪宗朝拜相，死后赠谥"文"，称"权文公"。其诗风华丽浑厚，长于五言。著有《权载之文集》。

（评析）

从四通八达的街道到金碧辉煌的高楼，从应接不暇的景物到光鲜亮丽的人物，作者仿佛手持摄影镜头，将扬州这座城市的繁华一帧一帧仔细摄取，呈现在读者的眼前。城市生活如此生机勃勃，作者不禁向"书窗"里苦读的儒士发出"及时行乐"的邀请。

汴泗交流赠张仆射❶

唐 | 韩 愈

汴泗交流郡城角❷,筑场千步平如削❸。

短垣三面缭逶迤❹,击鼓腾腾树赤旗。

新雨朝凉未见日,公早结束来何为❺?

分曹决胜约前定❻,百马攒蹄近相映❼。

球惊杖奋合且离,红牛缨绂黄金羁❽。

侧身转臂着马腹,霹雳应手神珠驰。

超遥散漫两闲暇,挥霍纷纭争变化❾。

发难得巧意气粗❿,欢声四合壮士呼⓫。

此诚习战非为剧⓬,岂若安坐行良图⓭?

当今忠臣不可得,公马莫走须杀贼⓮!

注：

❶ 张仆射（yè）：指武宁军节度使张建封。仆射：唐中央政府机构尚书省的长官，也作为地方军政长官的荣衔，张称仆射属于后者。
❷ 郡城：指徐州。汴水在徐州西面，泗水在其南面，二水在徐州城西南角合流入淮。
❸ 场：指球场。步：旧时长度单位，一步等于五尺。
❹ 垣（yuán）：短墙。缭：围绕。逶迤（wēi yí）：道路弯曲而长的样子。
❺ 结束：装束，穿戴。
❻ 分曹：犹分组。
❼ 攒：聚。攒蹄指马奔驰时前后蹄聚拢在一起。这里写的是打马球。
❽ 红牛句：以染成红色的牛毛绳子为缨绂，黄金为络头，这里是说马饰的华贵。
❾ 挥霍：迅速的样子。纷纭：繁多的样子。
❿ 发难：发球之难。得巧：得球之巧。意气粗：犹言非常得意。
⓫ 四合：四面相应。
⓬ 剧：游戏。
⓭ 良图：缜密的谋划。
⓮ 走：奔驰。贼：指当时对抗中央政府的彰义军节度使吴少诚。

作者简介

　　韩愈（768—824），字退之，河南河阳（今河南孟州）人。为唐代"古文运动"的倡导者，被后人尊为"唐宋八大家"之首，同时与柳宗元并称"韩柳"。擅长创作气势雄浑、意象怪奇的长篇古诗，风格尖新，句式多变，并参用古文句法，"以文为诗"，于诗坛独树一帜。因祖籍昌黎（今属河北秦皇岛），所以世称"韩昌黎"或"昌黎先生"。死后赠谥"文"，故又称"韩文公"。著有《昌黎先生集》。

评析

　　唐德宗贞元十五年（799），韩愈为张建封幕僚，见张耽于游乐，故作此诗以讽谏。尽管是为讽谏而作，作者却用大半篇幅细致描写了一场在运河边展开的马球比赛的场面，后人读罢此诗，便有身临其境之感。

汴路即事❶

唐｜王　建

千里河烟直，青槐夹岸长。

天涯同此路，人语各殊方❷。

草市迎江货❸，津桥税海商❹。

回看故宫柳❺，憔悴不成行。

注：

❶ 汴：汴州，今河南开封。
❷ 殊方：异乡。
❸ 草市：旧时乡村的集市。
❹ 津：渡口。税：征税。海商：从事海外贸易的商人。
❺ 故宫：指隋炀帝在汴州所建行宫。

作者简介

王建（768—835），字仲初，颍川（今河南许昌）人。曾任陕州司马，世称"王司马"。作有不少描写社会生活、同情百姓疾苦的篇什，同时也擅长乐府，以抒写宫怨的百首《宫词》闻名。著有《王建诗集》。

评析

王建行经汴州，写下了沿路所见的都会盛况：南来北往的人们在这里留下足迹，大江大海的货物在这里运转流通。眼前的景象如此繁华，诗人却突然"回看"，遥想此地曾是隋代旧都，而隋炀帝当年种下的杨柳今已衰败不堪。末尾二句转结新奇有力。

钱塘湖春行 ❶

唐 | 白居易

孤山寺北贾亭西❷,水面初平云脚低❸。

几处早莺争暖树❹,谁家新燕啄春泥。

乱花渐欲迷人眼,浅草才能没马蹄。

最爱湖东行不足,绿杨阴里白沙堤❺。

注:

❶ 钱塘湖:西湖,在今浙江杭州。
❷ 孤山寺:孤山在西湖后湖与外湖之间,孤峰独耸,景物清幽。山上有孤山寺,又名永福寺、广化寺。贾亭:一名贾公亭,唐贞元间贾全为杭州刺史时所建。
❸ 云脚:下垂的物象为脚,云脚指远望中好像下垂的云气。
❹ 暖树:向阳的树木。
❺ 白沙堤:白堤,一名断桥堤,筑于六朝时,误传为白居易所筑。

作者简介

白居易(772—846),字乐天,晚号香山居士、醉吟先生。祖籍太原,后迁居下邽(今陕西渭南北)。因上书忤执政,被贬江州司马。后出任苏州刺史,终刑部尚书。与元稹并称"元白",倡导了中唐新乐府运动。著有《白氏文集》。

评析

早莺、新燕、乱花、浅草,白居易用清新的笔触描绘了一幅江南春景图。这首诗传诵千古,这个生机盎然的江南也成为后人永远想望的所在。

长相思二首（其一）

唐 | 白居易

汴水流❶，泗水流❷，流到瓜洲古渡头❸。吴山点点愁❹。

思悠悠，恨悠悠，恨到归时方始休。月明人倚楼。

注：

❶ 汴水：隋炀帝大业元年（605），开凿通济渠，自黄河至淮河的一段，因流经汴州（今开封）而称汴水。宋时亦称汴河、汴渠。全长650公里。自河南荥阳的板渚出黄河，至江苏盱眙入淮河。
❷ 泗水：源出山东泗水县陪尾山，分四条支流，因而得名，与汴水在徐州境内合流入淮。
❸ 瓜洲：扬州江都县南三十里有瓜洲镇，是运河入长江的重要渡口。
❹ 吴山：此处泛指吴地之山，故称"点点愁"。

评析

《长相思》原为唐教坊曲名，多以爱情为主题。白居易这首词从绵延不绝的运河水，写到绵延不绝的长相思，既移情于物，又触景生情，将这样一个传统的爱情主题表现得十分缱绻动人。

汴河路有感[1]

唐｜白居易

三十年前路，孤舟重往还[2]。

绕身新眷属，举目旧乡关。

事去唯留水，人非但见山。

啼襟与愁鬓[3]，此日两成斑！

注：

[1] 汴河：隋炀帝大业元年（605），开凿通济渠，自黄河至淮河的一段，因流经汴州（今开封）而称汴水。宋时亦称汴河、汴渠。全长650公里。自河南荥阳的板渚出黄河，至江苏盱眙入淮河。
[2] 重：再次。
[3] 啼襟：哭泣沾湿的衣襟。愁鬓：发白的鬓发，因愁而白，故称。

评析

唐穆宗长庆四年（824），五十三岁的白居易离开杭州，过常州，宿淮口，经汴河路，此诗就是在途中所作。想起大约三十年前，同样走过这条路，山水依旧，而人事俱非，诗人不禁感伤，故作此诗。

杨柳枝

唐 | 刘禹锡

扬子江头烟景迷,

隋家宫树拂金堤。❶

嵯峨犹有当时色,❷

半蘸波中水鸟栖。

注:

❶ 金堤：隋堤，有金黄柳枝飘拂，故名。
❷ 嵯峨（cuó é）：盛多之意。

作者简介

刘禹锡（772—842），字梦得，河南洛阳人。曾参与王叔文"二王八司马"集团，在政治斗争中受挫，屡遭贬谪，后迁太子宾客，世称"刘宾客"。其诗风简洁明快，洒脱俊爽，意境旷达，与柳宗元并称"刘柳"。著有《刘宾客集》。

评析

这首诗写"隋堤"上杨柳的姿态。"犹有当时色"，使得眼前的杨柳，既是一种实景，又像隔了一层历史的云烟。

杨柳枝词

唐 | 刘禹锡

炀帝行宫汴水滨❶,

数株残柳不胜春。

晚来风起花如雪❷,

飞入宫墙不见人。

注:

❶ 汴水:隋炀帝大业元年(605),开凿通济渠,自黄河至淮河的一段,因流经汴州(今开封)而称汴水。宋时亦称汴河、汴渠。全长650公里。自河南荥阳的板渚出黄河,至江苏盱眙入淮河。
❷ 花:杨花,指柳絮。

评析

刘禹锡一共创作了九首《杨柳枝词》,首首不离"杨柳"。这一首写的"柳"与隋炀帝有关,是咏柳,更是咏史。"飞入宫墙不见人",追随杨花飘飞的方向,似乎就看见了宫墙之内的无限荒凉。

宿扬州水馆❶

唐｜李 绅

舟依浅岸参差合，桥映晴虹上下连。❷

轻楫过时摇水月❸，远灯繁处隔秋烟。

却思海峤还凄叹❹，近涉江涛更凛然。

闲凭栏干指星汉❺，尚疑轩盖在楼船。❻

注：

❶ 水馆：临水的客舍或驿站。
❷ 晴虹：借指桥在水中形成的倒影。
❸ 楫：船桨。
❹ 峤：山。海峤：指海上仙山。
❺ 星汉：银河。
❻ 轩盖：车盖，借指带篷盖的车。楼船：有楼层的大船。

作者简介

李绅（772—846），字公垂，祖籍亳州谯县（今属安徽亳州），生于湖州乌程（今属浙江湖州）。晚年拜相，死后赠谥"文肃"。李绅与白居易、元稹共同发起"新乐府运动"，创作了不少通俗晓畅的《新题乐府》。其五、七言亦工，在当时与李德裕、元稹号为"三俊"。著有《追昔游集》。

评析

李绅夜宿水边的客舍，作有此诗。或许因为水的缘故，全诗笼罩在一种迷幻的氛围中。船、桥、月、星，无论原本属于水的，还是不属于水的，仿佛都汇聚在水中，连水边的篷车都好像变成大船，漂动了起来。

寄汴州令狐楚相公❶

唐｜姚 合

汴水从今不复浑❷，秋风鼙鼓动城根。❸

梁园台馆关东少❹，相府旌旗天下尊。

诗好四方谁敢和，政成三郡自无冤。❺

几时诏下归丹阙❻？还领千官入阁门。❼

注：

❶ 汴州：今河南开封。令狐楚曾为宰相，故称相公。
❷ 汴水：隋炀帝大业元年（605），开凿通济渠，自黄河至淮河的一段，因流经汴州（今开封）而称汴水。宋时亦称汴河、汴渠。全长650公里。自河南荥阳的板渚出黄河，至江苏盱眙入淮河。
❸ 鼙（pí）鼓：军鼓。
❹ 梁园：西汉梁孝王营建的园囿，故址在今河南开封东南。关东：函谷关以东。
❺ 三郡：指汴州、宋州、亳州。令狐楚曾任三地长官。
❻ 丹阙：赤色宫门，指代宫禁内庭，借指朝廷。
❼ 还领句：言复任宰相之职。

作者简介

姚合（约779—855），陕州（今河南陕县）人。元和年间及第，授武功主簿，世称"姚武功"。擅长五律，诗风清峭，与贾岛并称"姚贾"。著有《姚少监集》。

评析

水清水浊，向来喻示着政坛的风气。姚合此诗从"汴水从今不复浑"起兴，以"还领千官入阁门"作结，从比喻写回现实，表达了对令狐楚及其所带来新风的期待。

醉中赠崔膺

唐 | 李 涉

与君兄弟匡岭故❶，与君相逢扬子渡❷。

白浪南分吴塞云❸，绿杨深入隋宫路。

隋家文物今虽改，舞馆歌台基尚在。

炀帝陵边草木深，汴河流水空归海❹。

古今悠悠人自别，此地繁华终未歇。

大道青楼夹翠烟，琼墀绣帐开明月❺。

与君一言两相许，外舍形骸中尔女❻。

扬州歌酒不可追，洛神映箔湘妃语❼。

白马黄金为身置，谁能独羡他人醉。

暂到香炉一夕间❽，能展愁眉百世事。

君看白日光如箭，一度别来颜色变。

早谋侯印佩腰间，莫遣看花鬓如霰❾。

注：

❶ 匡岭：指庐山，庐山又名"匡山"，李涉曾经隐居于此。
❷ 扬子渡：扬子江的渡口，位于江苏扬州。
❸ 吴塞：吴地的关塞。
❹ 汴河：隋炀帝大业元年（605），开凿通济渠，自黄河至淮河的一段，因流经汴州（今开封）而称汴水。宋时亦称汴河、汴渠。全长650公里。自河南荥阳的板渚出黄河，至江苏盱眙入淮河。
❺ 墀（chí）：台阶。
❻ 舍形骸：舍弃人外在的约束。尔女："尔汝"，"尔"和"汝"都是亲昵的称呼，此处指亲昵的言语，亲近的关系。
❼ 洛神：原指洛水女神，此处指歌妓。与后文"湘妃"同义。映：遮，隐藏。箔：竹帘。
❽ 一夕：指极短时间。
❾ 鬓如霰（xiàn）：两鬓斑白。

[作者简介]

李涉，生卒年不详，河南洛阳人，自号"清溪子"。宪宗时，任太子通事舍人，遭贬为峡州（今湖北宜昌）司仓参军，后迁国子博士，世称"李博士"。

[评析]

后人追忆隋朝往事多感其"悲"，此诗却写的是"欢"。原因在于，这首诗的背景是诗人与故友的重逢。在把酒言欢之际，古今的"百世事"也只不过像是"一夕间"的醉梦。诗歌所表达的意兴酣畅，与其所采用的七古形式，相得益彰。

隋堤怀古[1]

唐 | 张 祜

隋季穷兵复浚川[2],自为猛虎可周旋。

锦帆东去不归日,汴水西来无尽年[3]。

本欲山河传百二[4],谁知钟鼎已三千[5]。

那堪重问江都事[6],回望空悲绿树烟。

注:

[1] 隋堤:隋炀帝大业元年(605),开凿通济渠,自洛阳西苑引谷水、洛水达于黄河,自板渚引黄河入汴水,经泗水达淮河,谓之"御河"。河畔筑御道,种植杨柳,名为"隋堤"。
[2] 隋季:隋末。穷兵:穷兵黩武。隋炀帝曾亲征吐谷浑,三征高丽。隋炀帝在位期间开凿了通济渠、永济渠和江南运河。
[3] 汴水:隋炀帝大业元年,开凿通济渠,自黄河至淮河的一段,因流经汴州(今开封)而称汴水。宋时亦称汴河、汴渠。全长650公里。自河南荥阳的板渚出黄河,至江苏盱眙入淮河。
[4] 百二:典出《史记·高祖本纪》"秦得百二",是说秦地山河险固,可以二敌百。这里是说隋炀帝本来希望自家山河像秦国当年坐守关中那般稳固。
[5] 钟鼎:钟和鼎,古代视为重器,以喻权力与富贵。三千:泛指古代的刑法,此处指代隋炀帝身死扬州,隋朝灭亡。
[6] 江都:故城约在今扬州市。江都之名,以江水都汇于此而得名。一说江都者,乃江淮的一大都会。

作者简介

张祜(约785—约852),字承吉,贝州清河(今河北清河县西)人,有"海内名士"之誉。初寓姑苏,后至长安。受令狐楚推荐,辟诸侯府。但为元稹排挤,仕宦不顺,遂至淮南。晚年隐居以终。著有《张承吉集》。

评析

历来于隋堤上怀古,大多是从后人的视角看去,此诗却站在隋炀帝的角度想来。隋炀帝大起大落的人生,似乎就藏在"自为""本欲""谁知""那堪"几个字词之间。

纵游淮南

唐 | 张 祜

十里长街市井连，

月明桥上看神仙❶。

人生只合扬州死，

禅智山光好墓田❷。

注：

❶ 神仙：此指妓女。
❷ 禅智：扬州城东有禅智寺，一名竹西寺，隋大业年间建。山光：山光寺，位于扬州东郊湾头镇西北部。始建于隋。大业间，隋炀帝将江都行宫的北宫改建而成。

评析

　　此诗极写扬州的繁盛。一句"人生只合扬州死"，道尽诗人对这座城市的热爱。此后，韦庄说"游人只合江南老"，元好问又言"人生只合梁园死"，都从这一句变化而出。

题金陵渡

唐｜张祜

金陵津渡小山楼❶，

一宿行人自可愁。

潮落夜江斜月里，

两三星火是瓜洲❷。

注：

❶ 金陵渡：在今江苏镇江的长江边，与瓜洲隔岸相对。津：渡口。小山楼：作者当晚住处。
❷ 瓜洲：位于扬州城南古运河入江口处，与镇江隔江相望。原为长江中之沙洲，因形如瓜而得名。晋为瓜洲村，唐宋名瓜洲镇。为历代长江南北水运交通要冲。

评析

此诗是张祜漫游江南时所作，描写了江上的清丽夜色，抒发了淡淡的羁旅之愁。

隋帝陵下❶

唐 | 鲍 溶

白露沾衣隋主宫❷,云亭月馆楚淮东。

盘龙楼舰浮冤水❸,雕锦帆幢使乱风❹。

长夜应怜桀何罪❺,告成合笑禹无功❻。

伤心近似骊山路❼,陵树无根秋草中❽。

注:

❶ 隋帝陵:隋炀帝陵寝,在今江苏省扬州市邗江区。
❷ 隋主:隋炀帝。
❸ 楼舰:楼船。
❹ 帆幢:帆船上的旗子。
❺ 桀:夏朝的暴君,被商汤起兵攻伐,出奔南方而死。
❻ 禹:古人名,因治水有功,舜让位给他。
❼ 骊山:位于陕西省西安市临潼区城南,秦始皇陵墓所在。
❽ 陵树:植于陵园的树木。

作者简介

鲍溶,生卒年不详,字德源,自称"楚客",或为楚人。元和四年(809)进士,一生仕宦不显,落落寡合,与韩愈、李正封、孟郊等人交好,是中唐时期的重要诗人。有《鲍溶诗集》。

评析

此诗描写当年隋炀帝乘龙舟沿大运河南下游览江南的情形,展现了隋炀帝狂妄自大和贪图享乐的心理,表达了对历史往事的慨叹。

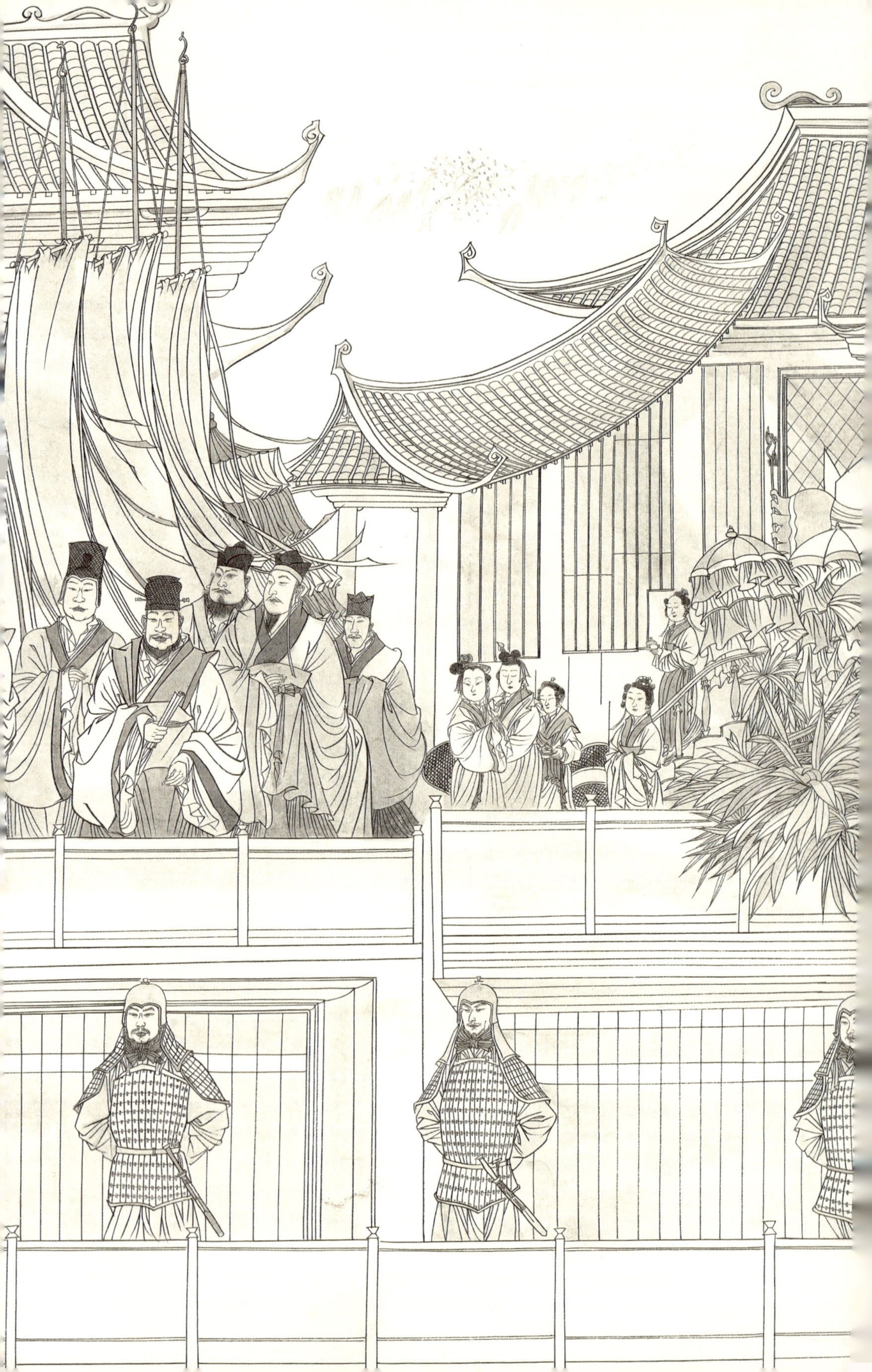

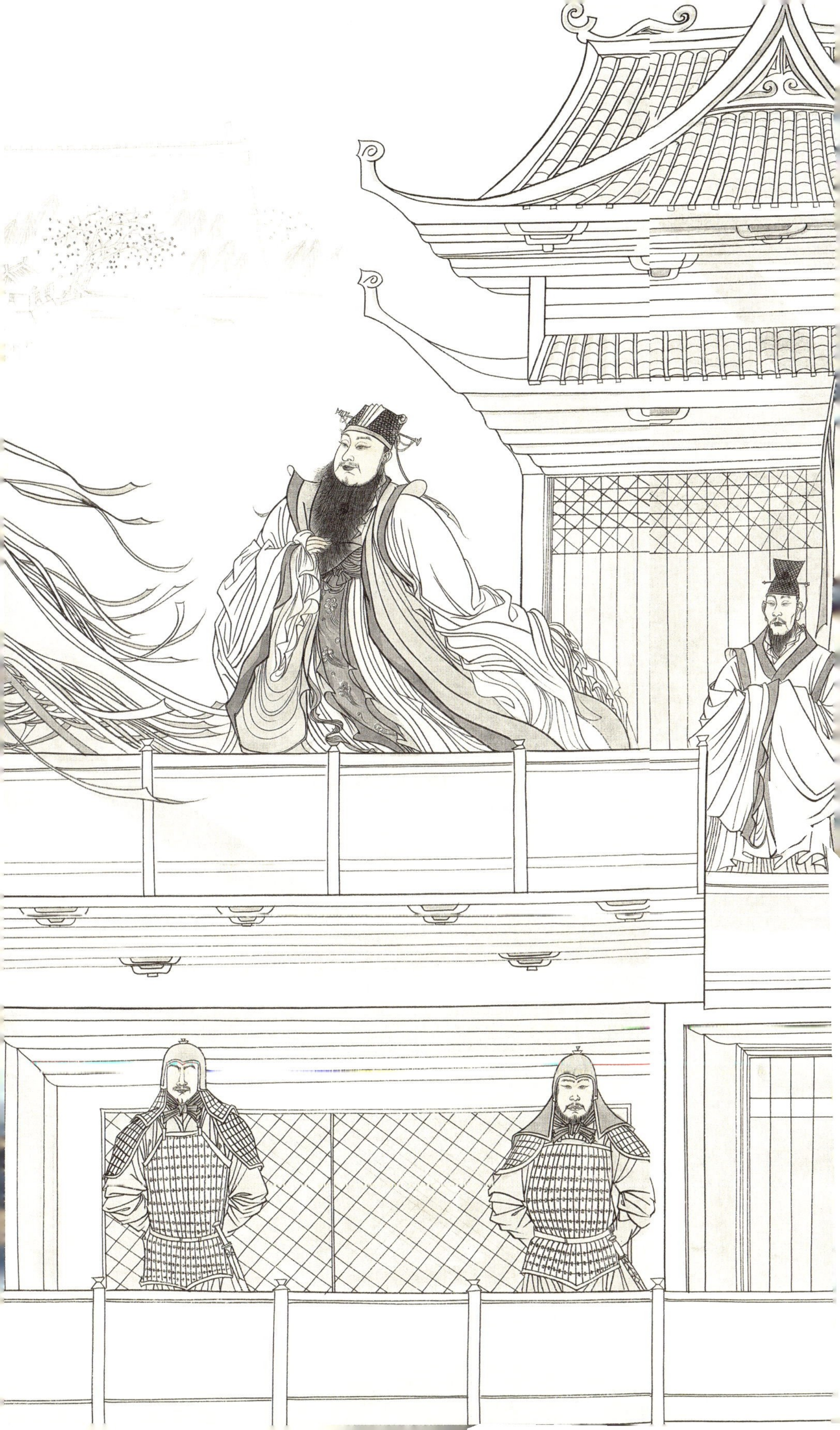

中国大运河史诗图卷／上卷

古代伟大创举／局部

汴河亭[1]

唐｜许浑

广陵花盛帝东游[2]，先劈昆仑一派流。[3]

百二禁兵辞象阙[4]，三千宫女下龙舟。

凝云鼓震星辰动[5]，拂浪旗开日月浮。

四海义师归有道[6]，迷楼还是景阳楼。[7]

注：

[1] 汴河：隋炀帝大业元年（605），开凿通济渠，自黄河至淮河的一段，因流经汴州（今开封）而称汴水。宋时亦称汴河、汴渠。全长650公里。自河南荥阳的板渚出黄河，至江苏盱眙入淮河。汴河亭：在今开封市附近汴河旁，传为炀帝行宫故址。

[2] 广陵：今江苏扬州。

[3] 昆仑一派流：指黄河，旧说黄河发源于昆仑山。"先劈"即将黄河凿渠分引。

[4] 百二：以二敌百。这里指隋炀帝的禁卫兵骁勇。象阙：亦称象魏，古代天子、诸侯宫门外的一对高建筑，亦叫"阙"或"观"，为悬示教令的地方。

[5] 凝云：浓云。

[6] 有道：政治清明，这里指唐朝。

[7] 迷楼：在隋江都郡城西，今扬州市观音山上。设计精巧，人误入，终日不能出。隋炀帝对左右说，即便神仙到此，也当自迷，故称"迷楼"。景阳楼：南朝景阳宫之楼，隋军于此擒获陈后主，常被作为南朝覆亡的象征。

作者简介

许浑（约791—约858），字用晦，祖籍安州安陆（今湖北安陆），寓居润州（今江苏丹阳）丁卯桥，宰相许圉师之后。文宗大和六年（832）进士及第，大中年间入为监察御史，后任润州司马、虞部员外郎，转睦、郢二州刺史。其诗皆近体，五七律尤多，句法工稳，人称"丁卯体"。著有《丁卯集》。

评析

此诗描绘隋炀帝东游广陵的盛况，通过对隋炀帝这个历史人物的贬斥，表达了对晚唐统治者劝讽和警戒。

京口津亭送张崔二侍御[1]

唐 | 许浑

爱树满西津[2],津亭堕泪频[3]。

素车应度洛[4],珠履更归秦[5]。

水接三湘暮[6],山通五岭春[7]。

伤离与怀旧,明日白头人。

注:

[1] 京口:古地名,今江苏省镇江市。津亭:古代建于渡口旁的亭子。
[2] 爱树:推爱及树,用以称颂好官的德政。
[3] 堕泪:羊祜死后,百姓追念,为之立碑,谓堕泪碑。此处借喻张、崔二人德高望重,百姓送别落泪。
[4] 素车:未经油漆、装饰的车。
[5] 珠履:原指珠饰之履,后指有谋略的门客,此处指代张、崔二人。
[6] 三湘:指沅湘、潇湘、资湘三条江。
[7] 五岭:大庾岭、越城岭、骑田岭、萌渚岭、都庞岭的总称,位于江西、湖南、广东、广西四省之间,是长江与珠江流域的分水岭。

评析

此诗写运河渡口送别友人,歌颂了张、崔二侍御的政绩,表达百姓对二人的爱戴,以及作者对二人不舍的心情。

南湖❶

唐 | 朱庆馀

湖上微风小槛凉❷,翻翻菱荇满回塘❸。

野船著岸入春草,水鸟带波飞夕阳。

芦叶有声疑露雨,浪花无际似潇湘❹。

飘然蓬艇东归客❺,尽日相看忆楚乡。

注：

❶ 南湖：位于浙江省嘉兴市南湖区，京杭大运河嘉兴段流经北丽桥、城北桥至西丽桥分二水，一水向东入南湖，一水向西仍为运河。
❷ 槛：栏杆。
❸ 菱荇：菱和荇菜的合称。回塘：环曲的水池。
❹ 潇湘：湘江与潇水的并称。
❺ 蓬艇：如蓬草一样漂泊的小船。

作者简介

朱庆馀，生卒年不详，名可久，字庆馀，以字行，越州（今浙江绍兴）人。宝历二年（826）进士，官至秘书省校书郎。入京赴试时，曾作《闺意献张水部》诗献给张籍，张籍读后大为赞赏，并作诗回赠，庆馀于是声名大震。著有《朱庆馀诗集》。

评析

此诗前三联描写大运河旁南湖的美丽景色，尾联由景入情，表达自己的漂泊之感，以及对家乡的思念。

汴河直进船

唐 | 李敬方

汴水通淮利最多，

生人为害亦相和❶。

东南四十三州地，

取尽脂膏是此河❷。

注：

❶生人：生民，百姓。为害：受害。相和：相等。
❷脂膏：油脂，比喻劳动人民辛勤创造的财富。

作者简介

李敬方（800？—855？），字中虔，并州文水（今属山西）人。长庆三年（823）进士及第，文宗时，为金部员外郎，历户部、度支二郎中，迁谏议大夫。工于诗歌，颇为顾陶推崇。有《李敬方诗》。

评析

这首诗首先肯定了汴河开通的好处，但对于百姓来说，利和害却是连在一起的。通过咏叹汴河，揭露了朝廷对东南一带百姓财富的掠夺。

汴河怀古

唐｜杜 牧

锦缆龙舟隋炀帝❶，

平台复道汉梁王❷。

游人闲起前朝念，

折柳孤吟断杀肠❸。

注：

❶ 锦缆：锦制的缆绳，形容极其奢侈豪华。
❷ 平台：古台名，在河南商丘东北，汉梁孝王刘武所筑。汉梁王：汉代梁孝王刘武（？—公元前144），汉文帝刘恒嫡次子，汉景帝刘启同母弟。
❸ 折柳：古乐曲名，《折杨柳》曲的简称。传说为汉代李延年所作，晋太康末，京洛有《折杨柳》歌，多言兵事劳苦。南朝梁、陈和唐人多为伤春惜别、怀念征人之作。

作者简介

杜牧（803—约852），字牧之，号樊川居士，京兆万年（今陕西西安）人，宰相杜佑之孙。大和二年（828）进士，历任国史馆修撰、膳部员外郎、黄州刺史等职。晚年居长安南樊川别墅，人称"杜樊川"。杜牧是晚唐重要的诗人，与李商隐并称"小李杜"。著有《樊川集》。

评析

此诗前两句描写隋炀帝乘龙舟游览江南，以及梁孝王大兴土木修建平台之事，表现了统治者的骄奢淫逸。后两句写游人对前朝往事的追忆。

汴河阻冻

唐｜杜牧

千里长河初冻时，

玉珂瑶佩响参差。❶

浮生却似冰底水，❷

日夜东流人不知。

注：

❶ 玉珂：马络头上的装饰物，多为玉制。瑶佩：美玉所制的配饰。参差：形容声音高低长短不齐。
❷ 浮生：以人生在世，虚浮不定，因而称为"浮生"。

评析

　　此诗前两句写尘世的喧闹，后两句以冰底之水比喻虚浮不定的人生，表达了对人生匆匆而逝的无奈之情。

寄扬州韩绰判官❶

唐 | 杜 牧

青山隐隐水迢迢❷,

秋尽江南草未凋❸。

二十四桥明月夜❹,

玉人何处教吹箫❺。

注：

❶ 韩绰：生平不详，曾任淮南节度使判官，与杜牧是同僚。判官：观察使、节度使的属官。
❷ 隐隐：隐约不清的样子。迢迢：悠长遥远的样子。
❸ 凋：凋谢。
❹ 二十四桥：位置在唐罗城的浊河、官河和邢沟三条主河道上。唐代确有二十四座桥。沈括在《补笔谈》中记录了二十一座桥的名字。
❺ 玉人：美貌之人。

评析

此诗描写江南山水景色，虽然秋天已尽，但仍然一派生机。二十四桥为扬州风景的代表，作者以此为中心，表达对扬州繁华生活的怀念。

汴河

唐｜罗邺

炀帝开河鬼亦悲，

生民不独力空疲❶。

至今呜咽东流水❷，

似向清平怨昔时❸。

注：

❶ 不独：不仅。
❷ 呜咽：低声哭泣。
❸ 清平：太平。

> 作者简介

　　罗邺，生卒年不详，吴（今江苏苏州）人，一作余杭（今属浙江杭州）人，曾为督邮，甚不得志。擅七言律诗，与罗隐、罗虬号称"三罗"。有明人辑本《罗邺诗集》。

> 评析

　　此诗描写隋炀帝开凿大运河给百姓带来的灾难和痛苦，如今虽是太平之世，但运河之水仍然低声哭泣，向人诉说着往事，可见其影响深远。

忆扬州

唐｜徐　凝

萧娘脸薄难胜泪❶，

桃叶眉头易觉愁❷。

天下三分明月夜，

二分无赖是扬州❸。

注：
❶ 萧娘：南朝以来诗词中男子所恋女子常称萧娘，女子所恋男子则称萧郎。
❷ 桃叶：晋代王献之的爱妾名，此处借指歌妓。
❸ 无赖：可爱、可喜，含有亲昵意味。

作者简介

徐凝，生卒年不详，睦州（今浙江建德）人。诗名振于元和间，为韩愈、白居易、元稹等所推重。诗以七绝见长，风格简古。《全唐诗》存诗一卷。

评析

运河促成了唐代扬州的繁荣。这首诗写的是作者对扬州的追忆。忆起扬州，首先出现是女子带泪的脸，以及眉间似有若无的愁绪。除了心中爱恋的女子，徘徊在诗人回忆里的，还有扬州那"三分天下而有其二"的明月。

汴河览古❶

唐｜徐 凝

炀帝龙舟向此行，

三千宫女采桡轻❷。

渡河不似如今唱，

为是杨家怨思声❸。

注：

❶ 览古：游览古迹。
❷ 采桡：彩饰的船桨。
❸ 杨家：指隋朝皇族杨氏。

评析

　　此诗描绘隋炀帝乘龙舟游览江南的情形。当年宫女如花，如今物是人非，河上远远的歌声，仿佛是杨家怨恨悲伤的声音，抒发了对历史兴衰的感慨。

隋宫[1]

唐 | 李商隐

乘兴南游不戒严[2],

九重谁省谏书函[3]。

春风举国裁宫锦[4],

半作障泥半作帆[5]。

注:
[1] 隋宫:隋炀帝在江都所建的行宫。
[2] 戒严:在战时或其他非常情况下,采取的严密防备措施。
[3] 九重:宫禁、朝廷。
[4] 举国:全国。
[5] 障泥:垂于马腹两侧,用于遮挡尘土的东西。

作者简介

李商隐(约813—858),字义山,号玉谿生,怀州河内(今河南沁阳市)人。开成二年(837)进士及第,起家秘书省校书郎,迁弘农县尉,成为泾原节度使王茂元的幕僚。因卷入"牛李党争",一生困顿,颇不得志。与杜牧合称"小李杜",诗歌绮丽精工,深情绵邈,历代传诵不衰。有《李义山诗集》《李义山文集》。

评析

此诗讽咏隋炀帝游览江南,前两句写隋炀帝刚愎自用,不听劝谏。后两句以全国裁锦用作障泥和帆布,突出隋炀帝的骄奢淫逸,以夸张的笔墨,达到突出的讽刺效果。

隋宫

唐｜李商隐

紫泉宫殿锁烟霞❶，欲取芜城作帝家❷。

玉玺不缘归日角❸，锦帆应是到天涯。

于今腐草无萤火❹，终古垂杨有暮鸦❺。

地下若逢陈后主❻，岂宜重问后庭花❼。

注：

❶ 紫泉：紫渊，汉代皇家宫殿，因唐高祖名渊，为避讳而改，这里代指隋朝长安的宫殿。
❷ 芜城：广陵城，故址在今江苏省扬州市江都县境。鲍照作有《芜城赋》。
❸ 玉玺：皇帝的玉印。缘：因为。日角：庭中骨凸起如日，为帝王之相，古代恭维皇帝之语。此处指代唐高祖李渊。
❹ 腐草无萤火：古人以为萤火虫是腐草变化出来的。《隋书》记载，隋炀帝为了游玩享乐，曾于景华宫征求萤火。这句话用夸张的手法，说隋炀帝把萤火虫都搜光了。
❺ 垂杨：传说大运河修成之后，隋炀帝命人以垂柳栽于汴渠两堤之上，并赐以杨姓。
❻ 陈后主：南朝陈末代皇帝陈叔宝（553—604），因荒淫无度而亡国。
❼ 后庭花：指陈后主所作的曲词《玉树后庭花》。

评析

隋炀帝为了寻欢作乐，开凿运河，劳民伤财，成了和陈后主一样的亡国之君。此诗咏史吊古，讽刺隋炀帝的荒淫，同时讽喻当前统治者，寄意深远。

杂曲歌辞·杨柳枝

唐 | 薛 能

汴水高悬百万条，

风清两岸一时摇。

隋家力尽虚栽得，

无限春风属圣朝。

注：

❶ 杂曲歌辞：乐府的一种，是根据一些散失了或残存的民间乐调，加以整理而成。杨柳枝：词牌名。源于北朝乐府《折杨柳》，唐开元年间入教坊曲，经白居易、刘禹锡整理改编而成。
❷ 圣朝：谓唐朝。

作者简介

薛能（817—880），字大（一作太）拙，河东汾州（山西汾阳县）人。会昌六年（846）进士，仕宦显达，历任感化军节度使、工部尚书、忠武军节度使。诗多题咏酬赠之作。著有《薛能诗集》。

评析

此诗描绘汴河岸边的杨柳，万条垂下，随风轻舞，并借咏柳歌颂李唐王朝的隆盛。

汴上暮秋

唐｜许 棠

独立长堤上❶，西风满客衣。

日临秋草广，山接远天微。

岸叶随波尽，沙云与鸟飞。

秦人宁有素❷，去意自知归。

注：

❶ 长堤：隋堤。
❷ 秦人：指隋炀帝杨广。宁：岂，难道。有素：有所知悉。

作者简介

　　许棠（822—？），字文化，泾县（今属安徽）人。咸通十二年（870）进士，任泾县尉、江宁丞。有诗名，与张乔、任涛、郑谷、温宪等人齐名，合称"咸通十哲"。

评析

　　此诗描绘汴河深秋景色，以远近、动静不同的景物作对比，刻画了一幅登高望远图。尾联认为隋炀帝不应一味享乐，也是含蓄地对当朝统治者的讽谏。

汴河十二韵

唐｜许　棠

昔年开汴水，元应别有由❶。或兼通楚塞❷，宁独为扬州。

直断平芜色❸，横分积石流。所思千里便，岂计万方忧。

首甚资功济，终难弭宴游❹。空怀龙舸下❺，不见锦帆收。

浪倒长汀柳❻，风欹远岸楼❼。奔逾怀许竭❽，澄彻泗滨休❾。

路要多行客❿，鱼稀少钓舟。日开天际晚，雁合碛西秋⓫。

一派注沧海，几人生白头。常期身事毕，于此泳东浮。

注：

❶ 元应：原本应该。
❷ 通楚塞：指打通与楚地的隔绝。
❸ 平芜：草木丛生的平旷原野。
❹ 弭（mǐ）：平息。
❺ 舸（gě）：大船。
❻ 长汀：水边或水中长形的平地。
❼ 欹（qī）：倾斜。
❽ 怀许：怀州（今河南沁阳市）和许州（今河南许昌市）。
❾ 泗滨：泗水之滨。通济渠于泗州临淮县（今江苏泗淮东南）入淮河。
❿ 要：重要。
⓫ 碛：沙漠。碛西：代指西域。

评析

　　此诗认为隋炀帝开凿运河是为了沟通南北，但也有寻欢作乐的目的，从而导致了隋朝的灭亡。作者用长篇文辞描绘了汴河两岸的美丽风光，表达了徜徉于此的愿望。

汴河

唐 | 罗 隐

当时天子是闲游,今日行人特地愁。

柳色纵饶妆故国❶,水声何忍到扬州。

乾坤有意终难会,黎庶无情岂自由❷。

应笑秦皇用心错,谩驱神鬼海东头❸。

注:

❶ 纵饶:纵然,即使。
❷ 黎庶:百姓。
❸ 应笑两句:据《史记》记载,秦始皇为了寻求长生不老,多次派人到海上寻找仙山和神药。

> 作者简介

罗隐(833—910),本名横,字昭谏,新城(今浙江杭州市富阳区)人。屡试进士不第,遂改名为隐。咸通十一年(870),为衡阳主簿,后又为钱塘县令、秘书省著作郎等职。工诗善文,尤精小品文。有《甲乙集》。

> 评析

此诗通过柳色和水声的点染,表达对历史往事的感慨。尾联由此联想到秦始皇求仙,对历代统治者荒淫行为进行了批判。

中元夜泊淮口❶

唐|罗 隐

木叶回飘水面平,偶因孤棹已三更。❷

秋凉雾露侵灯下,夜静鱼龙逼岸行。❸

欹枕正牵题柱思,❹隔楼谁转绕梁声。❺

锦帆天子狂魂魄,应过扬州看月明。

注:

❶ 中元:农历七月十五,汉族传统节日之一。淮口:又称清口、泗口,是泗水入淮处,在今江苏盱眙附近。
❷ 孤棹:独桨,借指孤舟。
❸ 鱼龙:鱼和龙,泛指鳞介水族。
❹ 欹(qī)枕:斜倚枕头。题柱:"题桥柱"。汉司马相如初离蜀赴长安,曾于成都城北昇仙桥题句于桥柱,自述致身通显之志,后以"题桥柱"比喻对功名有所抱负。
❺ 绕梁:形容歌声高亢回旋,久久不息。

评析

　　此诗描写了深夜泊于大运河入淮口的所见所感,抒发自己的孤寂心情,表达了对建功立业的渴求,也表达了怀古之思。尾联写到隋炀帝的魂魄,照应题中的"中元"。

过扬州

唐 | 韦 庄

当年人未识兵戈,处处青楼夜夜歌❶。

花发洞中春日永,月明衣上好风多。

淮王去后无鸡犬❷,炀帝归来葬绮罗。

二十四桥空寂寂❸,绿杨摧折旧官河❹。

注:

❶ 青楼:妓院。
❷ 淮王:淮南王刘安。据《论衡》记载,刘安得道升天之后,就连家中的鸡犬也跟着上了天,即所谓的"一人得道,鸡犬升天"。
❸ 二十四桥:位置在唐罗城的浊河、官河和邗沟三条主河道上。唐代确有二十四座桥。沈括在《补笔谈》中记录了二十一座桥的名字。这里借指歌舞繁华之地。
❹ 官河:指大运河。

作者简介

韦庄(约836—910),字端己,京兆杜陵(今陕西西安)人,苏州刺史韦应物四世孙。乾宁元年(894)进士及第,出任校书郎,后任左补阙。五代时任前蜀宰相。工诗,与温庭筠同为"花间派"代表作家,并称"温韦"。著有《浣花集》。

评析

此诗前半部分描绘扬州昔日的繁华景象,后半部分描写战乱后的空寂与破败,二者形成鲜明对比,表达了作者的悲凉之感。

河传❶

唐 韦庄

何处，烟雨。隋堤春暮❷，柳色葱茏。

画桡金缕❸，翠旗高飐香风❹，水光融。

青娥殿脚春妆媚❺，轻云里，绰约司花妓❻。

江都宫阙❼，清淮月映迷楼❽，古今愁。

注：

❶ 河传：词牌名，又名"秋光满目""庆同天""月照梨花"等。
❷ 隋堤：隋炀帝大业元年（605），开凿通济渠，自洛阳西苑引谷水、洛水达于黄河，自板渚引黄河入汴水，经泗水达淮河，谓之"御河"。河畔筑御道，种植杨柳，名为"隋堤"。
❸ 画桡：有画饰的船桨。金缕：指柳条。
❹ 高飐（zhǎn）：高高地飘扬。
❺ 青娥：美丽的女子。殿脚：殿脚女，隋炀帝巡游江都时为其牵挽龙舟的女子。
❻ 绰约：形容女子姿态优美的样子。司花妓：司花女，管理百花的女神。
❼ 宫阙：指隋炀帝在江都建造的行宫。
❽ 迷楼：在隋江都郡城西，今扬州市观音山上。设计精巧，人误入，终日不能出。隋炀帝对左右说，即便神仙到此，也当自迷，故称"迷楼"。

评析

此词上片描绘隋堤暮春时节的美景，下片展开想象，描写隋宫中的美女。如今她们早已香消玉殒，昔日的宫殿人去楼空，通过这种古今对比，抒发了深深的愁思。

汴河怀古二首

唐｜皮日休

（一）

万艘龙舸绿丝间❶，载到扬州尽不还❷。

应是天教开汴水❸，一千余里地无山。

（二）

尽道隋亡为此河，至今千里赖通波❹。

若无水殿龙舟事❺，共禹论功不较多。

注：

❶ 舸（gě）：大船。
❷ 这句暗指隋炀帝游览扬州时被部将宇文化及杀死。
❸ 汴水：隋炀帝大业元年（605），开凿通济渠，自黄河至淮河的一段，因流经汴州（今开封）而称汴水。宋时亦称汴河、汴渠。全长650公里。自河南荥阳的板渚出黄河，至江苏盱眙入淮河。
❹ 通波：河渠相通。
❺ 水殿龙舟事：指隋炀帝乘龙舟下扬州游玩一事。

作者简介

皮日休（约838—约883），字袭美，竟陵（今湖北天门）人。曾住鹿门山，道号鹿门子，咸通八年（867）进士。历任苏州军事判官、著作佐郎、太常博士、毗陵副使。后参加黄巢起义，失败后不知所踪。与陆龟蒙齐名，世称"皮陆"。著有《皮子文薮》《松陵唱和集》。

评析

第一首描绘了隋炀帝游览扬州的豪华阵势，以及大运河所经之地平坦的地理环境。"应是天教开汴水"一句，设想巧妙。

第二首肯定开凿大运河对于沟通南北的积极意义，认为隋炀帝若非贪图享乐，当可与治水的大禹争功，颇具见识，堪称高妙。

汴水

唐｜胡 曾

千里长河一旦开❶，

亡隋波浪九天来❷。

锦帆未落干戈过❸，

惆怅龙舟更不回。

注：

❶ 千里长河：指隋炀帝开凿的大运河。
❷ 九天：天之中央与八方，指宫禁及四面八方。
❸ 此句指隋炀帝在扬州游玩时天下已经大乱。

作者简介

胡曾（约839—？），号秋田，长沙（今属湖南）人，一作邵阳（今属湖南）人，咸通十二年（871），为剑南西川节度使路岩掌书记。乾符元年（874），为剑南西川节度使高骈掌书记。工于诗歌，尤擅咏史，著有《咏史诗》。

评析

此诗前两句揭示隋炀帝的罪状，认为大运河的开凿直接导致了隋朝的灭亡。后两句慨叹隋朝灭亡之迅速。

隋堤❶

唐 | 秦韬玉

种柳开河为胜游❷,堤前常使路人愁。

阴埋野色万条思,翠束寒声千里秋。

西日至今悲兔苑❸,东波终不反龙舟❹。

远山应见繁华事,不语青青对水流。

注:

❶ 隋堤:隋炀帝大业元年(605),开凿通济渠,自洛阳西苑引谷水、洛水达于黄河,自板渚引黄河入汴水,经泗水达淮河,谓之"御河"。河畔筑御道,种植杨柳,名为"隋堤"。
❷ 胜游:快意地游览。
❸ 兔苑:兔园,也称梁园,在今河南商丘县东,汉梁孝王刘武所筑,为游赏延宾之所。
❹ 东波:向东流逝之水,比喻匆匆消逝的时光。

作者简介

秦韬玉,生卒年不详,字中明,湖南人,一作长安(今陕西西安)人。曾依附宦官田令孜,充当幕僚。黄巢起义军攻占长安后,从僖宗入蜀。著有《秦韬玉集》。

评析

此诗描绘隋堤秋日阴沉、萧条的景色。昔日的繁华,终究变成了今日的冷清,通过古今强烈的对比,抒发了心中的悲凉之感。"远山"二句拟山于人,阅尽沧桑,却不动声色。

隋堤柳❶

唐 | 李山甫

曾傍龙舟拂翠华❷，至今凝恨倚天涯。

但经春色还秋色，不觉杨家是李家。

背日古阴从北朽，逐波疏影向南斜。

年年只有晴风便，遥为雷塘送雪花❸。

注：

❶ 隋堤柳：隋炀帝大业元年（605），开凿通济渠，自洛阳西苑引谷水、洛水达于黄河，自板渚引黄河入汴水，经泗水达淮河，谓之"御河"。河畔筑御道，种植杨柳，名为"隋堤"。

❷ 翠华：天子仪仗中以翠羽为饰的旗帜或车盖。

❸ 雷塘：在今扬州北郊十五里。汉代称雷陂，为王室范围。隋炀帝死后葬于吴公台下。武德五年（622）改葬于雷塘北岸。雪花：指代柳絮。

作者简介

李山甫，生卒年不详。咸通中，累举进士不第，依魏博节度使乐彦祯为判官。为诗多讽喻，多感时怀古之作。

评析

此诗吟咏隋堤古柳。隋堤柳作为历史的见证者，不仅历经春秋，而且历经改朝换代，看惯杨隋和李唐，依然顽强地存活，尽管已经老朽不堪，却依然年年吹送着柳絮。

经炀帝行宫

唐 | 刘 沧

此地曾经翠辇过❶,浮云流水竟如何。

香销南国美人尽,怨入东风芳草多。

残柳宫前空露叶,夕阳川上浩烟波。

行人遥起广陵思❷,古渡月明闻棹歌❸。

注:

❶ 翠辇:饰有翠羽的帝王车驾。
❷ 广陵:今江苏省扬州市。
❸ 棹歌:行船时所唱之歌。

作者简介

刘沧,生卒年不详,字蕴灵,汶阳(今山东宁阳)人,约唐懿宗咸通前后在世。大中八年(854),登进士第,调华原尉,迁龙门令。善七律,多怀古之作。

评析

隋炀帝行宫曾经繁华无比,热闹非凡,如今人去楼空,荒芜冷落。此诗重点描绘了行宫现在的状貌,以自然景物烘托凄凉的氛围,结尾更将这种怀古之思引入一种空灵的境界。

酬杨赡秀才送别❶

唐｜崔致远

海槎虽定隔年回❷，衣锦还乡愧不才。

暂别芜城当叶落❸，远寻蓬岛趁花开❹。

谷莺遥想高飞去❺，辽豕宁惭再献来❻。

好把壮心谋后会，广陵风月待衔杯❼。

注：

❶ 杨赡：生平不详。
❷ 海槎：用竹木编制的渡海的筏。
❸ 芜城：广陵城，故址在今江苏省扬州市江都县境。鲍照作有《芜城赋》。
❹ 蓬岛：蓬莱山，古代传说中的神山名，此处指朝鲜半岛。
❺ 谷莺：山谷中之莺，比喻尚未显达之人。时杨赡正有参加科举的打算。
❻ 辽豕：辽东豕。《后汉书》记载，辽东有猪生子白头，有人觉得奇异，准备献给朝廷，后来在辽东见到一群猪均为白头，于是惭愧而回。用以比喻知识浅薄、少见多怪。
❼ 衔杯：口含酒杯，指饮酒。

作者简介

崔致远（857—？），字孤云，号海云，新罗（今韩国）人。懿宗咸通九年（868）入唐，僖宗乾符元年（874）进士及第，出任溧水县尉，后为淮南节度使高骈幕府，授幕府都统巡官。居唐十七年，与当时文人交游甚广。著有《桂苑笔耕集》，是朝鲜半岛现存最早的一部个人诗文集。历代朝鲜半岛学人皆尊其为朝鲜半岛文学之宗祖。

评析

运河使扬州成为国际交流的重要港口。此诗作于作者回国暂别之际，抒发了对友人及唐朝的眷恋之情。作者长期学习生活于唐朝，对唐朝有着极深的感情。诗歌的最后，表达了再次归来与友人把酒言欢的期待。

隋堤柳[1]

唐 | 翁承赞

春半烟深汴水东,

黄金丝软不胜风。

轻笼行殿迷天子[2],

抛掷长安似梦中。

注:

[1] 隋堤:隋炀帝大业元年(605),开凿通济渠,自洛阳西苑引谷水、洛水达于黄河,自板渚引黄河入汴水,经泗水达淮河,谓之"御河"。河畔筑御道,种植杨柳,名为"隋堤"。
[2] 行殿:可以移动的宫殿,此指一种安稳的大车。

作者简介

翁承赞(859—932),字文尧,晚年号狎鸥翁,福唐(今福建福清)人。乾宁三年(896)进士,次年复中博学鸿词科,任京兆府参军。后任右拾遗、右谏议大夫、御史大夫等职。承赞工诗,与黄滔、徐寅齐名。

评析

此诗描摹隋堤之上垂柳的形貌,柔软轻盈,随风飘舞。隋炀帝作为一国之君,本应勤政为民,却耽于享乐,最终亡国。作者借咏柳为名,对隋炀帝进行了辛辣的讽刺。

杨柳枝❶

唐 | 翁承赞

炀帝东游意绪多❷,

宫娃眉翠两相和❸。

一声水调春风暮❹,

千里交阴锁汴河❺。

注:

❶ 杨柳枝:乐府近代曲名。本为汉乐府横吹曲辞《折杨柳》,至唐易名《杨柳枝》。
❷ 意绪:情绪。
❸ 宫娃:宫女。眉翠:翠眉,美女的代称。
❹ 水调:隋炀帝巡幸江都时所制,声韵怨切。乐工王令言听后说:"此曲只有去声而无回韵,皇帝恐怕回不去了。"后果如其言。
❺ 交阴:指杨柳的树荫交织在一起。

评析

此诗描摹炀帝东游时美女相伴、歌舞不休的场景,暗含了作者的讥讽之意。

唐宋

宋

河传[1]

宋 | 孙光宪

太平天子，等闲游戏[2]，疏河千里。

柳如丝，偎倚[3]，绿波春水，长淮风不起[4]。

如花殿脚三千女[5]，争云雨[6]，何处留人住？

锦帆风，烟际红，烧空，魂迷大业中[7]。

注：

[1] 河传：词牌名，又名"秋光满目""庆同天""月照梨花"等。
[2] 等闲：轻易。
[3] 偎倚：紧挨着。
[4] 长淮：淮河。
[5] 殿脚：殿脚女，隋炀帝巡游江都时为其牵挽龙舟的女子。
[6] 云雨：比喻帝王的恩泽。
[7] 大业：隋炀帝年号，605—618年。

作者简介

孙光宪（901—968），字孟文，自号葆光子，陵州贵平（今属四川省仁寿县）人。历任荆南节度副使、朝议郎、检校秘书少监，试御史中丞。入宋，为黄州刺史。性嗜经籍，藏书数千卷。著有《孙中丞词》。

评析

此诗以开凿大运河为中心，批判隋炀帝荒淫无度和劳民伤财的行为，指出这正是隋朝迅速灭亡的重要原因。词末四句情景交融，颇有震撼力。

雨霖铃❶

宋｜柳永

寒蝉凄切❷，对长亭晚❸，骤雨初歇。

都门帐饮无绪❹，留恋处，兰舟催发❺。

执手相看泪眼，竟无语凝噎❻。

念去去，千里烟波，暮霭沉沉楚天阔❼。

多情自古伤离别，更那堪，冷落清秋节❽！

今宵酒醒何处？杨柳岸❾，晓风残月。

此去经年，应是良辰好景虚设。

便纵有千种风情❿，更与何人说？

注：

❶ 雨霖铃：词牌名，也作"雨淋铃"。据说唐玄宗入蜀时在雨中听到铃声，想念杨贵妃，故作此曲。
❷ 凄切：凄凉悲切。
❸ 长亭：古时在道路每隔十里处设长亭，供旅客休息。
❹ 都门：京都城门，这里代指首都汴京。帐饮：在郊外设帐饯行。无绪：没有情绪。
❺ 兰舟：木兰舟，小舟的美称。
❻ 凝噎（yē）：哭时不能痛快出声的样子。
❼ 暮霭：傍晚的云雾。楚天：南方楚地的天空。
❽ 清秋节：指农历九月九日重阳节。
❾ 杨柳岸：植有杨柳的隋堤。
❿ 风情：男女之间的感情。

作者简介

柳永（约984—约1053），原名三变，字景庄，后改名柳永，字耆卿，因排行第七，又称柳七，崇安（今福建武夷山）人。大中祥符元年（1008），参加科举考试，屡试不中，遂一心填词，是宋词婉约派的代表人物。著有《乐章集》。

评析

此词上片以铺排手法描写作者在汴河岸边与友人离别时的心情，以周围的景物加以点染，融情于景。下片从个别到一般，将感情深化，更辅以令人悲伤的景色，淋漓尽致地抒发了自己的伤感之情。

赴桐庐郡淮上遇风三首❶（其一）

宋｜范仲淹

圣宋非强楚，清淮异汨罗❷。

平生仗忠信，尽室任风波❸。

舟楫颠危甚❹，蛟鼋出没多❺。

斜阳幸无事，沽酒听渔歌❻。

注：

❶ 桐庐郡：今浙江省杭州市桐庐县，大运河流经于此。
❷ 汨罗：洞庭湖水系河流之一，在湖南东北部，楚国诗人屈原投此江而死。
❸ 尽室：全家。
❹ 舟楫：船和桨，泛指船只。颠危：倾侧翻转。
❺ 蛟鼋（yuán）：蛟龙与大鳖。
❻ 沽酒：买酒。

作者简介

范仲淹（989—1052），字希文，吴县（今江苏苏州）人。大中祥符八年（1015），进士及第，授广德军司理参军。庆历三年（1043），出任参知政事，发起"庆历新政"。谥号"文正"。范仲淹论文以经世致用为主，讲究实效，诗歌关心民生，词作情致深切，为人称道。著有《范文正公集》。

评析

景祐元年（1034），范仲淹因触怒宋仁宗，被贬为睦州知州，此诗即作于赴任的路上。诗中通过与投江而死的屈原比较，表达了对朝廷的信任及对朝中小人的斥责，显示了自己宽广的胸襟。

惜琼花·汀蘋白

宋｜张 先

汀蘋白，苕水碧。每逢花驻乐，随处欢席。

别时携手看春色。萤火而今，飞破秋夕。

汴河流，如带窄。任身轻似叶，何计归得。

断云孤鹜青山极。楼上徘徊，无尽相忆。

注：
1. 惜琼花：词牌名。汀蘋：水中小洲上的蘋草。
2. 苕水：苕溪，在作者的家乡浙江湖州，以风光秀美著称。
3. 秋夕：阴历八月十五，即中秋节。
4. 何计：如何。
5. 孤鹜：孤单的野鸭。

作者简介

张先（990—1078），字子野，乌程（今浙江湖州）人。天圣八年（1030）进士及第，历任宿州掾、吴江知县、嘉禾（今浙江嘉兴）判官。后以屯田员外郎知渝州，又知虢州。治平元年（1064），以尚书都官郎中致仕。善作慢词，因有三句妙用"影"的词句，人称"张三影"。著有《张子野词》。

评析

此词上片追忆昔日游春、离别的场景，通过对比，表现出对往昔的思念。下片由窄窄的汴水开始，诉说自己客居他乡、欲归不得的凄苦。通过不同时间、不同地点、不同场景的对比，加深了情感的深度。

江南柳[1]·隋堤远

宋｜张　先

隋堤远，波急路尘轻。

今古柳桥多送别[2]，见人分袂亦愁生[3]。何况自关情。

斜照后，新月上西城。

城上楼高重倚望[4]，愿身能似月亭亭[5]，千里伴君行。

注：

[1] 江南柳：词牌名。
[2] 柳桥：柳荫下的桥，古代常折柳赠别，因泛指送别之处。
[3] 分袂：分别。
[4] 倚望：徙倚怅望。
[5] 亭亭：明亮美好的样子。

评析

　　此词上片开篇点明隋堤送别的主旨。即便旁观者，也会感到忧愁，更何况是自己。下片写分别后的孤寂，希望能够化身明月，千里相伴，表达了对友人的思念。

虞美人❶·述古移南郡❷

宋｜张　先

恩如明月家家到。无处无清照。

一帆秋色共云遥。眼力不知人远、上江桥。

愿君书札来双鲤❸。古汴东流水❹。

宋王台畔楚宫西❺。正是节趣归路、近沙堤。

注：

❶ 虞美人：词牌名，又名"一江春水""玉壶水""巫山十二峰"等。
❷ 述古：北宋著名理学家陈襄（1017—1080）的字。移：职务调动。南郡：应天府河南郡（今河南商丘）。
❸ 双鲤：古时对书信的称谓。古人常把书信扎在两片简中，简多刻成鱼形，故称。
❹ 古汴：汴河。
❺ 宋王台：在今河南商丘。楚宫：当亦在商丘。
❻ 节：符节，此指新的任命。趣：催促。

评析

此词为送别好友陈襄所作，上片写分别时的场景，下片写希望好友能够时常来信。东流的汴水，仿佛无尽的思念，末尾表达了对好友归来的盼望。

寒食游王氏城东园林因寄王虞部 ❶

宋｜晏 殊

谢墅林亭汴水滨❷，偶携佳客共寻春。

看花纵拟思君子❸，对竹何曾问主人❹。

促席正逢羲日缓❺，酡颜仍有郢醪醇❻。

朝中九列无闲暇❼，愿作新诗赠季伦❽。

注：

❶ 寒食：节日名。在清明前一日或二日。王虞部：生平不详。
❷ 谢墅：东晋谢安在会稽东山及建康俱有别墅，后人概称"谢墅"，这里借指高门世族的第宅。林：东晋名士支遁（314—366），字道林，世称林公。
❸ 思君子：乐府诗题，出自屈原《九歌·湘夫人》诗句"思君子兮不敢言"。
❹ 对竹句：据《世说新语》记载，王徽之曾路过一片竹林，因特别喜爱而忽视了主人的殷勤接待。
❺ 促席：坐席互相靠近。羲日：羲和之日，这里指时光。
❻ 酡（tuó）颜：饮酒脸红的样子。郢醪（láo）：郢地（今湖北江陵）出产的味道浓郁的美酒。
❼ 九列：九卿的职位。
❽ 季伦：西晋富豪石崇的字，其私家园林金谷园很有名。这里指城东园林的主人王虞部。

作者简介

晏殊（991—1055），字同叔，抚州临川（今属江西）人。十四岁以神童入试，赐同进士出身，命为秘书省正字，官至右谏议大夫、集贤殿学士、同平章事兼枢密使、礼部刑部尚书等职。以词著称，尤擅小令，与其子晏几道被称为"大晏""小晏"，又与欧阳修并称"晏欧"。著有《珠玉词》。

评析

此诗描摹春日于汴河边上雅集游宴的场景，主客之间其乐融融的氛围，表达了作者欢快的心情，也表达了诗人对主人的深挚感情。

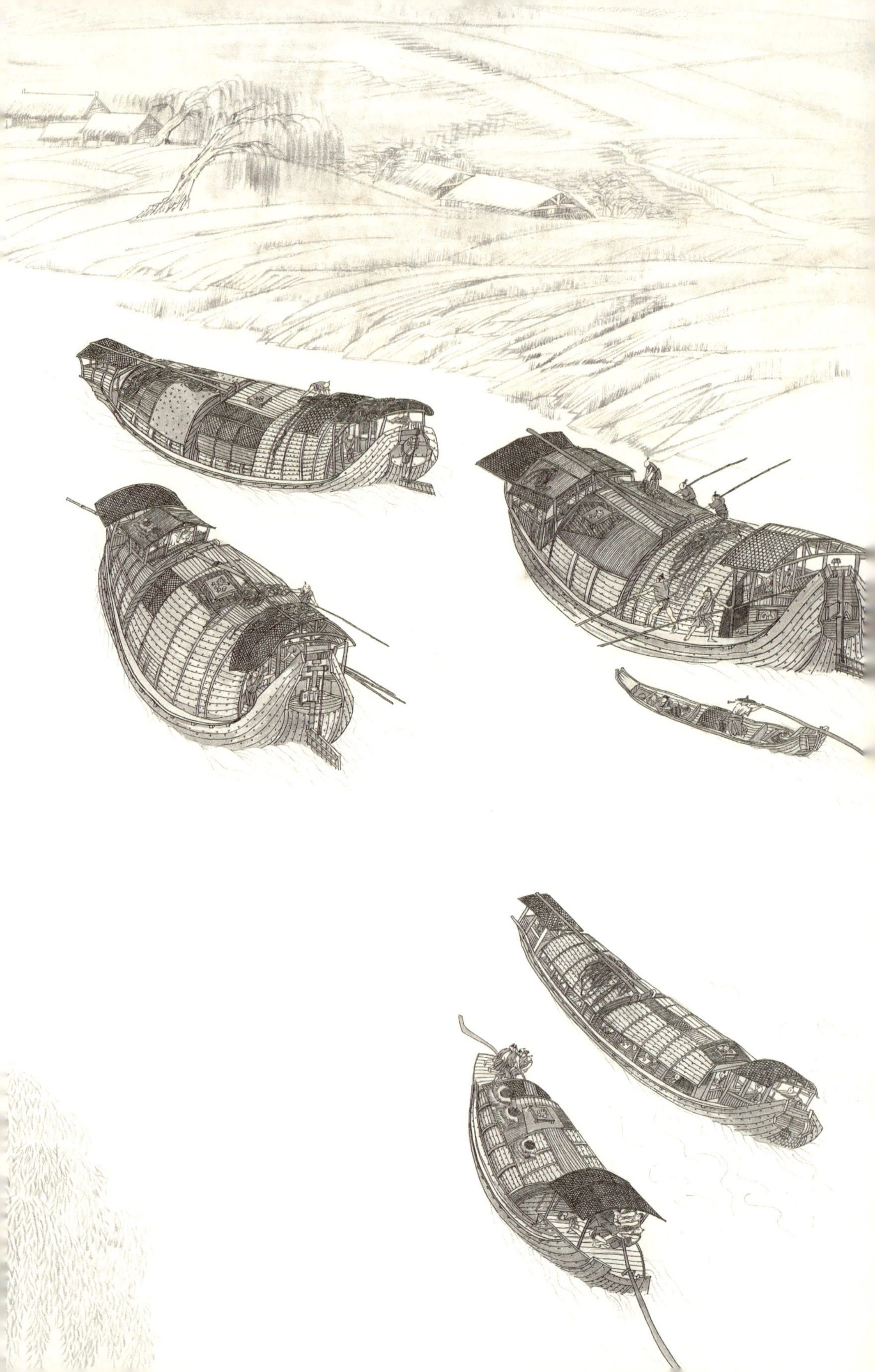

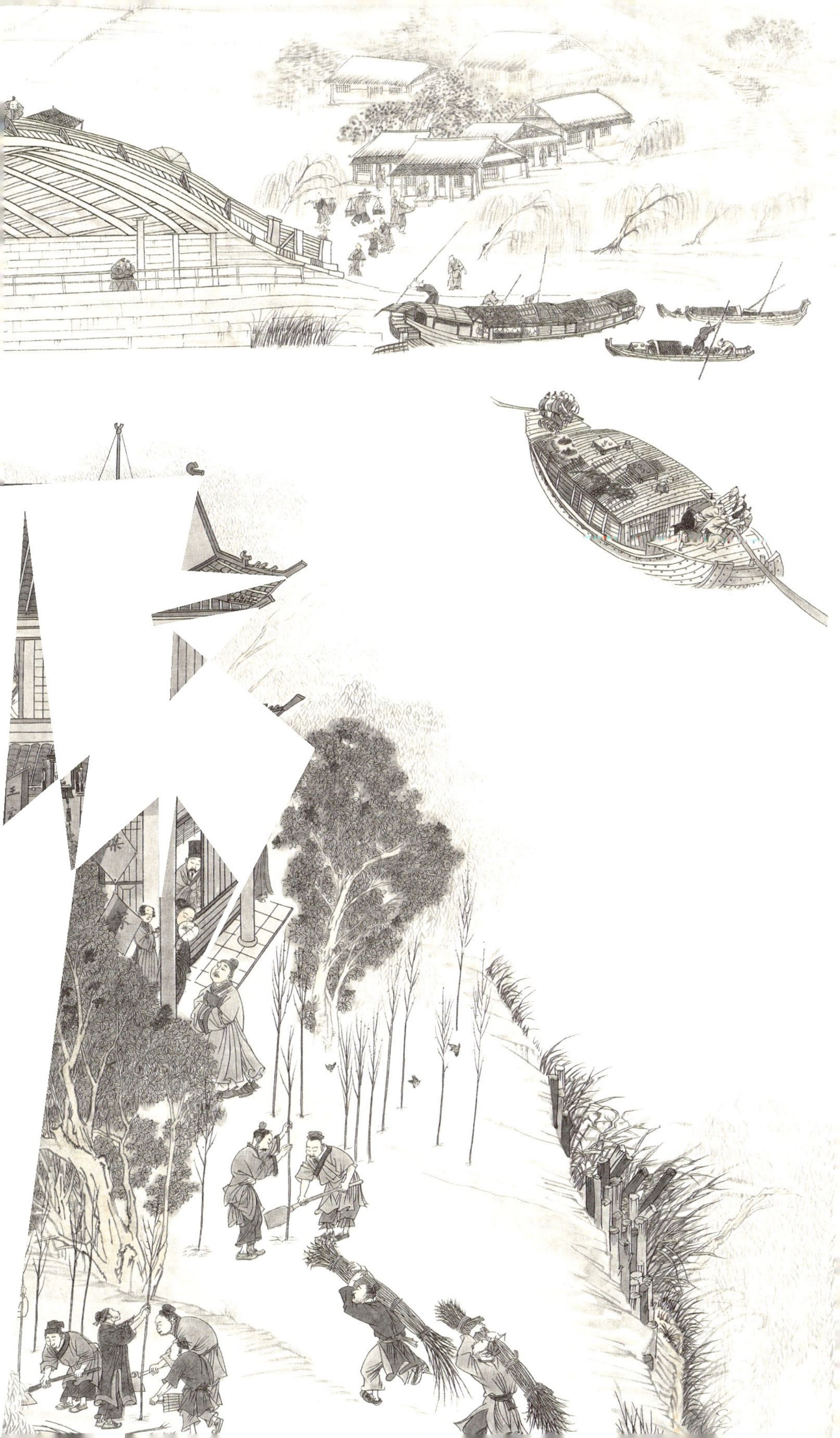

中国大运河史诗图卷 / 上卷

古代伟大创举 / 局部

汴渠春望漕舟数十里❶

宋 | 宋 庠

虎眼春波溢宕沟❷，

万艘衔尾饷中州❸。

控淮引海无穷利❹，

任是滔滔本浊流。

注：

❶ 漕舟：运漕粮的船。
❷ 虎眼：形容旋转的水波。宕沟：沟渠。
❸ 饷：赠送。中州：古豫州（今河南省一带）地处九州之中，称为中州，亦泛指中原地区。
❹ 控：贯通。

作者简介

宋庠（996—1066），初名郊，字伯庠，后改今名，字公序，雍丘（今河南商丘）人，工部尚书宋祁之兄。天圣二年（1024）状元及第，任大理评事、同判襄州。后擢为太子中允、直史馆，累迁右谏议大夫、参知政事。皇祐元年（1049）拜相，与其弟宋祁以文学名世，号称"二宋"。著有《元宪集》。

评析

此诗描绘大运河繁忙的漕运景象，指出大运河的开凿对于联通江淮河海、沟通南北经济的重要作用。

汴渠

宋｜梅尧臣

我实山野人，不识经济宜❶。

闻歌汴渠劳❷，谩缀汴渠诗❸。

汴水源本清，随分黄河枝。

浊流方已盛，清派不可推。

天王居大梁❹，龙举云必随❺。

设无通舟航，百货当陆驰❻。

人肩牛骡驴，定应无完皮。

苟欲东南苏❼，要省聚敛为。

兵卫讵能削❽，乃须雄京师。

今来虽太平，尽罢未是时。

愿循祖宗规，勿益群息之❾。

譬竭两川赋❿，岂由此水施？

纵有三峡下⓫，率皆粗冗资⓬。

慎莫尤汴渠⓭，非渠取膏脂⓮。

注：

❶ 经济：经世济民。
❷ 劳：劳苦。
❸ 谩：通"漫"，胡乱，随便。缀：连缀，这里指撰写文章。
❹ 天王：天子。大梁：古地名，战国魏都，在今河南省开封市西北，隋唐以后，通称开封为大梁。
❺ 举：飞翔。
❻ 陆驰：陆路运输。
❼ 苏：复苏，此处指经济恢复。
❽ 讵：副词，难道。
❾ 勿益句：只要不增加百姓负担，百姓就会安居。
❿ 两川：东川和西川的合称。唐肃宗至德二年（757），剑南道置东川、西川两节度使，因有两川之称。
⓫ 三峡：四川、湖北两省境内，长江上游的瞿塘峡、巫峡和西陵峡的合称。
⓬ 粗冗：粗糙繁杂。
⓭ 尤：怪罪。
⓮ 渠：代词，指大运河。

作者简介

梅尧臣（1002—1060），字圣俞，世称宛陵先生，宣城（今属安徽）人。初以恩荫补桐城主簿。皇祐三年（1051）得宋仁宗召试，赐同进士出身，为太常博士。后为国子监直讲，累迁尚书都官员外郎，故世称"梅直讲""梅都官"。有诗名，与苏舜钦齐名，时号"苏梅"，又与欧阳修并称"欧梅"。著有《宛陵集》。

评析

此诗称赞大运河对于漕运的作用，一是与陆路运输比较，它有便捷的优点，二是与其他地区的货物比较，大运河运输的东南物资品质上乘。聚敛东南脂膏，过错不在大运河，而在于统治者。诗人以翻案之笔，向统治者提出了减轻赋税的要求。

汴之水三章送淮南提刑李舍人（其二）

宋｜梅尧臣

汴之水❶，入于泗，黄流清淮为一致❷。

上牵下橹日夜来❸，千人同济兮万人利❹。

利何谓，国之漕❺，商之货，实所寄。

注：

❶ 汴水：隋炀帝大业元年（605），开凿通济渠，自黄河至淮河的一段，因流经汴州（今开封）而称汴水。宋时亦称汴河、汴渠。全长650公里。自河南荥阳的板渚出黄河，至江苏盱眙入淮河。
❷ 泗：泗水。淮：淮河。泗水源出山东，由西北而东南，流经徐州，注入淮河。
❸ 牵：同"纤"，挽船的绳索。橹：安置在船尾或船旁的划船工具。
❹ 济：渡河。
❺ 漕：国家漕运之事。

评析

北宋京城汴京（今开封），军民人口集中，商业鼎盛，粮食则仰仗江淮，依靠漕运维持。这首词作，非常具体形象地描绘了东京汴梁内水陆运输以及商品经济的一派繁荣景象。

送胡臣秀才

宋 | 梅尧臣

汴水日夜浅❶,归船不可留❷。

天高云就岭❸,地冷雁回洲。

江馆鱼堪食❹,家林橘已收❺。

平生素业在❻,莫见里人羞❼。

注:

❶ 汴水:隋炀帝大业元年(605),开凿通济渠,自黄河至淮河的一段,因流经汴州(今开封)而称汴水。宋时亦称汴河、汴渠。全长650公里。自河南荥阳的板渚出黄河,至江苏盱眙入淮河。
❷ 归船:返航的船,指胡秀才的船。
❸ 就:接近,靠近。
❹ 江馆:江边的客舍。
❺ 家林:自家的园林,泛指家乡。
❻ 素业:指清白的操守。
❼ 里人:同里之人,同乡之人。

评析

诗人通过描写天高、地冷的环境,并遥想友人家乡里的美味、特产,来表达在汴水送别友人返乡时的依依不舍之情,最后赞扬了友人的高尚品格。

汴渠

宋｜石 介

隋帝荒宴游❶，厚地刬为沟❷。万舸东南行❸，四海困横流❹。

义旗举晋阳❺，锦帆入扬州。扬州竟不返，京邑为墟丘❻。

吁哉汴渠水❼，至今病不瘳❽。世言汴水利，我为汴水尤❾。

利害吾岂知，吾试言其由。汴水濬且长❿，汴流溃且遒⓫。

千里泄地气，万世劳人谋。舳舻相属进⓬，馈运曾无休⓭。

一人奉口腹⓮，百姓竭膏油⓯。民力输公家，斗粟不敢收。

州侯共王都，尺租不敢留。太仓粟峨峨⓰，冗兵食无羞⓱。

上林钱朽贯⓲，乐官求俳优⓳。吾欲塞汴水，吾欲坏官舟。

请君简赐予，请君节财求。王畿方千里⓴，邦国用足周。

尽省转运使㉑，重封富民侯㉒。天下无移粟，一州食一州。

注：

❶ 隋帝：指隋炀帝杨广。
❷ 刳（kū）：挖空。
❸ 舸：泛指船。
❹ 横流：大水不循道而泛滥。
❺ 义旗：指大业十三年（617），太原留守李渊起兵，攻入长安。
❻ 墟丘：废墟。
❼ 汴渠：隋炀帝大业元年，开凿通济渠，自黄河至淮河的一段，因流经汴州（今开封）而称汴水。宋时亦称汴河、汴渠。全长650公里。自河南荥阳的板渚出黄河，至江苏盱眙入淮河。
❽ 瘳（chōu）：病愈。
❾ 尤：过失、过错。
❿ 濬：深。
⓫ 溃：谓泥沙淤积。
⓬ 舳：船尾。舻：船头。舳舻泛指船只。属：接连、连续。
⓭ 馈运：运送粮食。
⓮ 口腹：指口腹之欲。
⓯ 膏油：指民脂民膏。
⓰ 太仓：京城的粮仓。峨峨：高峻的样子。
⓱ 冗兵：疲弱无战斗力的军队。
⓲ 朽贯：朽烂的穿钱用的绳索。形容钱多而积存过久。
⓳ 俳优：古代以乐舞为业之人。
⓴ 王畿：代指京城之地。
㉑ 转运使：负责转运钱粮的官吏，兼有治安、巡查等作用。
㉒ 富民侯：指代能安天下，使百姓富裕的高官。

作者简介

石介（1005—1045），字守道，兖州奉符（今山东泰安）人。曾住徂徕山下，时人尊称徂徕先生。宋仁宗天圣九年（1031）进士，官至太子中允、直集贤院。与胡瑗、孙复并称"宋初三先生"。著有《徂徕集》等。

评析

诗作着眼于现实，通过批评隋炀帝，借古讽今，表达了作者停罢漕运的主张，指责皇帝为了一人口腹之欲，不惜竭尽民力而残酷剥削。言辞恳切而朴拙。

送朱职方提举运盐

宋 | 欧阳修

齐人谨盐策❶，伯者之事尔❷。计口收其馀，登耗以生齿❸。

民充国亦富，粲若有条理。惟非三王法❹，儒者犹为耻。

后世益不然，榷夺由汉始❺。权量自持操❻，屑屑已甚矣❼。

穴灶如蜂房❽，熬波销海水。岂知戴白民❾，食淡有至死。

物艰利愈厚，令出奸随起。良民陷盗贼，峻法难禁止❿。

问官得几何，月课烦答簋⓫。公私两皆然，巧拙可知已⓬。

英英职方郎⓭，文行粹而美。连年宿与泗⓮，有政皆可纪。

忽来从辟书⓯，感激赴知己。闵然哀远人⓰，吐策献天子。

治国如治身，四民犹四体⓱。奈何窒其一⓲，无异鈌厥趾⓳。

工作而商行，本末相表里⓴。臣请通其流，为国扫泥滓㉑。

金钱归府藏，滋味饱闾里㉒。利害难先言，几月可较比㉓。

盐官皆谓然㉔，丞相曰可喜。适时乃为才，高论徒谲诡㉕。

夷吾苟今出㉖，未以彼易此。隋堤树毵毵㉗，汴水流弥弥㉘。

子行其勉旃㉙，吾党方倾耳㉚。

注：

❶ 盐策：国家有关鱼盐税收的政策。这里指春秋时齐国因重视鱼盐之利而富国。
❷ 伯者：霸者。"伯"同"霸"，主张武力兼并天下之主。
❸ 登耗：犹增减。生齿：人口。此句谓按照实际人口的数量征收税赋。
❹ 三王：指夏禹、商汤、周文王，三人是儒家理想的圣明君主。
❺ 榷夺：指利用行政权来剥夺商人利益。
❻ 权量：称量物品的轻重。
❼ 屑屑：劳碌不安的样子。
❽ 穴灶：古代煮海水煎盐用的灶坑。蜂房：比喻盐灶之多。
❾ 戴白：白发老人。
❿ 峻法：严厉的刑法。宋代盐法经常变化，最严厉的时候，运盐三斤即处死刑。
⓫ 课：征收赋税。笞箠（chī chuí）：杖刑。
⓬ 巧拙：巧指齐国之法，拙指汉后之法。
⓭ 英英：杰出有才华。职方郎：职方郎中，唐宋时属兵部，此处指朱表臣。
⓮ 宿与泗：宿州（今安徽宿县）和泗州（今江苏盱眙县北）。
⓯ 辟书：征召的文书。
⓰ 远人：指盐民。
⓱ 四民：指士、农、工、商。
⓲ 窒其一：指禁止商人经营盐业。
⓳ 釱（dì）厥趾：釱，脚镣一类的刑具。厥：其。此句指戴上刑具。
⓴ 本末：古时以农业为本，商业为末。
㉑ 扫泥滓：治理积弊。
㉒ 闾里：里巷，平民所居之地。
㉓ 较比：核查。
㉔ 盐官：掌管国家盐铁的官员。
㉕ 谲诡：变化莫测。
㉖ 夷吾：春秋时齐桓公的宰相管仲。
㉗ 隋堤：隋炀帝大业元年（605），开凿通济渠，自洛阳西苑引谷水、洛水达于黄河，自板渚引黄河入汴水，经泗水达淮河，谓之"御河"。河畔筑御道，种植杨柳，名为"隋堤"。毵毵（sān sān）：枝叶纷披的样子。
㉘ 汴水：隋炀帝大业元年，开凿通济渠，自黄河至淮河的一段，因流经汴州（今开封）而称汴水。宋时亦称汴河、汴渠。全长650公里。自河南荥阳的板渚出黄河，至江苏盱眙入淮河。弥弥：水大之貌。
㉙ 勉旃（zhān）：勉之。旃："之焉"的合音。
㉚ 倾耳：指倾听他人意见。

作者简介

欧阳修（1007—1072），字永叔，号醉翁、六一居士。庐陵（今江西吉安）人，宋仁宗天圣八年（1030）进士，官至太子少师。庆历三年（1043），参与范仲淹、韩琦等人推行的"庆历新政"。他是北宋诗文革新运动的领袖，散文成就极高，与韩愈、柳宗元等人并称"唐宋八大家"。有《欧阳文忠公集》《集古录》《诗本义》等。

评析

这是一首送别诗，主要表达作者对周秦以来的盐政得失的议论，并对友人朱表臣关于如何管理盐铁之献策表示嘉许。

自河北贬滁州初入汴河闻雁

宋｜欧阳修

阳城淀里新来雁❶，

趁伴南飞逐越船❷。

野岸柳黄霜正白，

五更惊破客愁眠。

注：

❶ 阳城：真定，又名镇阳、镇州，今河北正定。淀：浅水湖。
❷ 趁伴：结伴。越船：春秋时越国疆域包括滁州一带，故称南下滁州之船为越船。

> 评析

本诗是作者被贬滁州赴任途中所作，记述了诗人在旅途中听到南飞雁的鸣叫而引发的羁旅之思。诗境凄凉萧索，表达了作者南迁的苦寂惆怅之情。

送王吏部知徐州

宋 | 苏 洵

东徐三齐之南邻❶,夫子岂是三齐人。

辞嚣乞静得此守❷,走兔入薮鱼投津❸。

徐州胜绝不须问,请问项籍何去秦❹?

江山雄豪不相下,衣锦游戏欲及晨❺。

霸王事业今已矣,但有太守朱两轮❻。

还乡据势与古并,岂有汉戟窥城闉❼。

论安较利乃公胜,行矣正及汴水匀❽。

注:

❶ 东徐:徐州。三齐:古地区名,相当于今之山东大部地区。徐州位于三齐之南,故称"南邻"。
❷ 嚣:喧嚣繁杂。
❸ 走兔句:兔入草野,鱼入江河,比喻得自由之境。
❹ 项籍何去秦:项羽攻入咸阳,烧秦宫室。见秦宫室残破,遂生东归之心。
❺ 衣锦:穿着锦绣之衣,比喻显贵。此句反用项羽锦衣夜行的典故。
❻ 朱两轮:朱轮,指古代王侯显贵所乘之车,因用朱红漆轮,故称。
❼ 城闉(yīn):城内重门,泛指城郭。
❽ 汴水:隋炀帝大业元年(605),开凿通济渠,自黄河至淮河的一段,因流经汴州(今开封)而称汴水。宋时亦称汴河、汴渠。全长650公里。自河南荥阳的板渚出黄河,至江苏盱眙入淮河。

[作者简介]

苏洵（1009—1066），字明允，号老泉。眉州眉山（今四川眉山）人。长于散文，尤擅政论，笔力雄健。与其子苏轼、苏辙并称"三苏"，与韩愈、柳宗元等人并称"唐宋八大家"。有《嘉祐集》等。

[评析]

诗作是作者送别友人时所作，在铺陈中展现了友人新任地方的悠久历史，以及通过动乱和安定的今昔对比，表达了对友人的祝福以及歆羡之情。

汴水即事

宋 | 祖无择

波狂如箭雨如丝,

汎汎扁舟鹭鸟飞❶。

睡起讴鸦乍鸣橹❷,

却思村舍听邻机。

注:

❶ 汎汎(fàn fàn):漂浮、浮行的样子。
❷ 鸣橹:摇橹之声,借指船行。

作者简介

祖无择(1010?—1085),字择之,上蔡(今属河南)人。少从孙复学经术,又从穆修学古文。宋仁宗景祐五年(1038)进士,文章诗作峭厉劲折,诗作亦富,与司马光、梅尧臣等多有唱和。有《龙学文集》等。

评析

波狂如箭,是作者心情畅快的外物体现。全诗通过扁舟、水鸟、鸦等典型意象,表现了诗人在汴水行船之时的悠然、闲适之情。

泗州登马子山观漕亭❶

宋｜蔡　襄

庙社奠东都❷，恃德非恃险❸。聚兵三十万，待哺无容歉。

西有砥柱峻❹，菽麦不踰陕❺。齐鲁粮食艰，灞水不潋滟❻。

唯馀汴渠利❼，直贯长淮嵰❽。岁输六百万，江湖极收敛❾。

挽送入太仓❿，因陈失盖弇⓫。将漕苟不登⓬，汝职兹为忝⓭。

或谓取太多，六路有丰俭。其间一不熟，饥殍谁能掩⓮。

一旦俾之粟⓯，是人意常慊⓰。区处失其宜⓱，斯言反为玷⓲。

尝欲请增减，革乎亦须渐⓳。连营今饭稻⓴，香美若菱芡㉑。

因循未易论㉒，官曹畏书检㉓。虚亭一临眺，比比危墙飐㉔。

来从数千里㉕，岁时空荏苒㉖。雨馀山气净，黛色浅深染㉗。

夜昏渔火出，倏忽电光闪。须臾月色空，水面铺寒簟㉘。

相逢喜道旧，城桥屡移点㉙。因语发长谣㉚，谁能刊琬琰㉛。

注：

❶ 泗州：在今江苏盱眙县东。宋时州城当汴水入淮之口，为南北交通要冲。

❷ 庙社：宗庙和社稷，代指朝廷。东都：指开封。

❸ 恃德非恃险：战国时期军事家吴起对魏武侯说，国家稳固，要靠施行德政，不能靠地势险要。

❹ 砥柱：砥柱山，黄河中的石岛，形如柱，在今河南三门峡。
❺ 菽麦：豆与麦，泛指粮食。
❻ 灞水：灞河，在陕西中部。潋滟：水满的样子。
❼ 汴渠：隋炀帝大业元年（605），开凿通济渠，自黄河至淮河的一段，因流经汴州（今开封）而称汴水。宋时亦称汴河、汴渠。全长650公里。自河南荥阳的板渚出黄河，至江苏盱眙入淮河。
❽ 𡎺（yǎn）：崖岸。
❾ 江湖：指长江、太湖流域一带。收敛：指收取大量的赋税。
❿ 太仓：京城的粮仓。
⓫ 因陈：陈陈相因，指陈粮逐年累积。盖弇：遮盖。
⓬ 将漕：奉命主管漕运的人。不登：指粮食送不到京城。
⓭ 忝：羞辱，有愧。
⓮ 饥殍（piǎo）：饿死之人。
⓯ 俾之粟：让他们吃小米。
⓰ 慊（qiàn）：不满。
⓱ 区处：处置。
⓲ 玷：玉的瑕点，比喻缺点、耻辱。
⓳ 革孚：指改变习惯。渐：渐渐地，慢慢来。
⓴ 连营：指军队。饭稻：吃稻米饭。
㉑ 菱芡（qiàn）：菱角和芡实。
㉒ 易：改变。
㉓ 官曹：官吏办事机关。
㉔ 飐：风吹物使之震动。
㉕ 来从：来往。
㉖ 荏苒：时光渐渐流逝。
㉗ 黛色：青黑色。
㉘ 簟（diàn）：竹席。
㉙ 柝：巡夜者报更用的木梆，此处指报更的木梆声。
㉚ 长谣：长篇诗歌，即指本首诗作。
㉛ 琬琰：琬圭和琰圭两种玉器，比喻优美的文辞。

作者简介

蔡襄（1012—1067），字君谟，兴化仙游（今属福建）人。宋仁宗天圣八年（1030）进士，官端明殿学士。其诗文入妙，书法尤冠绝一时，与苏轼、黄庭坚、米芾并称为"宋四家"。有《端明集》《荔枝谱》等。

评析

诗作反映了北宋江南漕粮通过汴渠输往京城的情况，指出治理国家，靠的是向百姓施行仁政，表达了作者对漕运之弊的关切和对江南百姓赋税负担沉重的同情。

山光寺

宋 | 刘 敞

隋家昔日歌舞地❶,

荒草满庭烟雾深。

犹有老松长百尺,

悲风来动海潮音❷。

注:

❶ 隋家句:山光寺原为隋炀帝行宫,称"北宫",故云。
❷ 海潮:广陵潮。

作者简介

刘敞(1019—1068),字原父,一作原甫,世称公是先生。临江府新喻(今江西新余)人。宋仁宗庆历六年(1046)进士,官至集贤苑学士,判南京御史台。曾为扬州知府,学问渊博,为文敏赡。有《公是集》《七经小传》等。

评析

诗作描绘了山光寺中荒草遍地、满目萧然的景象,而当年这里是隋炀帝的行宫,一派歌舞升平的景象。今昔对比,兴起作者的吊古伤今之怀。

汴河

宋 | 黄 庶

汴都峨峨在平地❶，宋恃其德为金汤❷。

先帝始初有深意，不使子孙生怠荒❸。

万艘北来食京师，汴水遂作东南吭❹。

甲兵百万以为命，千里天下之腑肠❺。

人心爱惜此流水，不啻布帛与稻粱❻。

汉唐关中数百年，木牛可以腐太仓❼。

舟楫利今百于古，奈何益见府库疮。

天心正欲医造化，人间岂无针石良❽。

窟穴但去钱谷蠹❾，此水何必求桑羊❿。

注：

❶ 汴都：汴京，今开封市。峨峨：高峻盛美的样子。
❷ 恃其德：战国时期军事家吴起对魏武侯说，国家稳固，要靠施行德政，不能靠地势险要。金汤：金城汤池，形容城池险固。
❸ 怠荒：懒惰放荡，不务国事。
❹ 汴水：隋炀帝大业元年（605），开凿通济渠，自黄河至淮河的一段，因流经汴州（今开封）而称汴水。宋时亦称汴河、汴渠。全长650公里。自河南荥阳的板渚出黄河，至江苏盱眙入淮河。吭：喉咙。东南吭：汴水为南粮北运过程中的重要水道，故称"东南吭"。
❺ 甲兵两句：极力表现汴河的重要性。
❻ 不啻（chì）：无异于。

❼ 木牛：古代一种运载工具，即独轮车。这里指用木牛运来的粮食。太仓：京城的粮仓。
❽ 针石：用砭石制成的石针，作针灸之用。
❾ 窟穴：借指官务职位。钱谷：指赋税。钱谷蠹指贪官污吏。
❿ 桑羊：西汉经济学家桑弘羊。

〖作者简介〗

黄庶（1019—1058），字亚夫，晚号青社。洪州分宁（今江西修水）人。黄庭坚之父。宋仁宗庆历二年（1042）进士。其后历一府三州，皆为从事。工诗文，倡导学习韩愈，为文不蹈旧迹。有《伐檀集》等。

〖评析〗

作者在诗中对汴河在维持国家经济、人民生活等方面的重要作用给予了高度评价，并对官场中的贪污腐败现象进行了抨击。

汴渠

宋｜金君卿

洪河贯中州❷，随汴凿支流。

滔滔万里来，禹浪东南浮❸。

粮道所由济，日逝千斯舟。

嗟哉隋皇帝❹，祸起江都游❺。

先身不先民，及乐不及忧。

远弃宗室重，死作社稷羞。

胡为得民力，举锸成巨沟❻。

后来蒙其利，厥功固难酬。

愿思所以失，宴安仍仇雠❼。

注：

❶ 汴渠：隋炀帝大业元年（605），开凿通济渠，自黄河至淮河的一段，因流经汴州（今开封）而称汴水。宋时亦称汴河、汴渠。全长650公里。自河南荥阳的板渚出黄河，至江苏盱眙入淮河。
❷ 洪河：大河，古代多指黄河。中州：中原地区。
❸ 禹浪：大浪，因大禹曾治水，其浪滔天，故名。
❹ 隋皇帝：隋炀帝。
❺ 江都：故城约在今扬州市。江都之名，以江水都汇于此而得名。一说江都者，乃江淮的一大都会。
❻ 锸（chā）：铁锹，掘土的工具。
❼ 宴安：谓逸乐。仇雠（chóu chóu）：仇敌。此句意为治国者应以享乐淫逸为仇敌。

作者简介

金君卿（约1020—约1076），字正叔，浮梁（今江西景德镇）人。仁宗庆历间进士。累官知临川、江西提刑、度支郎中。有《金氏文集》。

评析

这首诗以大运河为中心，讨论隋朝灭亡的原因。大运河修成，贯通南北，粮米得以调度，舟船每日通行过千，足见繁盛。但是隋炀帝却以此河作为巡游江都的工具，而不以百姓为先，以至于身死国灭。后代为政者应引以为鉴，以逸乐为仇敌，先天下之忧而忧，后天下之乐而乐。

泊船瓜洲

宋｜王安石

京口瓜洲一水间❶，

钟山只隔数重山❷。

春风又绿江南岸❸，

明月何时照我还。

注：

❶ 京口：古城名，在今江苏镇江市。瓜洲：镇名。在长江北岸，扬州南郊，即今扬州市南部长江边，京杭运河分支入江处。一水：指长江。
❷ 钟山：今南京紫金山。这里代指江宁（今南京市）。
❸ 绿：形容词作动词，吹绿。

作者简介

王安石（1021—1086），字介甫，号半山。临川（今江西抚州）人。仁宗庆历二年（1042）进士，官至左仆射。封荆国公，世称荆公。曾实行变法，史称"王安石变法"。有《临川集》《三经新义》等。

评析

诗中巧妙地描写了江南春景，表达了作者思念故乡之情。全诗看似脱口而出，却是经过反复推敲，"绿"字将看不见的春风转换成鲜明的视觉形象，增强了诗歌的艺术感染力。

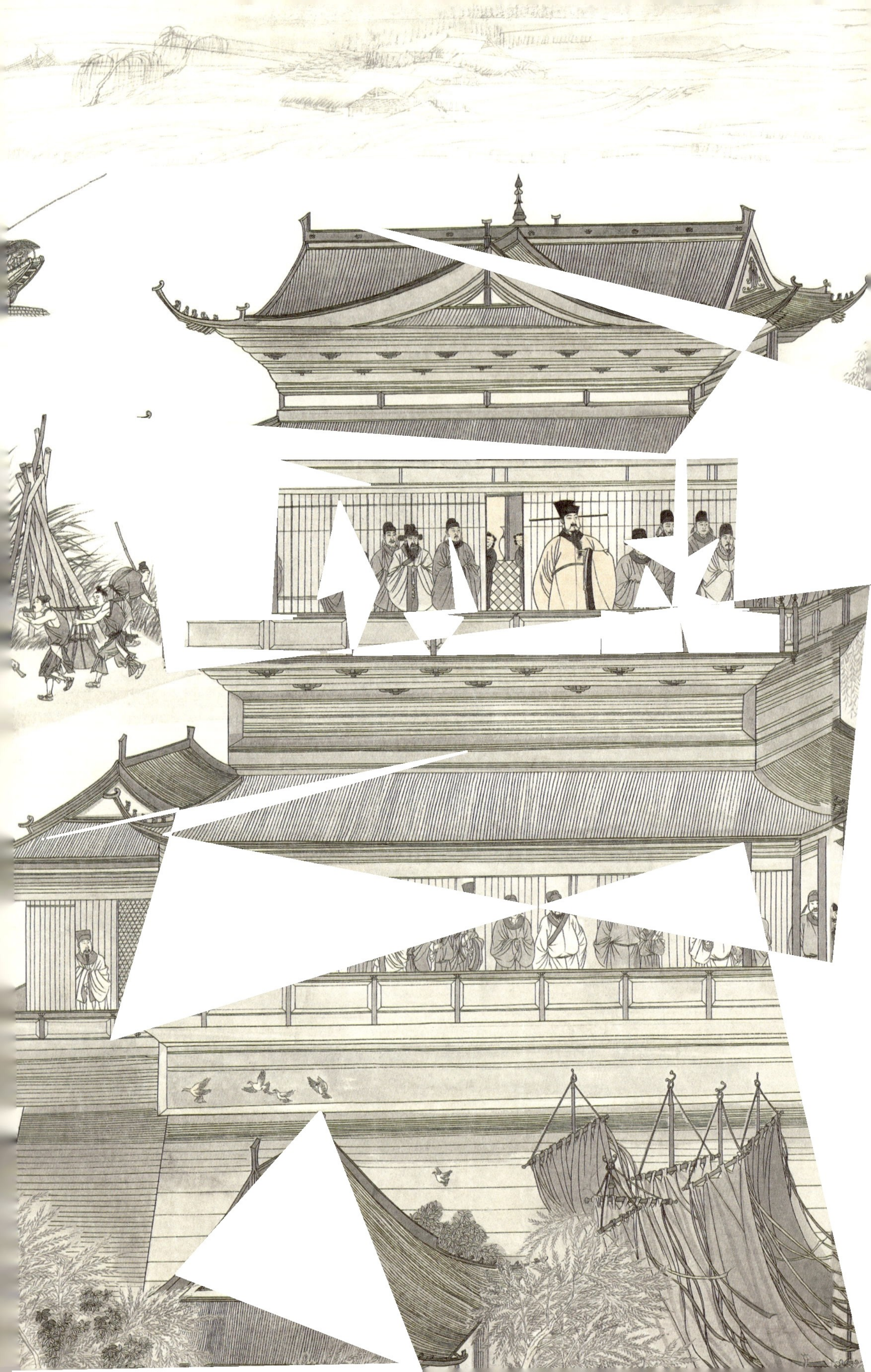

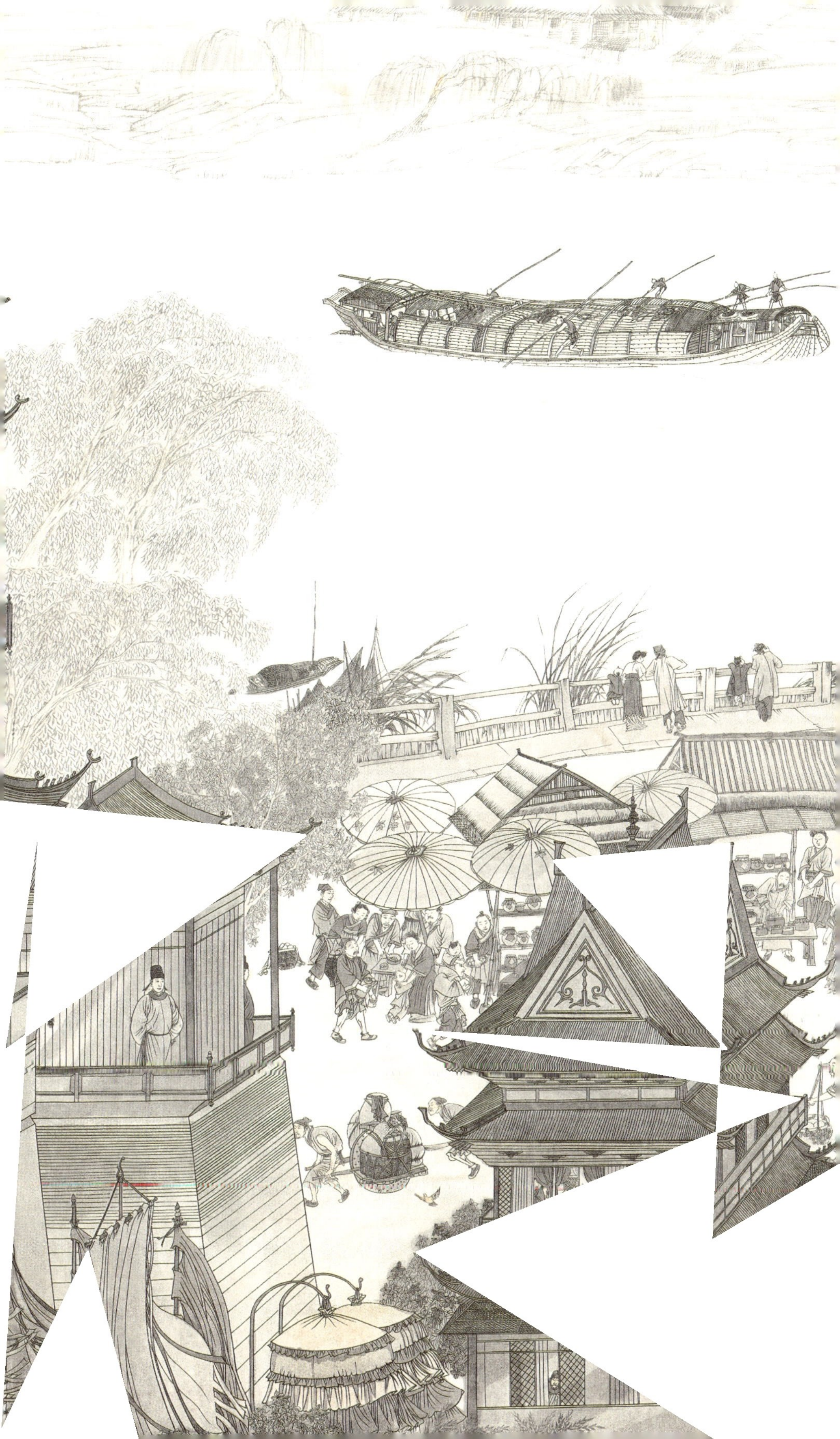

古代伟大创举／局部

中国大运河史诗图卷／上卷

汴流

宋 | 王安石

汴水无情日夜流❶,不肯为我少淹留❷。

相逢故人昨夜去,不知今日到何州❸。

州州人物不相似,处处蝉鸣令客愁❹。

可怜南北意不就,二十起家今白头❺。

注：

❶ 汴水：隋炀帝大业元年（605），开凿通济渠，自黄河至淮河的一段，因流经汴州（今开封）而称汴水。宋时亦称汴河、汴渠。全长650公里。自河南荥阳的板渚出黄河，至江苏盱眙入淮河。
❷ 淹留：逗留、停留。
❸ 相逢两句：言逝水一刻也不停留，如同友人行色匆匆，赶路不停。
❹ 客：指作者自己。
❺ 起家：开始做官。

评析

诗作体现了作者对韶华易逝的感叹、与友人离别的恋恋不舍以及思念、自己的孤寂失意以及大志难就的苦闷之情。

和吴御史汴渠❶

宋 | 王安石

郑国欲弊秦，渠成秦富强❷。

本始意已陋，末流功更长。

维汴亦如此，浚源在淫荒。

归作万世利，谁能弛其防。

夷门筑天都❸，横带国之阳。

漕引天下半，岂云独荆扬❹。

货入空外府，租输陈太仓❺。

东南一百年，寡老无残粮❻。

自宜富京师，乃亦窘盖藏。

征求过凫昔❼，机巧到莛芒❽。

御史闵其然，志欲穷舟航。

此言信有激，此水存何伤。

救世讵无术❾，习传自先王❿。

念非老经纶,岂易识其方。

我懒不足数,君材宜自强。

他日听施设,无乃弃篇章。

注:

❶ 吴御史:吴充(1021—1080),字冲卿,建州浦城(今属福建)人,此时任谏议大夫,故称"御史"。汴渠:隋炀帝大业元年(605),开凿通济渠,自黄河至淮河的一段,因流经汴州(今开封)而称汴水。宋时亦称汴河、汴渠。全长650公里。自河南荥阳的板渚出黄河,至江苏盱眙入淮河。
❷ 渠:指郑国渠,在战国末年由秦国穿凿。公元前246年由韩国水工郑国主持兴建,约十年后完工。
❸ 夷门:大梁(开封)的别称。
❹ 荆扬:荆州、扬州。
❺ 太仓:古代京师储谷的大仓。
❻ 粻(zhāng):粮食。
❼ 征求:征收求索。
❽ 莛(tíng):草茎。芒:谷类植物种子壳上或草木上的针状物。莛芒:泛指草尖。
❾ 讵(jù):岂,怎。
❿ 习传:学习与传承。

> 评析

此诗主要描写了汴渠的历史与现实。汴渠沟通了北宋的国都开封与江南财赋重镇,使得江南的货物能源源不断输入京师。但是由于过度征税,御史吴充甚至主张填平此河。在王安石看来,这种观点过于偏激,汴渠的存在有其万世之功,而一时因官员贪腐暴敛而造成的百姓之苦可以通过改革来解决。

汴河曲[1]

宋｜郑獬

朝漕百舟金，暮漕百舟粟。一岁漕几舟，京师犹不足。

此河百馀年，此舟日往复。自从有河来，宜积万千屋。

如何尚虚乏，仅若填空谷。岁或数未登[2]，飞传日逼促[3]。

嗷嗷众兵食[4]，已忧不相属。东南虽奠安[5]，亦宜少储蓄。

奈何尽取之，曾不留斗斛。秦汉都关中，厥田号衍沃[6]。

二渠如肥膏[7]，凶年亦生谷。公私富囷仓[8]，何必收珠玉。

因以转实边，边兵皆饱腹。不闻漕汴渠，尾尾舟衔轴。

关中地故存，存渠失淘斸[9]。或能寻旧源，鸠工凿其陆。

少缓东南民，俾之具饘粥[10]。兹岂少利哉，可为天下福。

注：

❶ 汴河：隋炀帝大业元年（605），开凿通济渠，自黄河至淮河的一段，因流经汴州（今开封）而称汴水。宋时亦称汴河、汴渠。全长650公里。自河南荥阳的板渚出黄河，至江苏盱眙入淮河。
❷ 数：几次。登：谷物成熟。这一句的意思是有时候年岁不好，东南地区的谷物未获丰收。
❸ 飞传：指传驿的车马。
❹ 嗷嗷：众口愁怨声。
❺ 东南：指我国东南沿海各省份，北宋时这些省份的钱粮税赋通过大运河源源不断运往京师。奠安：安定。

❻ 厥：那里的。
❼ 肥膏：脂膏，脂肪。
❽ 囷（qūn）：古代一种圆形谷仓。
❾ 斸（zhǔ）：挖。
❿ 饘（zhān）粥：煮粥、吃粥。

作者简介

郑獬（1022—1072），字毅夫，号云谷，湖北安陆人。皇祐五年（1053）进士及第，任陈州通判、翰林学士。后因为王安石所不喜，出为杭州、青州知州。工诗词，著有《郧溪集》。

评析

此诗前一部分批评朝廷的东南财赋政策，东南地区的财赋经由运河不断北运，使得原本富庶的东南不堪重负。后一部分提出解决方案，即疏浚关中地区的旧有运河，让与东南地区同样富饶的关中地区也供应京师，从而减轻东南的压力，造福天下。

山光寺一首（寺本隋炀帝故宫）❶

宋｜沈 遘

高台已倾曲池平❷，

江都宫殿野草生❸。

隋家事远不须问，

淮南非复百年城❹。

注：

❶ 山光寺：位于扬州东郊湾头镇西北部。始建于隋。大业间，隋炀帝将江都行宫的北宫改建而成。
❷ 高台句：《桓子新论》记雍门周说孟尝君曰："千秋万岁后，高台既已倾，曲池又以平。"
❸ 江都：故城约在今扬州市。江都之名，以江水都汇于此而得名。一说江都者，乃江淮的一大都会。
❹ 淮南：指扬州，因扬州地处长江以北、淮河以南。此句意为今日之扬州并非唐代之旧城。

【作者简介】

沈遘（1025—1067），字文通，钱塘人（今浙江杭州）人。沈括之侄。以门荫担任郊社斋郎。皇祐元年（1049）进士。官至龙图阁直学士。著有《西溪文集》。

【评析】

此诗短短四句，写出了沧桑之感。诗人游览唐代建立的山光寺，抚今追昔，不禁感慨世事无常。阅读此诗，读者也会体会到一种历史的纵深感。

九曲池悼古❶

宋 | 王 令

刳地决洪波❷，深流隐木鹅❸。樯高帆系锦，堤暖柳藏河。

泰甚心方兆，颠危念则那❹。去都如脱屣❺，东下若瘳疴❻。

殿脚千论女❼，宫眉斛计螺❽。迷楼插空远❾，水调揭声和❿。

忠切闻无路，愚谀面自阿。君颜未回笑，贼首已称戈⓫。

运去天移鼎，人迁地见禾。当年遗废沼⓬，及此尚名歌。

古往悲奚寄，今传迹未讹。水寒波刺甲，土老岸髯莎⓭。

落照留归鸟，西风困旧荷。暮林迷远屿，夕霭瞑前波。

亡国谁堪问，羁人恨自多。凭栏不成去，归意为蹉跎。

注：

❶ 九曲池：位于扬州蜀冈南麓下，上面有木兰亭，是炀帝与宫女水上嬉游之处。炀帝曾在池上作《水调九曲》，令宫女演奏，因此称为九曲池。
❷ 刳（ku）：从中间破开再挖空。
❸ 木鹅：木制的鹅，测水深浅的工具。
❹ 那（nuó）："奈何"二字的合音。
❺ 脱屣：比喻看得很轻，无所顾恋，犹如脱掉鞋子。
❻ 瘳疴：病愈。此句意为隋炀帝欲沿运河南下，先需自长安东行，而出都之后沿河观景，其心情如大病新愈之欢快。
❼ 殿脚：殿脚女，隋炀帝巡游江都时为其牵挽龙舟的女子。
❽ 宫眉：代指宫女。斛：中国旧量器名，亦为容量单位，一斛本为十斗，后来改为五斗。螺：螺黛，古代妇女用来画眉的一种青墨色矿物颜料。宫女螺黛以斛计算，极言宫女人数之多。

❾迷楼：在隋江都郡城西，今扬州市观音山上。设计精巧，人误入，终日不能出。隋炀帝对左右说，即便神仙到此，也当自迷，故称"迷楼"。
❿水调：隋炀帝巡幸江都时所制，声韵怨切。乐工王令言听后说："此曲只有去声而无回韵，皇帝恐怕回不去了。"后果如其言。
⓫称戈：本谓举起戈，后用以指动用武力，发动战争。
⓬沼：池子。
⓭土老：言运河两岸经日月打磨土已陈旧。莎（suō）：莎草，多年生草本植物，水边常见。此句意为运河年深日久，两岸土已陈旧，莎草茂密，如人之两鬓胡须。

作者简介

王令（1032—1059），初字钟美，改字逢原。原籍大名元城（今河北大名），后随叔父长于广陵（今扬州）。少年成名，文章老成，为王安石所推重，并以夫人之妹妻之。诗学韩愈、孟郊，内容多涉及社会现实。有《广陵集》。

评析

此诗前半段追忆隋炀帝开凿大运河之事，后半段回到当下，描摹九曲池之现状，极尽渲染凄凉之能事。

初入淮上

宋｜韦 骧

汴水方穷到淮水❶，大船蹇蹇拒风行❷。

不知静里千帆过，唯喜空中一派清。

秋气已残山态老，夕阳未尽浪花明。

牧儿随队闲无事❸，强作歌声和橹声。

注：

❶ 淮水：淮河古称淮水，与长江、黄河和济水并称"四渎"。
❷ 蹇蹇（jiǎn jiǎn）：船行缓慢的样子。
❸ 牧儿：牧童。

作者简介

韦骧（1033—1105），原名让，字子骏，世居衢州。随父徙钱塘（今浙江杭州）。宋仁宗皇祐五年（1053）进士，官至主客郎中，知明州。工于诗，《四库全书总目》称其诗歌"大抵不屑屑于规模唐人，而密咏恬吟，颇有自然之趣"。著有《钱塘集》。

评析

此诗写的是诗人从京杭大运河南行回乡沿途所见的景象。从汴水转到淮水之上，船行速度放慢。诗人看着空中一派清明之景，远山秋景将尽，船头浪花在夕阳照应下仍然明亮。岸上的牧童似乎在随船而行，不时唱着牧歌，与船橹之声应和成趣。

汴河

宋 | 韦骧

通济名渠古到今❶，当时疏导用功深。

源高直接黄河泻，流去遥归碧海浔。

护冢尚存芳草乱，隋舟安在绿杨阴❷。

年年漕运无穷已，谁谓东南力不任❸。

注：

❶ 通济渠：隋炀帝大业元年（605）开凿，分东西二段。因为炀帝巡游所用，又称御河。唐宋时通称西段为漕渠和洛水，东段为汴河或汴渠。
❷ 隋舟：指隋炀帝行驶在大运河上的御舟。安在：在哪里。
❸ 任：胜任，承担。

评析

这是一首总体上歌颂京杭大运河的诗作。这条运河沟通了中国的南北地区，南方的漕粮得以北运，虽然年年如此，但东南地区仍然堪当此任。诗人这里对大运河的态度与吴充、郑獬截然不同，值得注意。

行运河辛大观先行以此走寄[1]

宋｜张舜民

同下龟山时[2]，舟行篙参差。夜投洪泽口[3]，访问失所之。

不应一日力，解至淮阴祠[4]。长淮自风浪，竟夕起忧疑。

旦日坐闸中，听水忘朝饥。清泠见杂咏，蓊密闻群咿[5]。

就柳喜高荫，避桥嫌窄卑。凉风吹水面，襟袖不假披。

新鳌与老鲑，登俎辄无遗[6]。饱食却思睡，睡起复何为。

稍厌理文字，惟思弄孙儿。尚有数舟酒，独酌非所宜。

好话不得吐，两日舌如茨[7]。舟行虽云乐，先后不可期。

争如鞍马间，吟啸长追随。

注：

[1] 辛大观：张舜民《郴行录》记其与辛大观同行至虹县，城北有湖："炀帝幸江都，赐名万安湖。比晚，与辛大观以小舟游定林寺后。"
[2] 龟山：在江苏省盱眙县。相传大禹治淮，获水神无支祁，镇之龟山之下，即此山。
[3] 洪泽口：洪泽湖口，京杭运河与淮河的交汇处。
[4] 淮阴祠：淮阴侯韩信祠堂，在淮阴。
[5] 蓊（wěng）：草木蓬勃茂盛的样子。群咿：蚊子成群鸣叫的样子。
[6] 俎（zǔ）：切肉或切菜时垫在下面的砧板。
[7] 茨（cí）：蒺藜，一种植物，果实有刺。舌如茨：出自《诗经·墙有茨》，比喻难以言说。

作者简介

　　张舜民（约1034—1100），字芸叟，自号浮休居士，邠州（今陕西彬县）人。治平二年（1065）进士，官至右谏议大夫。著有《画墁集》。

评析

　　诗人夜宿洪湖口，不见友人踪迹，心生挂念，因此而作。全诗语言明快，写景生动形象，尤其是水草茂密、群蚊唧唧、凉风吹水、独立船头、螃蟹鲑鱼、饱食而睡等画面，如在读者眼前。从诗中所绘景物可以看出诗人心情之舒畅，同时也能看出当时大运河的畅通与繁忙。张舜民《郴行录》记此次行程颇详，可合读。

虞美人

宋｜苏 轼

波声拍枕长淮晓❶。隙月窥人小❷。

无情汴水自东流❸。只载一船离恨、向西州❹。

竹溪花浦曾同醉。酒味多于泪。

谁教风鉴在尘埃❺。酝造一场烦恼、送人来。

注：
❶ 长淮：淮河。
❷ 隙月：从孔缝中射下的月光。
❸ 汴水：隋炀帝大业元年（605），开凿通济渠，自黄河至淮河的一段，因流经汴州（今开封）而称汴水。宋时亦称汴河、汴渠。全长650公里。自河南荥阳的板渚出黄河，至江苏盱眙入淮河。
❹ 西州：这里指扬州。
❺ 风鉴：风度和鉴识。

作者简介

苏轼（1037—1101），字子瞻，自号东坡居士，"唐宋八大家"之一，眉山（今四川眉山）人。仁宗嘉祐二年（1057）进士，历知密州、徐州、湖州、杭州、颍州等，谥文忠。所作诗文清新畅达，词作豪放，是宋代最为杰出的文学家，作诗与黄庭坚并称"苏黄"，作词与辛弃疾并称"苏辛"。有《东坡七集》《东坡志林》《东坡乐府》等。

评析

此词为元丰七年（1084）十一月作者至高邮与秦观相会后，于淮上饮别之作。词中反映了苏、秦两人的深挚友谊，上片写与秦观别后，词人独上征途，在淮河和运河上所见波涛、明月之景。下片回忆与秦观的相处，诗酒唱和，不亦乐乎之情。

江城子·恨别

宋｜苏 轼

天涯流落思无穷。既相逢。却匆匆。

携手佳人，和泪折残红。

为问东风余几许，春纵在，与谁同。

隋堤三月水溶溶❶。背归鸿。

去吴中❷。回首彭城❸，清泗与淮通❹。

寄我相思千点泪，流不到，楚江东。

注：

❶ 隋堤：隋炀帝大业元年（605），开凿通济渠，自洛阳西苑引谷水、洛水达于黄河，自板渚引黄河入汴水，经泗水达淮河，谓之"御河"。河畔筑御道，种植杨柳，名为"隋堤"。溶溶：水势盛大之貌。
❷ 吴中：今江苏吴县一带。亦泛指吴地。
❸ 彭城：徐州旧称。
❹ 清泗：泗水，泗水源出山东，由西北而东南，流经徐州，注入淮河。

> 评析

此词又名"别徐州"，是苏轼元丰二年（1079）三月由徐州调知湖州途中所作。上片写与徐州友人相逢匆匆，只得分别的无奈之情，下片借途中所见之景，继续抒发离愁，尤其是将泪水寄于淮泗之水的写法，新奇而富有想象力。作者由分别之地彭城，途径泗水进入淮河，并向吴中新任所的曲折水路，正是北宋京杭运河的流经之地，可以说，苏轼的离愁与大运河相互伴随。

如梦令·题淮山楼[1]

宋 | 苏 轼

城上层楼叠巘[2]。城下清淮古汴[3]。

举手揖吴云[4],人与暮天俱远。

魂断。魂断。后夜松江月满[5]。

注:

[1] 淮山楼:都梁台,在泗州治所临淮(今属江苏省泗洪县),清康熙年间被洪水淹没,陷入洪泽湖。
[2] 叠巘(yǎn):重叠的山峰。
[3] 清淮:清澈的淮水。古汴:古汴河,这里指隋朝以后的汴河故道。
[4] 吴云:吴地的云。
[5] 松江:吴淞江。太湖支流三江之一,由吴江县东流与黄浦江会合,再北上出吴淞口入海。

评析

这首词作于熙宁四年(1071)苏轼离开汴京赴杭州任上途径泗州时,起笔两句写出淮山楼的壮丽古老,城下泗水汴水流过,城上高楼耸立,可以说是风光壮丽、气势磅礴。后五句想象后天夜里船到松江,满月临空时的场景,富有美感。

高邮别秦观三首（其一）

宋｜苏 辙

蒙蒙春雨湿邗沟❶，

篷底安眠昼拥裘❷。

知有故人家在此，

速将诗卷洗闲愁。

注：

❶ 邗沟：又名渠水、韩江、中渎水。公元前486年，吴王夫差为北上伐齐争霸中原，从邗城下挖沟，引长江水入淮河，为中国大运河最早开挖的河段，为后来京杭大运河的开凿奠定了基础。
❷ 篷：船篷。昼拥裘：写出春寒料峭之感。裘：皮衣。

作者简介

苏辙（1039—1112），字子由，晚号颍滨遗老，眉山（今四川眉山）人。与父洵、兄轼同以文学知名，同列"唐宋八大家"。仁宗嘉祐二年（1057）进士，历官右司谏、御史中丞、尚书右丞、门下侍郎等。其诗力图追步苏轼，风格淳朴无华，文采稍逊。著有《栾城集》等。

评析

这首诗作于元丰三年（1080）春，当时诗人受到苏轼"乌台诗案"牵连贬往筠州（今江西高安），乘船顺运河南下，途径高邮，与故友秦观相遇。二人饮酒作诗，追忆往事，消解了诗人被贬谪的愁闷。此诗前两句写的是春天运河雨景，细雨蒙蒙，春寒料峭，白天在船篷之内，也要拥裘取暖，描绘出大运河水上之旅的生动侧面。

送钱婺州纯老❶

宋｜苏 辙

桃花汴水半河流❷，已作南行第一舟。

倦报朝中言喷乱❸，喜闻淮上橹咿呦❹。

平时答策词无枉❺，此去为邦学更优。

自古东阳足贤守，请君重赋沈公楼❻。

注：

❶ 钱婺州：钱藻（1022—1082），字纯老，熙宁三年（1070）出知婺州（今浙江金华）。
❷ 汴水：隋炀帝大业元年（605），开凿通济渠，自黄河至淮河的一段，因流经汴州（今开封）而称汴水。宋时亦称汴河、汴渠。全长650公里。自河南荥阳的板渚出黄河，至江苏盱眙入淮河。
❸ 喷乱：七嘴八舌吵闹的样子。
❹ 淮上：淮水之上。咿呦：摇橹之声。
❺ 答策：朝廷选人时，提出当时政治、经济等问题，要求对答，应选者作答，谓之"答策"。
❻ 沈公：指南朝梁沈约，曾为东阳（今属浙江金华）太守。

评析

这首诗是诗人在熙宁二年送别友人钱藻出知婺州时所作。春天桃花盛开之季，运河上落英缤纷，半洒河面，朋友的船早早南行，甚至是河上的第一艘行舟。朝中事务繁剧，不如淮水之上摇橹之声咿呦可人。后四句是诗人对友人在新任上以贤德为政，追比沈约的期许。整首诗语言轻松明快，描绘出运河早行的明丽风景。

水调歌头·徐州中秋

宋｜苏　辙

离别一何久，七度过中秋。去年东武今夕❶，明月不胜愁。

岂意彭城山下❷，同泛清河古汴❸，船上载凉州❹。

鼓吹助清赏，鸿雁起汀洲❺。坐中客，翠羽帔❻，紫绮裘。

素娥无赖❼，西去曾不为人留。

今夜清尊对客❽，夜孤帆水驿，依旧照离忧。

但恐同王粲，相对永登楼❾。

注：

❶ 东武：今山东诸城市。
❷ 彭城：今江苏徐州市。
❸ 清河古汴：清河即古泗水，一名南清河，宋时古汴渠在徐州汇入古泗水。
❹ 凉州：《凉州曲》，泛指音乐。
❺ 汀洲：水中小洲。
❻ 羽帔（pèi）：羽毛制作的披肩。
❼ 素娥：指月亮。
❽ 清尊：酒器，借指清酒。
❾ 但恐两句：东汉文学家王粲作《登楼赋》，表思乡与不遇之情。永：通"咏"，歌咏。

评析

　　此词作于熙宁十年（1077），作者与其兄苏轼时隔七年之后在徐州重逢，共度中秋佳节。上阕写久别重逢、同泛汴河、丝竹陶写的喜悦，下阕写举觞共饮、即将分离、前途未卜的惆怅，充分表达了诗人欢娱嫌夜短的愁思。

同子瞻泛汴泗得渔酒二咏（其一）

宋｜苏　辙

江湖性终在❶，平地难久居❷。

渌水雨新涨❸，扁舟意自如。

河身萦匹素❹，洪口转千车❺。

愿言弃城市❻，长竿夜独渔。

注：

❶ 江湖性：归隐江湖之心。
❷ 平地：陆地，指尘世间。
❸ 渌水：清澈的水。
❹ 匹素：白色的绢。与谢朓诗句"澄江静如练"意同。
❺ 洪口：百步洪，汴泗合流后的激湍处。洪口乱石峭立，水流湍急，犹如转动千座水车汲引灌溉。
❻ 愿言：思念殷切的样子。

评析

此诗的主题是"渔隐"，是诗人与其兄苏轼泛舟汴河、泗水时拈韵而作。首联开门见山写出退隐之思。颔联描写雨后河水升涨，船只不受拘束，表达自己对这种状态的向往。颈联一静一动，写出汴泗之水澄澈如同白练，其合流之处则如千座水车转动灌溉，极为壮观。尾联呼应前文，再次表达作者对归隐江湖的憧憬。

汴河

宋｜孔武仲

菪渠斜与昆河接❶，河远渠悭几可涉❷。
狂霖一涨高十寻❸，迅泻东来比三峡❹。
崩腾下与淮泗会❺，清泚亦容伊洛杂❻。
横空九阙真垂虹，怒卷千艘如败叶。
只堪平地看汹涌，何事乘危理舟楫❼。
共夫鹅鹳行天上❽，遥与谷中相应答。
但忧心手一乖迕❾，巨舶高樯两摧折。
而余进退久安命，揭厉以望初不慑❿。
妻孥亦已惯江湖，笑语犹如泛山硘⓫。
鸣弓击柝惊夜盗⓬，掘茹捞虾佐晨馌⓭。
时登绝径步榆柳，或面荒陂看凫鸭。
我生东南趣向野⓮，挥弄清溪看苕霅⓯。
枕流漱石真所便⓰，履浊凌险终未惬⓱。

觚棱渐喜金阙近⑱，釜甑何忧米盐乏⑲。

浑如海客泛枯槎，缭绕明河望阊阖⑳。

注：

❶ 菪（dàng）渠："茛菪渠"的省称，也就是汴渠。昆河：指黄河，相传黄河发源于昆仑山。
❷ 悭（qiān）：狭窄。
❸ 狂霖：暴雨。寻：长度单位，八尺为寻。
❹ 三峡：长江上游的瞿塘峡、巫峡和西陵峡的合称，介于四川、湖北之间，滩多水急，舟行甚险。
❺ 淮泗：汴渠在徐州与泗水汇流，泗水再汇入淮水。
❻ 清汴：清水。伊洛：伊水和洛水。北宋曾开清汴工程，堵塞黄河汴口，而导引洛河的清水以济汴渠，大大降低了汴渠的含沙量。
❼ 理舟楫：举桨行舟。
❽ 鹅鹳：天鹅与鹳鸟。
❾ 乖迕：抵触不合。
❿ 揭厉：渡河。
⓫ 陿：古同狭。山陿：山间峡谷。
⓬ 击柝：敲梆子巡夜。
⓭ 掘茹：挖野菜。晨饁（yè）：早饭。
⓮ 趣向：志趣。
⓯ 苕霅（zhà）：苕溪、霅溪二水的并称，在今浙江湖州。
⓰ 枕流漱石：典出《世说新语》"所以枕流，欲洗其耳；所以漱石，欲砺其齿"。
⓱ 履浊：脚立于地。凌险：渡过险滩。此句大意指东南河流较为平缓，适合枕流漱石的隐居生活，却无法满足履浊凌险的入世生活。
⓲ 觚（gū）棱、金阙：均指宫阙。
⓳ 釜甑（zèng）：古炊煮器具。
⓴ 明河：银河。阊阖：传说之天门。旧说银河与海通，有海客八月乘木筏而去，见到牛郎织女。

作者简介

孔武仲（1042—1098），字常父。临江新喻（今江西新余）人。嘉祐八年（1063）进士。官至礼部侍郎，以宝文阁待制知洪州。与兄文仲、弟平仲，并称"清江三孔"，有《清江三孔集》。

评析

此诗上半部分写汴河水流湍急，下半部分写诗人迎难而上，而且全家均能坦然面对，有"纵浪大化中，不喜亦不惧"之感。相比于东南平缓的河流，诗人更喜欢更具挑战性的激流险滩，这种态度正是其入世之情、用世之心的象征性体现。

大业二绝(其二)

宋｜孔武仲

杳杳扬州只隔淮，

龙舟彩舸映天来❶。

春风咫尺伊川路❷，

不放君王殿脚回❸。

注：

❶ 龙舟：史载隋炀帝南幸江都，造龙舟凤䑹，黄龙赤舰，楼船篾舫。
❷ 伊川：伊河流经之地，这里泛指河南。隋炀帝即位之初，曾征发河南诸郡男女七百万开凿通济渠。
❸ 殿脚：殿脚女，隋炀帝巡游江都时为其牵挽龙舟的女子。

评析

　　隋炀帝为了满足私欲而大兴土木，劳民伤财，此诗侧面描写了纤夫劳役无法回到近在咫尺的家中，批评隋炀帝穷奢极欲，不顾百姓生死的做法，立意巧妙。

新息渡淮❶

宋｜黄庭坚

京尘无处可轩眉❷，照面淮滨喜自知。

风里麦苗连地起，雨中杨树带烟垂。

故林归计嗟迟暮❸，久客平生厌别离。

落日江南采蘋去，长歌柳恽洞庭诗❹。

注：

❶ 新息：今河南息县。
❷ 京尘：京洛尘，比喻功名利禄等尘俗之事。陆机诗："京洛多风尘，素衣化为缁。"轩眉：扬眉。
❸ 迟暮：指时间晚了。
❹ 柳恽洞庭诗：柳恽《江南曲》："汀州采白蘋，日落江南春。洞庭有归客，潇湘逢故人。"

作者简介

黄庭坚（1045—1105），字鲁直，号山谷道人，晚号涪翁，洪州分宁（江西修水）人。治平四年（1067）进士，任叶县尉。哲宗朝官至起居舍人，秘书丞，不久以元祐党人被贬黔州（今四川彭水）。徽宗朝又以文字罪羁管宜州（今广西宜山），卒于贬所。诗学成就斐然，开创江西诗派，与苏轼并称"苏黄"，是宋代诗歌的代表性人物。著有《山谷内外集》。

评析

此诗作于治平四年，作者得中进士，正由汴京返回江南。全诗章法整饬，中间两联对仗工稳，表达诗人对名利场中低眉折腰的厌倦，以及久在樊笼，即将回家的喜悦。

早发襄邑❶

宋｜刘弇

迢迢汴水吞窈冥❷，白榆多于天上星。❸

林梢碎漏月痕白❹，草头冷泣萤腰青。❺

云霄九重近在目❻，鹓鹭百翻谁趋庭。❼

鸡声马蹄正立敌❽，断送垢褐疲吾形。❾

注：

❶ 襄邑：今河南睢县，在开封东南。
❷ 窈冥：深远渺茫的样子。
❸ 白榆：乐府古辞："天上何所有，历历种白榆。"
❹ 林梢：林木的末端。月痕：月影。
❺ 萤腰：指萤火虫。古人认为萤火虫是腐烂的草幻化而成，所谓"腐草为萤"。
❻ 云霄九重：喻京城开封。
❼ 鹓鹭：鸟名，喻赶考的士子。趋庭：用孔鲤趋庭受教孔子事，这里应指参加殿试。
❽ 立敌：鸡声和马蹄声相互对抗和呼应。
❾ 垢褐：脏衣服。疲吾形：即形骸疲于所役。大意是指为了功名奔忙，感到身心俱疲。

作者简介

刘弇（1048—1102），字伟明，吉州安福（今江西吉州）人。元丰二年（1079）进士，继中博学鸿词科。官至秘书省著作佐郎，充实录院检讨官，以疾卒于官。著有《龙云集》。

评析

此诗写作者深夜从京郊出发，准备进城应举的情状。首联和颔联写出汴河的夜色。京城就在眼前，众多应举的士子谁能金榜题名呢？破晓的鸡声和赶路的马蹄声扰乱着诗人的思绪，末句表达了诗人在名利路上日夜兼程的疲惫。

九曲池

宋|刘弇

昔帝樯乌下日边[1],曾留清跸此蹁跹[2]。

鱼龙窟暗浮春涨[3],凫雁行低破暝烟[4]。

星阁摧颓空岁月[5],芜城埋没旧山川[6]。

后庭一曲陈家破[7],更看当年水调传[8]。

注:
[1] 昔帝:指隋炀帝。樯乌:桅杆上的乌形风向仪。日边:指京师附近或帝王左右。
[2] 清跸(bì):原指帝王出行,清除道路,这里借指帝王车驾。蹁跹(pián xiān):轻快的样子。
[3] 鱼龙:泛指鳞介水族。
[4] 暝烟:傍晚的烟霭。
[5] 星阁:指隋炀帝的扬州行宫。旧址即在九曲池旁边。
[6] 芜城:广陵城,故址在今江苏省扬州市江都县境。鲍照作有《芜城赋》。
[7] 后庭:《玉树后庭花》,南朝陈后主制。其辞轻荡,其音甚哀,多用来称亡国之音。
[8] 水调:隋炀帝巡幸江都时所制,声韵怨切。乐工王令言听后说:"此曲只有去声而无回韵,皇帝恐怕回不去了。"后果如其言。九曲池正是因为《水调》有九曲而得名。

评析

　　此诗对景伤情,写今昔对比的境况。九曲池曾是隋炀帝驻留赏玩的地方,而今华美的建筑早已坍塌不存。陈后主因为一曲《后庭花》而亡国,隋炀帝则因《水调》九曲,历史的兴亡何其相似,诗人对此有无限的感慨。

雷塘

宋│刘弇

磐嬉截长淮,闻自隋天子❶。运丁大业末,役跨辽东始❷。

汹涌沟浊河,赤血洗千里❸。江都天东南,岁阅翠华指❹。

锦帆抹非烟❺,叠鼓蓬蓬起❻。紫幰朱丝络❼,百万罗卫士。

璇房贮彩女❽,灼灼艳芳李❾。虞公正逢恶❿,何稠甘没齿⓫。

一从水调奏,便识还声已⓬。浪传遭个春⓭,不悟羊无尾⓮。

雷塘一掬土⓯,仅足掩冠履。行人为伤心,清泪堕如水。

池荒九曲春⓰,尚想迷楼倚⓱。落日注芜城⓲,牛羊下坡觜⓳。

注:

❶ 磐嬉:盘嬉,盘桓游乐之意。大业元年(605),隋炀帝发河南诸郡男女七百万开通济渠,沟通黄淮,并派大臣往江南采木,造龙舟、楼船等数万艘。两句写隋炀帝为个人享受采办龙舟,开凿运河之事。

❷ 运丁:搬运漕粮的人。大业七年,隋炀帝下诏征兵攻打高句丽。当此之时,辽东战士和馈运者填咽于道,昼夜不绝。天下苦役者,开始揭竿起义。

❸ 汹涌两句:写修建运河时民众伤亡惨重。

❹ 江都:故城约在今扬州市。江都之名,以江水都汇于此而得名。一说江都者,乃江淮的一大都会。翠华:天子仪仗中以翠羽为饰的旗帜或车盖,指帝王及其车驾。此指隋炀帝每年坐龙舟南下巡幸扬州。

❺ 非烟:指藻绘绚烂。

❻ 叠鼓:击鼓。蓬蓬:象声词,击鼓的声音。

❼ 紫幰(xiǎn):紫色的帷幔,指巡幸的华美车驾。络:缠绕。

❽ 璇房:玉饰的房子。

❾ 灼灼:鲜明的样子。

⑩ 虞公：虞世基。逢恶：逢君之恶，迎合执政者。据史书记载，虞世基对隋炀帝一味迎合，不敢有异议。
⑪ 何稠：北周至唐初的巧匠，隋文帝临终时曾把后事嘱托给他。隋炀帝巡幸扬州，舆服羽仪都是何稠主持操办，当时役工十万余人，花费了巨大的金银钱物。
⑫ 一从两句：隋炀帝巡幸江都时制乐曲《水调》，声韵怨切。乐工王令言听后说："此曲只有去声而无回韵，皇帝恐怕回不去了。"后果如其言。
⑬ 遭个春：大业十一年，隋炀帝幸江都，作五言诗曰："求归不得去，真成遭个春。鸟声争劝酒，梅花笑杀人。"后来在三月被弑，即遭春之应也。
⑭ 羊无尾：恭帝义宁二年（618），麟游太守司马武献羊羔，生而无尾。羊即杨的谐音，无尾则是无后的意思。羊无尾，即杨氏无后。这一年，隋炀帝被杀于江都，恭帝退位。
⑮ 雷塘：在今扬州北郊十五里。汉代称雷陂，为王室苑囿。隋炀帝死后葬于吴公台下。武德五年（622）改葬于雷塘北岸。
⑯ 九曲：九曲池，位于扬州蜀冈南麓下，上面有木兰亭，是炀帝与宫女水上嬉游之处。炀帝曾在池上作《水调九曲》，令宫女演奏，因此称为九曲池。
⑰ 迷楼：在隋江都郡城西，今扬州市观音山上。设计精巧，人误入，终日不能出。隋炀帝对左右说，即便神仙到此，也当自迷，故称"迷楼"。
⑱ 芜城：广陵城，故址在今江苏省扬州市江都县境。鲍照作有《芜城赋》。
⑲ 牛羊下坡觜（zuǐ）：《诗经》曰，"日之夕矣，羊牛下来。"觜：同"嘴"。坡觜即土坡低处。

【评析】

此诗为咏史怀古之作，以雷塘为切入点，隐括了隋炀帝开凿运河、巡幸扬州以及最终覆亡的相关故实。诗中通过隋炀帝生前生后的鲜明对比，不仅传达了诗人对其好大喜功、荒淫无道的历史批判，也有让统治者引以为戒的现实意义。

秋日三首（其一）

宋｜秦 观

霜落邗沟积水清❶，

寒星无数傍船明。

菰蒲深处疑无地❷，

忽有人家笑语声。

注：

❶ 邗沟：又名渠水、韩江、中渎水。公元前486年，吴王夫差为北上伐齐争霸中原，从邗城下挖沟，引长江水入淮河，为中国大运河最早开挖的河段，为后来京杭大运河的开凿奠定了基础。

❷ 菰：嫩茎即茭白，果实则为雕胡米，可煮食。蒲：根茎可食，叶则可编席制扇。两者皆是生长在池沼之中的多年生草本植物。

作者简介

秦观（1049—1100），字少游，一字太虚，号淮海居士，高邮（今江苏扬州）人。元丰八年（1085）进士。元祐年间官至秘书省正字、国史院编修官。绍圣初以元祐党籍遭贬，迁延处州、郴州、雷州各地。"苏门四学士"之一，又是宋代婉约词的代表人物。著有《淮海集》《淮海长短句》。

评析

此诗写秋日夜晚，诗人乘船穿梭运河之所见所闻，从中可以窥见运河的人文生态。首句写河水由于落霜而显得清澈，次句写繁星映照水中而让船只更加明亮，末两句是经典佳句，以动衬静，摇曳多姿，诗味浓郁。

泗州东城晚望❶

宋｜秦 观

渺渺孤城白水环❷，

舳舻人语夕霏间❸。

林梢一抹青如画，

应是淮流转处山❹。

注：

❶ 泗州：故城在今江苏省盱眙县东北淮河边，清初陷入洪泽湖。
❷ 环：环绕。
❸ 舳舻：舳为船尾，舻为船头，舳舻代指船。夕霏：傍晚的雾霭。
❹ 淮流：淮河。

评析

　　此诗宛如一幅淮河远眺图，近景是孤城、白水，中景是白水上的船只和夕阳下的雾霭，远景是隐约的青山，由近及远，有高有低，布局谨严，色彩鲜明。第二句"人语"两字增添声响，令诗中场景生机盎然。

清平乐

宋 | 赵令畤

春风依旧,著意隋堤柳❶。

搓得鹅儿黄欲就❷,天气清明时候。

去年紫陌青门❸,今宵雨魄云魂❹。

断送一生憔悴,只消几个黄昏?

注:

❶ 隋堤:隋炀帝大业元年(605),开凿通济渠,自洛阳西苑引谷水、洛水达于黄河,自板渚引黄河入汴水,经泗水达淮河,谓之"御河"。河畔筑御道,种植杨柳,名为"隋堤"。
❷ 鹅儿黄:春天新长出的柳叶的颜色。
❸ 紫陌:京城郊野的道路。青门:汉代长安城东南门,外有灞桥,折柳送别之处。紫陌、青门都借指京城。
❹ 雨魄云魂:指男女欢会,用楚襄王会巫山神女之典。

作者简介

赵令畤(1051—1134),初字景贶,苏轼为改字德麟,自号聊复翁。涿郡(今河北蓟县)人。宋宗室。因与苏轼交游而入元祐党籍。绍兴二年(1132)封为安定郡王。词风婉约。著有《侯鲭录》《聊复集》。

评析

上阕写春日隋堤之景,春风如同往年一样,依旧吹拂着隋堤上的杨柳,仿佛有一种神力能让嫩黄的新柳茁壮成长,准备迎接清明踏青游人的赏玩。下阕为怀人怅触之思,去年离别的情景还在眼前,今宵却只能梦中相会。这种情形只消发生几次,就能让人憔悴一生。结尾抒情工巧,尤为动人。

登舟夜作

宋｜华　镇

一揖天官籍姓名[1]，

半年归计杳难成。

夜来梦觉篷窗冷[2]，

枕底惊闻汴水声[3]。

注：

[1] 天官：指吏部。此句写被吏部派到外地任职。
[2] 篷窗：船窗。
[3] 汴水：隋炀帝大业元年（605），开凿通济渠，自黄河至淮河的一段，因流经汴州（今开封）而称汴水。宋时亦称汴河、汴渠。全长650公里。自河南荥阳的板渚出黄河，至江苏盱眙入淮河。

作者简介

华镇（1051—？），字安仁，号云溪居士，会稽（今浙江绍兴）人。元丰二年（1079）进士，调高邮尉。官至朝奉大夫。好学博古，工诗文。其词清丽深婉。著有《云溪居士集》。

评析

人在官场，身不由己，诗人的回家计划无奈地落空了。此诗末句虽写运河舟中难以安睡的情形，实欲表达宦海浮沉的无奈。

汴渠夜泊示毕绍彦祖❶

宋｜贺 铸

耿耿度中夜❷，浩歌谁与酬。

屋头风罨岸❸，枕底浪澎舟❹。

春物行飘忽❺，乡心久滞留。

须明投吏部❻，一醉驿西楼❼。

注：

❶ 毕绍：字彦祖，贺铸好友，生平不详。
❷ 耿耿：心事重重的样子。
❸ 罨（yǎn）：掩盖、覆盖。
❹ 澎：澎湃，冲击，拍打。
❺ 春物：春日的景物。
❻ 须明：等待天明。投吏部：到吏部报到，办理公事。
❼ 一醉驿西楼：化用唐李群玉诗："别筵欲尽秋，一醉海西楼。"

作者简介

贺铸（1052—1125），字方回，号庆湖遗老、北宗狂客，卫州（今河南汲县）人。初以外戚恩为右班殿直，徽宗朝以承议郎致仕，后以荐复起，管勾杭州洞霄宫。以词名家，因"梅子黄时雨"句，世称贺梅子。诗亦可观，著有《庆湖遗老诗集》《东山词》。

评析

此诗写作者夜泊汴河，耿耿不寐，盼望天明马上完成公事，而与友人临行话别，一醉方休的情状，与黄庭坚"痴儿了却公家事，快阁东西倚晚晴"情境相似。颔联写夜泊之景，一外一内，一远一近。颈联写夜泊之情，一动一静，一实一虚，均见精思。

汴上留别李智父❶

宋｜贺　铸

一马西投汴水滨❷，自惊秋鬓带尘纷❸。

秋风尽日吹黄叶，心事经年寄白云❹。

去矣尺书勤访我❺，醉来樽酒强酬君。

北窗络纬寒声急❻，明夜伤心独自闻。

注：

❶ 李智父：李譓，字智父，郑州人，进士及第，《宋史》有传。
❷ 汴水：通济渠，在徐州汇入泗水。诗人此时在徐州当官。
❸ 秋鬓：苍白的头发。尘纷：尘世的纷扰。
❹ 白云：喻归隐，南朝梁陶弘景诗："山中何所有，岭上多白云。"
❺ 尺书：古人的书信约长一尺，故称。
❻ 络纬：虫名，俗称络丝娘、纺织娘。夏秋夜间振羽作声，声如纺线，故名。

【评析】

　　此诗是作者在汴河边上留别友人之作，上半部分写旅食京华的身不由己，下半部分写临别叮嘱和别后情状，抒发了作者羁愁万斛的无奈以及离情无限的感伤。

汴下晚归

宋｜贺　铸

隋渠经雪已流冰❶，

乘兴东游恐未能。

试问何人知夜永❷，

一樽相伴小窗灯。

注：

❶ 隋渠：通济渠，隋炀帝所开，唐宋时通称西段为漕渠和洛水，东段为汴河或汴渠。这里指汴河。流冰：冰块在河面上漂浮和流动。
❷ 夜永：夜长，夜深。

评析

　　大雪阻滞，汴河流冰，船只难以行走，诗人因而无法启程，只好灯下独酌，度过漫漫长夜，羁旅之感，意在言外。第三句明知故问，第四句以景收结，似答未答，景语即是情语，意味深长。

初离淮阴闻汴水已下呈七兄[1]

宋|张 耒

朝离淮阴市,春水满川平。依依道边人,送我亦有情。

千里积雪消,布谷催春耕[2]。人家远不见,柳色烟中明。

轻舟鸣榔子[3],野静遥相应。连网收泼剌[4],嘉鱼饱南烹[5]。

平生晤语欢[6],促膝联弟兄。相逢古难得,白发老易生。

樯乌飞更北[7],汴柳绿相迎。从今淮山梦[8],却在凤凰城[9]。

注:

[1] 淮阴:今淮安市,位于江苏省中北部。汴水:隋炀帝大业元年(605),开凿通济渠,自黄河至淮河的一段,因流经汴州(今开封)而称汴水。宋时亦称汴河、汴渠。全长650公里。自河南荥阳的板渚出黄河,至江苏盱眙入淮河。已下:把汴水引到下游,便于春耕。

[2] 布谷:又名大杜鹃,鸣声似"布谷",鸣于播种之时,相传为劝耕之鸟。

[3] 榔(láng)子:渔人结在船舷上敲击以驱鱼入网的长木棒。

[4] 泼剌:一作"拨剌",象声词,形容鱼在水里跳跃、鱼尾拨水的声音。

[5] 嘉:美好。南烹:南方特有的烹调食味。《诗经》有《南有嘉鱼》,用于宴飨场合。

[6] 晤语:见面交谈。

[7] 樯乌:桅杆上的乌形风向仪。

[8] 淮山:指淮阴。

[9] 凤凰城:亦作凤城,指京城。

作者简介

张耒(1054—1114),字文潜,号柯山,人称宛丘先生,淮阴(今江苏淮安)人。宋神宗熙宁六年(1073)进士,官至知润州,后入元祐党籍。张耒是北宋中晚期重要文学家,"苏门四学士"之一,长于辞赋,提倡平易自然的文章风格。有《张右史文集》《柯山集》等。

评析

这是诗人从淮阴出发、经水路北行去汴京途中,写给亲人的一首诗。诗歌主体部分描绘了汴河流域沿途生机勃勃的春耕景象,语言清新流丽,意境明媚欢悦,最后则表达了对亲人和故乡的眷恋之情。

绕佛阁[1]·旅况

宋 | 周邦彦

暗尘四敛[2]。楼观迥出,高映孤馆。

清漏将短。厌闻夜久,签声动书幔[3]。

桂华又满。闲步露草,偏爱幽远。

花气清婉。望中迤逦,城阴度河岸[4]。

倦客最萧索,醉倚斜桥穿柳线。

还似汴堤[5]、虹梁横水面[6]。

看浪飐春灯[7],舟下如箭。此行重见。

叹故友难逢,羁思空乱。两眉愁、向谁舒展。

注:

[1] 绕佛阁:词牌名。为周邦彦创调。
[2] 暗尘:积累的尘埃。
[3] 签:漏箭,古代滴水计时器中标识时刻的竹签。书幔:书架上的帷幔。
[4] 城阴:城墙被月光映照的投影。
[5] 汴堤:隋堤。隋炀帝大业元年(605),开凿通济渠,自洛阳西苑引谷水、洛水达于黄河,自板渚引黄河入汴水,经泗水达淮河,谓之"御河"。河畔筑御道,种植杨柳,名为"隋堤"。
[6] 虹梁:虹桥。在汴京东水门外七里至西水门外,共有十三座桥。其中东水门外七里为虹桥,其桥无柱,只用巨木虚架,用丹青彩绘,宛如飞虹。
[7] 飐(zhǎn):摇曳的样子。

作者简介

周邦彦（1056—1121），字美成，号清真居士，钱塘（今浙江杭州）人。宋徽宗时提举大晟府。周邦彦精通音律，词作格律极为谨严，作品追求雅化，典丽精工，浑成缜密，是北宋婉约词风的集大成者，被后世词坛奉为正宗，王国维称其为"词中老杜"。著有《清真集》。

评析

这首词描写的是作者宦途失意，流落他乡所引起的倦客之悲和对故友的怀念。词的上阕用暗尘、孤馆、清漏等凄清意象重叠渲染，烘托词人寂寥冷落的处境，下阕着一"醉"字自然转换，由实际时空转入想象时空，从当下的情境进入回忆中的"汴堤"，真幻交织，意境浑融。

浣溪沙❶

宋｜周邦彦

日薄尘飞官路平❷，

眼前喜见汴河倾❸，

地遥人倦莫兼程。

下马先寻题壁字❹，

出门闲记榜村名❺，

早收灯火梦倾城❻。

注：

❶ 浣溪沙：原为唐教坊曲名，后用为词牌名。
❷ 日薄：傍晚，天色将黑之时。官路：京城中官府修建的大道。
❸ 汴河：隋炀帝大业元年（605），开凿通济渠，自黄河至淮河的一段，因流经汴州（今开封）而称汴水。宋时亦称汴河、汴渠。全长650公里。自河南荥阳的板渚出黄河，至江苏盱眙入淮河。
❹ 题壁字：题写在墙壁上的文字。
❺ 榜村名：木榜上题写的村名，旧时常题写村名于匾上。
❻ 倾城：代指美人。

评析

这首词作于周邦彦即将赴京任职之时，主要抒发词人对仕途命运充满期冀的欣喜之情。词中用"汴河倾"的意象，将对京城的向往浓缩到景物细节刻画之中，"倾"字移情于景，极见笔力。

兰陵王❶·柳

宋 | 周邦彦

柳阴直。烟里丝丝弄碧。隋堤上❷、曾见几番，拂水飘绵送行色❸。登临望故国。谁识。京华倦客。长亭路❹，年去岁来，应折柔条过千尺。

闲寻旧踪迹。又酒趁哀弦，灯照离席。梨花榆火催寒食❺。愁一箭风快，半篙波暖，回头迢递便数驿❻。望人在天北。

凄恻。恨堆积。渐别浦萦回❼，津堠岑寂❽。斜阳冉冉春无极❾。念月榭携手❿，露桥闻笛⓫。沉思前事，似梦里，泪暗滴。

注：
❶ 兰陵王：词牌名，又名"大犯""兰陵王慢"等。
❷ 隋堤：隋炀帝大业元年（605），开凿通济渠，自洛阳西苑引谷水、洛水达于黄河，自板渚引黄河入汴水，经泗水达淮河，谓之"御河"。河畔筑御道，种植杨柳，名为"隋堤"。
❸ 飘绵：飘舞的柳絮。
❹ 长亭：大路旁供行人休息的亭舍，十里一长亭，五里一短亭。
❺ 榆火：清明节钻榆木以取火赐百官。

❻迢递：遥远的样子。驿：指水驿，以船为主要交通工具的驿站。
❼浦：河流入江海之处。
❽津堠（hòu）：渡口上供瞭望用的土堡。岑寂：寂静。
❾冉冉：缓慢行进的样子。
❿月榭：赏月的台榭。
⓫露桥：露水浸湿的桥。

【评析】

　　这是一首送别词，共三阕。第一阕从词人角度写送行场景，第二阕从友人角度写别后观感，第三阕写词人的别后思念之情。叙述视角跳荡开合，感情缠绵曲折、细致入微，叙事抒情浑然一体，是周邦彦词的代表作。

尉迟杯[1]·离恨

宋 | 周邦彦

隋堤路。渐日晚、密霭生深树。

阴阴淡月笼沙,还宿河桥深处。

无情画舸,都不管、烟波隔南浦[2]。

等行人、醉拥重衾[3],载将离恨归去。

因念旧客京华,长偎傍、疏林小槛欢聚[4]。

冶叶倡条俱相识[5],仍惯见、珠歌翠舞。

如今向、渔村水驿,夜如岁、焚香独自语。

有何人、念我无憀[6],梦魂凝想鸳侣[7]。

注:
1. 尉迟杯:词牌名。
2. 南浦:代指送别之处。
3. 重衾:两层被子。
4. 小槛:小栏杆,代指亭台。
5. 冶叶倡条:形容杨柳的枝叶婀娜多姿,借指歌妓。
6. 无憀(liáo):空闲而烦闷的心情,闲而郁闷。
7. 鸳侣:情侣。

> 评析

这首词主要表达作者羁旅途中对汴京生活的追念,词中借诸多意象构造多重意境,如"隋堤""京华""渔村水驿"等,结构曲折,意境幽深。

青房并蒂莲❶·维扬怀古❷

宋 | 周邦彦

醉凝眸❸。正楚天秋晚❹,远岸云收。

草绿莲红,□映小汀洲❺。

芰荷香里鸳鸯浦❻,恨菱歌❼、惊起眠鸥。

望去帆、一派湖光,棹声咿哑橹声柔❽。

愁窥汴堤细柳❾,曾舞送莺时,锦缆龙舟❿。

拥倾国纤腰皓齿,笑倚迷楼⓫。

空令五湖夜月⓬,也羞照三十六宫秋⓭。

正浪吟、不觉回桡⓮,水花风叶两悠悠。

注:

❶ 青房并蒂莲:词牌名。此词一说为王沂孙作。
❷ 维扬:扬州的别称。
❸ 凝眸:定睛注视。
❹ 楚天:古时楚国居南方,故以楚天泛指南方天空。
❺ 汀洲:水中或水边平地。
❻ 芰荷:菱叶与荷叶,亦泛指荷花。鸳鸯浦:泛指水边。
❼ 菱歌:采菱时所唱之歌。
❽ 棹:船桨。咿哑:摇动船桨的声音。橹:安置在船尾或船旁的划船工具。
❾ 汴堤:隋堤。隋炀帝大业元年(605),开凿通济渠,自洛阳西苑引谷水、洛水达于黄河,自板渚引黄河入汴水,经泗水达淮河,谓之"御河"。河畔筑御道,种植杨柳,名为"隋堤"。

⓾ 锦缆：锦制的缆绳，形容极其奢侈豪华。龙舟：史载隋炀帝南幸江都，造龙舟凤䑳，黄龙赤舰，楼船篾舫。
⓫ 迷楼：在隋江都郡城西，今扬州市观音山上。设计精巧，人误入，终日不能出。隋炀帝对左右说，即便神仙到此，也当自迷，故称"迷楼"。
⓬ 五湖：古代吴越地区的湖泊。
⓭ 三十六宫：泛指隋炀帝江都的宫殿。
⓮ 桡（ráo）：船桨，此处代指船。

[评 析]

　　这是一首咏史怀古之词，上阕描绘了扬州风光如画的美景，下阕转入对隋炀帝幸江都往事的回顾，描写了炀帝当年的奢靡生活，融历史批评于不着痕迹的史事描写之中，深得词体雅正浑厚之美。

减字木兰花❶

宋│陈　瓘

大江北去❷，未到沧溟终不住❸。

淮水东流，日夜朝宗亦未休。

香炉烟袅，浓淡卷舒终不老。

寸碧千钟❹，人醉华胥月色中❺。

注：

❶ 减字木兰花：词牌名，又名"减兰""木兰香""天下乐令""玉楼春""偷声木兰花""木兰花慢"等。
❷ 大江：指长江。
❸ 沧溟：大海。
❹ 寸碧：代指绿酒。千钟：千杯，极言酒多或酒量大。
❺ 华胥：传说黄帝梦游华胥氏之国，代指理想的安乐和平之境，亦指梦境。

作者简介

陈瓘（1057—1124），字莹中，号了斋，南剑州沙县（今福建沙县）人。宋神宗元丰二年（1079）进士甲科第三名，官至权给事中，后入元祐党籍。陈瓘为人刚直，为北宋士林所推重，文风雄健，诗风清逸，词风明快而少蕴藉。著有《了斋集》《尊尧集》等。

评析

这是一首写景咏怀之作，上阕大处着眼，描绘了长江、淮河浩荡无极的雄壮气势，表现出宇宙自然的永恒苍茫之感；下阕细处着笔，将视角拉回到眼前生活场景，表达词人悠然洒脱的生活情致。

雨中花❶·下汴月夜

宋｜毛滂

寒浸东倾不定❷，更奈橹声催紧。

堤树胧明孤月上❸，暗淡移船影。

旧事十年愁未醒，渐老可禁离恨。

今夜谁知风露里，目断云空尽。

注：

❶ 雨中花：词牌名。
❷ 东倾：船行颠簸，东西倾斜不稳。
❸ 胧明：朦胧的样子。

作者简介

毛滂（1064—约1124），字泽民，号东堂，衢州江山（今浙江江山）人。官至知秀州。毛滂长于诗词，曾得苏轼称赏，《四库全书总目》称其诗文在北宋末期自成一家，文辞雅健，清婉可诵。著有《东堂集》。

评析

词作主要描写词人月夜船行经过汴河所见自然景色，表达对流年老去的感伤之情。上阕连用"寒浸""催紧""暗淡"等词，描绘出眼前景物的凄清；下阕触景生情，以"十年旧事"与"离恨难禁"加深景物所触发的情绪。结语白描如画，清冷空灵，言有尽而意无穷。

玉楼春·至盱眙作

宋│毛滂

长安回首空云雾,春梦觉来无觅处。

冷烟寒雨又黄昏,数尽一堤杨柳树。

楚山照眼青无数,淮口潮生催晓渡。

西风吹面立苍茫,欲寄此情无雁去。

注:

❶ 玉楼春:词牌名。
❷ 盱眙:今属江苏淮安。
❸ 长安:今陕西西安。
❹ 楚山:泛指楚地之山,此处当指淮安境内之山。
❺ 淮口:又称清口、泗口,是泗水入淮处,在今江苏盱眙附近。

评析

这首词主要表达词人旅途寂寞萧索的情感,行文写怅然若失的情感,借凄冷苍凉的自然景象烘托,最终以"独立西风"的形象收束,而在一般"鸿雁传书"的表达之上,以"无雁"更深一层地见出词人的寂寞无奈。

次韵吕无求同泛汴水❶

宋 | 饶 节

琐琐榆下钱❷,贴贴水上镜❸。蜗牛共饮吸,水马竞驰骋❹。

静中观至妙,度此春日永。舟师挽且哗,俚语相讥病❺。

劳逸各有役,不必尽乘兴。公缘升斗穷❻,我访山水胜。

虽云异出处❼,同是缚垢净。何当俱一扫,歇此风中艇。

携持少室去❽,从渠谓捷径。

注:

❶ 汴水:隋炀帝大业元年(605),开凿通济渠,自黄河至淮河的一段,因流经汴州(今开封)而称汴水。宋时亦称汴河、汴渠。全长650公里。自河南荥阳的板渚出黄河,至江苏盱眙入淮河。
❷ 琐琐:形容声音细碎。榆下钱:榆荚,因其形状似小铜钱,故又称榆钱。此处指代小船。
❸ 贴贴:形容安稳、平静。
❹ 水马:水龟的一种,常逆流疾步,轻快如飞,俗称水划虫。
❺ 俚语:民间浅近的方言俗语。
❻ 升斗:比喻微薄的薪俸。
❼ 出处:出指出仕,处指退隐。
❽ 少室:少室山,在今河南登封县西北,属嵩山。

作者简介

饶节(1065—1129),字德操,后出家,法名如璧,临川(今江西抚州)人。江西诗派重要诗人,陆游称其诗为"近时僧中之冠"。著有《倚松诗集》。

评析

诗歌描写与友人泛舟汴水眼中所见的自然景象,表达了诗人淡泊仕途、寄情山水的情怀。前半部分写景细致入微,后半部分点出山水之乐之于诗人用舍行藏的思考。诗风清隽自然,洒落有致。

都下送僧归闽

宋｜德 洪

汴水悠悠去不回❶，绿波垂柳眼初开❷。

日边无意事迎送❸，海畔有山归去来。

白却人头忙日月，缁飘山衲乱风埃❹。

此行若到忘情处，拂石猿声后夜哀。

注：

❶ 汴水：隋炀帝大业元年（605），开凿通济渠，自黄河至淮河的一段，因流经汴州（今开封）而称汴水。宋时亦称汴河、汴渠。全长650公里。自河南荥阳的板渚出黄河，至江苏盱眙入淮河。
❷ 眼初开：指柳眼初开，比喻早春初生的柳叶如人睡眼初展。
❸ 日边：指京城或皇帝身边。
❹ 缁：指黑色僧服。山衲：僧侣的衣服，亦代指僧人。

作者简介

德洪（1071—1128），一名惠洪，字觉范，自号寂音尊者，筠州新昌（今江西宜丰）人。北宋著名诗僧。著有《石门文字禅》《冷斋夜话》《天厨禁脔》等。

评析

这是一首送别诗，前六句写景，均有悠然从容姿态，不落一般送行诗俗套，表现出方外之人超然世外的飘逸姿态，而末句则借猿啼夜哀，表现出"友情"与"忘情"的矛盾之处，表达了对友人的思念和牵挂。

夜泊宁陵

宋 | 韩 驹

汴水日驰三百里❶,扁舟东下更开帆。

旦辞杞国风微北❷,夜泊宁陵月正南❸。

老树挟霜鸣窣窣❹,寒花垂露落毵毵❺。

茫然不悟身何处,水色天光共蔚蓝。

注:

❶ 汴水:隋炀帝大业元年(605),开凿通济渠,自黄河至淮河的一段,因流经汴州(今开封)而称汴水。宋时亦称汴河、汴渠。全长650公里。自河南荥阳的板渚出黄河,至江苏盱眙入淮河。
❷ 杞国:古代诸侯国之一,周初分封于河南杞县。
❸ 宁陵:今属河南商丘。
❹ 窣窣(sū sū):形容细小的声音。
❺ 毵毵(sān sān):形容枝条等细长的样子。

作者简介

韩驹(1080—1135),字子苍,号牟阳,蜀仙井监(今四川仁寿)人。官至知江州。江西诗派重要诗人。著有《陵阳集》。

评析

诗歌描写了经大运河自北向南的旅行过程,借地理、时空的变迁,生动描述了船行的速度,并精细刻画了沿途所见风光,末句仿佛"醉后不知天在水,满船清梦压星河"之境界,写景生动细致,意境开阔悠远。

秀淮亭晚眺[1]

宋｜周紫芝

未得三吴去[2]，东来且过淮。

要须烦晓浪，聊为洗风霾。

飘泊从人笑，穷愁费力排。

平生临水意，老去若为怀[3]。

注：

[1] 此诗题下原有注："时往无为。"无为：今属安徽芜湖。秀淮亭：亭名，在淮阴运河西，今不存。
[2] 三吴：原指吴郡、吴兴郡和会稽郡，后来一般泛指江南吴地。
[3] 若：怎么，怎样。

作者简介

周紫芝（1082—1155），字少隐，自号竹坡居士、静寄老翁，宣城（今安徽宣城）人。宋高宗绍兴十二年（1142）进士，官至枢密院编修官、知兴国军。诗文创作受苏门作家影响，注重诗歌法度，文风清新自然。著有《太仓稊米集》《竹坡诗话》《竹坡词》。

评析

这首诗表达了诗人途经秀淮亭时的羁旅之情，虽有漂泊辛酸之感，仍不失从容自适心态。诗歌语言晓畅自然，不事雕琢，景语如情语般疏淡有致，感情表达颇有节制，蕴藉淡然，温柔敦厚。

九月八日渡淮

宋｜李 纲

长淮渺渺烟苍苍，扁舟初脱隋渠黄❶。

平生见此为开眼，况复乞身还故乡。

嗟余涉世诚已拙，径步不虞机穽设❷。

空余方寸炳如丹❸，北望此时心欲折❹。

楚天清晓作轻寒❺，黄芦着霜声正干。

川回金碧隐窣堵❻，风远钟磬闻龟山❼。

橹声呕轧归何处❽，笑指江皋寻旧路❾。

松菊荒芜欲自锄❿，盗贼颠翻非所惧⓫。

蟹螯菊蕊风味遒，且须为尽黄金舟⓬。

世间种种如梦电⓭，此物能消万古愁。

注：

❶ 隋渠：大运河。
❷ 不虞：没想到。机穽：陷阱，比喻害人的圈套。
❸ 方寸：指一寸见方的心部，即人的内心。
❹ 折：此处指心碎。
❺ 楚天：楚，长江中下游一代。楚天泛指南方的天空。
❻ 窣堵：梵语音译，即塔。

❼ 龟山：在江苏省盱眙县。相传大禹治淮，获水神无支祁，镇之龟山之下，即此山。
❽ 呕轧：拟声词，形容摇橹的声音。
❾ 江皋：江岸。
❿ 鉏：同"锄"，除去。
⓫ 盗贼颠翻：当时钱塘有盗贼作恶。
⓬ 蟹螯两句：《世说新语》记毕卓曾说："一手拿着蟹螯，一手拿着酒杯，泡在酒池中，便足以了此一生。"黄金舟：指酒觥。
⓭ 梦电：佛教认为外在万物皆呈现如梦如电之幻化，都是虚空的幻境。

作者简介

李纲（1083—1140），字伯纪，邵武（今福建邵武）人，南宋抗金名将。宋徽宗政和二年（1112）进士，金兵入侵，先后任兵部侍郎、尚书右丞，因钦宗听信谗言被贬。南宋建立后拜相，在投降派打压下再次被贬，后病逝于福州。文风雄深劲健，著有《梁溪集》。

评析

这首诗作于李纲被罢职后、渡淮南归的过程中。当时运河沿线因为战乱受到严重的破坏，田地荒芜，盗贼兴起。作者触景生情，既为自己宦海沉浮而悲，也为时局而叹。但沿途优美的景色又使他得到慰藉，扫去愁苦，继续自己的归乡之路。

舟行次灵璧二首❶（其一）

宋｜吕本中

往来湖海一扁舟，

汴水多情日自流。

已去淮山三百里❷，

主人无念客无忧。

注：

❶ 次：停留。灵璧：宋时属淮南东路宿州，在今安徽省东北部。
❷ 淮山：淮水两岸的山。

作者简介

吕本中（1084—1145），字居仁，寿州（今安徽寿县）人。宋绍兴中赐进士出身，累迁中书舍人，兼直学士院，后为秦桧排挤，最终罢官。其论诗主活法，尚自然，著有《东莱先生诗集》。

评析

此诗为作者大观四年（1110）由真州（今江苏仪征）回宿州（今属安徽）途中作，是对汴京朋友的寄诗。该诗表达了作者旅途轻松愉悦的心情，体现了其潇洒的人生态度。

题淮上亭子

宋 | 吕本中

亭下长淮百尺深，亭前双树老侵寻❶。

暮云秋雁且南北，断垄荒园无古今。

露草欲随霜草尽❷，归樯时度去樯阴❸。

秋风未满鲈鱼兴❹，更有江湖万里心。

注：

❶ 侵寻：逐渐，渐次。
❷ 露草句：秋天的草地结露为霜，渐渐枯萎。
❸ 樯：桅杆，此处代指船。此句意为离开的船把阴影投射在归船之上。
❹ 秋风句：用西晋张翰典。张翰在洛阳做官，因秋风起时思念家乡的莼菜羹和鲈鱼脍的美味而弃官归乡。

评析

这首诗是作者为淮上的亭子而作，描述了暮秋时节亭前的老树、荒园以及大雁南飞、草地枯萎、船只往来的景色。结尾用鲈鱼典故，表达了作者对于归隐江湖的向往。

绍兴十三年自云中奉使回送伴至虹县以舟入万安湖❶

宋|朱弁

云中六闰食无鱼❷,

清夜时时梦斲鲈❸。

离汶未逾千里道❹,

度淮先泛万安湖。

注：

❶ 云中：金西京大同府，今山西大同。虹县：今安徽泗县。万安湖：又名潼陂，在泗县西北。
❷ 六闰：朱弁在金国羁押期间，度过了建炎三年（1129）闰八月、绍兴二年（1132）闰四月、绍兴五年闰二月、绍兴七年闰十月、绍兴十年闰六月和绍兴十三年闰四月，十六年间计六个闰月。
❸ 斲（zhuó）：同"斫"，砍、切的意思。鲈：鲈鱼，为江南特产，著名的江南意象之一。
❹ 汶：汶水，即大汶河，在今山东省西部，为黄河下游支流。

作者简介

朱弁（约1085—1144），字少章，号观如居士，婺源（今江西婺源）人。建炎年间曾出使金国，遭扣押十六年，守节不屈。绍兴十三年归国。官至奉议郎。著有《曲洧旧闻》《风月堂诗话》。

评析

此诗作于作者出使金国返回途中。作者遭金国扣押十六年，忠贞不屈，其间甚至连鱼也没有吃过，故而时常思念南方的鲈鱼，如今终于回到宋朝境内，急迫之情溢于言表。

适越留别朱新仲❶

宋｜曾　几

扁舟绿涨漕渠时❷，解释离怀政用诗❸。

管鲍交朋无变态❹，朱陈嫁娶有佳期❺。

长洲茂苑著身久❻，秦望镜湖行脚宜❼。

二浙中间才一水❽，短书莫使寄来迟。

注：

❶ 朱新仲：朱翌（1079—1167），字新仲，舒州怀宁（今安徽潜山）人。宋徽宗政和八年（1118），赐同上舍出身。绍兴十一年（1141），擢中书舍人兼实录院修撰，因忤秦桧，责韶州居住。绍兴二十五年，充秘阁修撰。著有《灊山文集》。
❷ 漕渠：人工挖掘或疏浚的主要用于漕运的河道。
❸ 解释：消除，解除。政：同"正"。
❹ 管鲍交朋：春秋时，齐人管仲与鲍叔牙为知交，后世用来指代朋友之间相互信任的关系。
❺ 朱陈嫁娶：原注"新仲次子已议定女孙，有姻期矣"。此女孙当是曾氏女孙，所谓陈者，盖借用白居易《朱陈村》"徐州古丰县，有村曰朱陈……一村唯两姓，世世为婚姻"典。
❻ 长洲：苏州历史上的一个县，后并入吴县（今苏州吴县区）。茂苑：古代苑囿名，又名长洲苑，在长洲县。长洲茂苑常代指苏州。
❼ 秦望：秦望山。相传秦始皇东巡时曾登上此山，眺望南海，所以被称"秦望"，在今浙江省杭州市西南。镜湖：又名鉴湖，在今浙江省绍兴城西南。
❽ 二浙：宋代行政区划浙江东路与浙江西路的合称。辖地约当今浙江省全境及江苏省长江以南地区。一水：浙江，今钱塘江。

作者简介

曾几（1085—1166），字吉甫，号茶山，河南府（今河南洛阳）人。宋徽宗时任校书郎。南宋时，官至敷文阁侍制，以通奉大夫致仕。陆游曾师事之，并称他的诗文"雅正纯粹"，著有《茶山集》。

评析

这首诗是作者在动身前往越地时与友人朱新仲的赠别诗，文中表达了作者对朋友的信任和对朱曾两家后辈新婚的祝福。结尾表示相隔不远，希望多通音信，展现出二人友情的深厚。

观琼花

宋 | 沈与求

千里随河走浊流，

樯乌东下指迷楼❶。

春风帘幕今何在，

只有琼花伴客愁❷。

注：

❶ 樯乌：桅杆上的乌形风向仪。迷楼：在隋江都郡城西，今扬州市观音山上。设计精巧，人误入，终日不能出。隋炀帝对左右说，即便神仙到此，也当自迷，故称"迷楼"。
❷ 琼花：史称隋炀帝开凿运河，是为了到扬州观看琼花。

作者简介

沈与求（1086—1137），字必先，湖州德清（今浙江德清）人。北宋政和五年（1115）进士，南宋时为御史中丞，刚正不阿，累迁至知枢密院事。著有《龟溪集》。

评析

这首诗是作者因观看运河岸边琼花所作，因琼花而想到隋炀帝开凿运河、千里东下，又建造迷楼、终致亡国。如今物是人非，只有琼花依旧盛开，令人有怀古之悲。

念奴娇·淮上雪

宋｜王以宁

天工何意，碎琼珰玉佩❶，书空千尺。

箬笠蓑衫扁舟下❷，淮口烟林如织❸。

飞观嶙峋，子亭突兀❹，影浸澄淮碧。

纶巾鹤氅❺，是谁独笑携策❻。

遥想易水燕山❼，有人方醉赏，六花如席❽。

云重天低酣歌罢，胆壮乾坤犹窄。

射雉归来❾，铁鳞十万❿，踏碎千山白。

紫箫声断，唤回春满南陌。

注：

❶ 琼珰玉佩：指玉石佩戴物。
❷ 箬（ruò）：箬竹。箬笠：竹皮斗笠。蓑衫：蓑衣。
❸ 淮口：又称清口、泗口，是泗水入淮处，在今江苏盱眙附近。
❹ 子亭：别立的小亭。
❺ 纶（guān）巾：有青丝带的头巾。鹤氅（chǎng）：鸟羽所制大衣。
❻ 携策：指骑马。策：马鞭。
❼ 易水：水名，在今河北省西部。燕山：山名，在今河北北部。
❽ 六花：指雪花。
❾ 雉：野鸡。
❿ 铁鳞：铁甲马，此处代指骑兵。

作者简介

王以宁（约1090—约1146），一名以凝，字周士，湘潭（今属湖南）人。宋徽宗大观年间入太学，靖康年间入李纲幕府。南宋建炎时为京西制置使。绍兴二年（1132）责永州别驾、潮州安置，五年许自便，十年复右朝奉郎。其词雄壮，多英武豪迈之气，著有《王周士词》。

评析

这首词写淮河雪景。上阕描写了淮河岸边大雪茫茫下的扁舟、亭观和人物的场景，下阕则遥想自己到北方纵横行猎，踏遍雪山的场景。该词气势豪迈、境界开阔，极具画面感与感染力。

隋堤草

宋 | 曹 勋

绵绵隋堤草❶,草色翠如茵。

梧桐间桃李,秾艳骄阳春❷。

杨柳垂金堤,拂舞无纤尘。

行人不敢折,守吏严呵嗔❸。

大业一崩陨❹,九庙犹荆榛❺。

隋堤草与木,采斫杂樵薪❻。

秋风号枯枝,野火烧陈根。

园林宫馆尚禾黍,草木于尔何足论。

注：

❶ 绵绵：连续不断的样子。隋堤：隋炀帝大业元年（605），开凿通济渠，自洛阳西苑引谷水、洛水达于黄河，自板渚引黄河入汴水，经泗水达淮河，谓之"御河"。河畔筑御道，种植杨柳，名为"隋堤"。
❷ 秾艳：色彩鲜艳的样子。
❸ 呵嗔：斥责。
❹ 大业：隋炀帝的年号，605 年—618 年。此处代指隋炀帝。
❺ 九庙：古代帝王立宗庙祭祀祖先，有祖庙五、亲庙四，合称九庙。荆榛：丛生的灌木，形容荒芜的场景。
❻ 斫（zhuó）：砍、削。樵薪：柴薪。

作者简介

曹勋（1098—1174），字公显，号松隐，颍昌阳翟（今河南禹县）人。宋徽宗宣和五年（1123）进士，靖康之难时随徽宗受押北上，后携带徽宗半臂绢书逃归，宋孝宗朝加太尉。工诗词，有《松隐文集》《松隐乐府》《北狩见闻录》等。

评析

与上一首诗相类似，这首诗是作者借隋堤草所作怀古之作。作者笔下隋堤草木翠绿，景色可爱。守吏的呵斥又令作者回想起隋堤的过往，建造隋堤的隋炀帝早已帝业陨落，只剩下青青草木，令人唏嘘不已。

炀帝

宋｜王十朋

汴水东流岸柳春，

龙舟南下锦帆新。

鸟声劝酒梅花笑，

笑杀隋亡亦似陈。❶

注：

❶ 陈：南朝陈。陈朝因后主荒淫无道、奢靡享乐而为隋所灭亡。而今隋同样因奢靡享乐而灭亡，所以说隋亡似陈。

【作者简介】

王十朋（1112—1171），字龟龄，号梅溪，温州乐清（今浙江乐清）人。绍兴二十七年（1157）进士，孝宗朝累迁起居舍人、侍御史，改吏部侍郎、历知饶、夔、湖、泉四州，为南宋名臣。有《梅溪集》。

【评析】

这首诗为咏隋炀帝之作。作者特别点出隋亡似陈的特点，隋炀帝曾以统帅身份亲手灭亡因奢侈享乐而腐朽的陈朝，后来却重蹈覆辙，身死国灭，被后人所嘲笑，不能不让人引以为戒。

行汴渠中

宋｜韩元吉

东海桑田未可期❶，

隋河高岸已锄犁❷。

楼船锦缆知无地❸，

枯柳黄尘但古堤。

注：

❶ 东海桑田：东海变成桑田、桑田变成大海，比喻世事变迁，变化很大。
❷ 锄犁：锄和犁，这里代指农耕。
❸ 楼船：高大有楼的巨船，这里指隋炀帝的龙舟。锦缆：锦制的缆绳，形容极其奢侈豪华。

作者简介

韩元吉（1118—1187），字无咎，号南涧，开封雍邱（今河南开封）人。南宋著名词人、政治家，官至吏部尚书。有《南涧诗余》《南涧甲乙稿》等。

评析

这首诗为作者在运河汴渠沿线行舟时所作。在他笔下，昔日的高岸已经成为农田，连当年停靠楼船的地方也找不到了。诗人借古今对比，表达了对于世事沧桑的感慨。

好事近·归有期作

宋 | 葛立方

几骑汉旌回❶,喜动满川花木。

遥睇清淮古岸❷,散离愁千斛❸。

烟笼沙嘴定连艘❹,鹜脚蘸波绿。

归话隔年心事,秉夜阑银烛。

注:

❶ 旌:本指用彩色羽毛做装饰的旗子,后泛指旗帜。
❷ 睇(dì):本指眼睛斜看,这里是看的意思。
❸ 斛(hú):盛酒的容器。
❹ 沙嘴:从陆地突入水中的前端尖的沙滩。定:停。这里是说烟雾笼罩着沙嘴,河岸停靠着相连的船只。

作者简介

葛立方(?—1164),字常之,号懒真子,丹阳(今江苏丹阳)人。宋高宗绍兴八年(1138)进士,历任中书舍人、吏部侍郎、袁州知府。后因诒事秦桧而被罢免。著有《归愚词》。

评析

这首诗是作者为朋友归来所作。运河既是交通往来的航道,对于归人来说,又是承载离别与思念的特殊之地。作者在河岸迎接故人归来,喜悦之情溢于言表。

春光好·寒食将过淮作

宋 | 葛立方

禁烟却酿新愁❶。正系马、清淮渡头。

后日清明催叠鼓❷,应在扬州。

归时元已临流。要绮陌❸、芳郊恣游。

三月羁怀当一洗,莫放觥筹❹。

注:

❶ 禁烟:寒食节需禁止烟火,吃冷食。
❷ 催叠鼓:被重叠的鼓声催促。
❸ 绮陌:指繁华的街道。
❹ 觥(gōng)筹:酒器和酒令筹。

评析

这首词为作者在寒食节渡淮而作。长期行役在外,诗人心中烦闷,但想象抵达扬州的时候要约亲朋一同郊游喝酒,心中就高兴了许多。"三月羁怀当一洗",借酒洗愁,"洗"字用得传神。

第一山

宋｜颜师鲁

闻说淮南第一山❶，

老来方此凭栏干❷。

孤城不隔长安望❸，

落日空悲汴水寒。

注：

❶ 淮南第一山：今江苏省淮安市盱眙县第一山，因北宋书法家米芾《第一山》"莫论横霍撞星斗，且是东南第一山"诗句而闻名。
❷ 凭：倚靠。
❸ 长安：指当时沦陷的东京开封。

作者简介

颜师鲁（1119—1193），字几圣，漳州龙溪（今福建漳州）人。宋高宗绍兴年间进士。历任莆田知县、监察御史、国子祭酒、礼部侍郎、吏部尚书等职。有《颜师鲁文集》。淳熙十四年（1187）宋高宗去世，他担任南宋遗留礼信使出使金朝，此诗应为途中所作。

评析

作者晚年登临盱眙第一山，在落日的余晖下北望汴京故都，山河沦陷之悲跃然纸上。诗中"孤城不隔长安望"一联与辛弃疾名作《鹧鸪天》中"西北望长安，可怜无数山"机杼相似。

汴河[1]

宋｜范成大

指顾枯河五十年[2],

龙舟早晚定疏川[3]。

还京却要东南运,

酸枣棠梨莫蓊然[4]。

注:

[1] 题下有作者自注:汴自泗州以北皆涸,草木生之,土人云:本朝恢复驾回,即河须复开。这句话说的是金国境内(泗州以北)的汴河已经干涸,当地人传言,南宋收复中原之后,皇帝的车驾回銮,这条运河又须重开。
[2] 指顾:犹刹那,形容时间短暂。
[3] 龙舟:史载隋炀帝南幸江都,造龙舟凤舳,黄龙赤舰,楼船篾舫。早晚:何时。疏川:疏浚干涸堵塞的运河。
[4] 酸枣、棠梨:两种树名,这里泛指生长于汴河故道上的树木。蓊然:草木茂盛的样子。

作者简介

范成大(1126—1193),字致能,号石湖,吴郡(今江苏苏州)人。绍兴二十四年(1154)进士,曾任中书舍人、四川安置使、参知政事等职。与尤袤、陆游、杨万里并称中兴四大家。有《石湖居士诗集》。

评析

乾道六年(1170)范成大任祈请国信使赴金。此诗即范成大在赴金途中所作。全诗以汴河的兴衰寄托国运的兴衰,表达了作者对于收复失地的强烈愿望。末句是通过树木表达汴河复通为时不远的期望。

归舟大雪中入运河,过万家湖❶

宋 | 杨万里

雪漫水面淡模糊,酿出羔儿酒一壶。❷

已被羶腴黳醽醁❸,更添牛乳点春酥。❹

销金帐下有此否❺,药玉船中不用酤。❻

忽见琼缸清彻底❼,蒲萄一色万家湖。

注:

❶ 万家湖:确切位置不详,当在淮安附近,后融入洪泽湖。明代汪广洋《万家湖》"黄河不与淮河通,潴蓄洪涛际空阔",亦是此处。
❷ 羔儿酒:羊羔酒,诗中比喻皎洁的水面。
❸ 羶腴:肥腻。黳:掩盖。醽醁(líng lù):美酒。
❹ 春酥:酥油。
❺ 销金帐:嵌金丝的床帐。宋将党进曾于销金帐下吃羊羔儿酒,此用其典。
❻ 药玉船:酒杯名。典出苏轼《正月三日点灯会客》:"试开云梦羔儿酒,快泻钱塘药玉船。"酤:酒。
❼ 琼缸:玉缸,此处比喻万家湖。

作者简介

杨万里(1127—1206),字廷秀,号诚斋,吉州吉水(今江西吉水)人。绍兴二十四年(1154)进士,官至宝谟阁学士。著有《诚斋集》。南宋中兴四大诗人之一。淳熙十六年(1189),他以秘书监任金使接伴使,往来淮河两岸,所作诗歌结集为《朝天续集》四卷。本书所选,均为此次行程中所作。

评析

此诗写运河雪景,别出心裁地将雪漫水面的景象比作一壶羊羔酒。颔联用羶腴覆盖醽醁、牛乳点缀春酥来比喻河上白茫茫的朦胧雪景。尾联写船入万家湖,冰消雪融,湖面宛如琼缸中盛满的葡萄酒。全诗以美酒喻雪景,造语新巧,同时又充满浓郁的生活气息。

至洪泽

宋 | 杨万里

今宵合过山阳驿❶，泊船问来是洪泽。

都梁到此只一程❷，却费一宵兼两日。

政缘夜来到渎头❸，打头风起浪不休。

舟人相贺已入港，不怕淮河更风浪。

老夫摇手且低声，惊心犹恐淮神听。

急呼津吏催开闸，津吏叉手不敢答❹。

早潮已落水入淮，晚潮未来闸不开。

细问晚潮何时来，更待玉虫缀金钗❺。

注：

❶ 山阳：淮阴古称。
❷ 都梁：山名，在今盱眙县。
❸ 政缘：正缘，正好。渎头：淮水沿岸地名，《诚斋集》中《至洪泽》前一首即为《渎头阻风》诗。
❹ 叉手：一种礼节，两手交叉亦胸，俯首到手，近似后世之作揖。
❺ 玉虫：指灯花。典出韩愈《同侯十一咏灯花》："钗头缀玉虫。"此处代指夜深时分。

评析

　　宋人作诗有所谓"以文为诗"的特色，在这首诗中，诗人以线性的时间次序列举了舟泊渎头、船夫噤声、催吏开闸遭拒等种种舟行细节，这正是采用了散文的叙事手法。全诗平易畅达，结尾以"更待玉虫缀金钗"来暗示晚潮到来的时间，情趣盎然。

初食淮白❶

宋｜杨万里

淮白须将淮水煮，江南水煮正相违。

霜吹柳叶落都尽，鱼吃雪花方解肥❷。

醉卧糟丘名不恶❸，下来盐豉味全非❹。

饔人且莫供羊酪❺，更买银刀三尺围❻。

注：

❶ 淮白：淮水白鱼，当时的名贵食材。
❷ 鱼吃雪花：作者原注："淮人云，白鱼食雪乃肥。"
❸ 糟丘：积酒糟成丘。此处指用酒糟烹调白鱼。
❹ 盐豉：豆豉。
❺ 饔（yōng）人：厨师。
❻ 银刀：银色的刀鱼，即指淮白。

评析

淮白是淮河当地特产，苏辙有"鱼跃银刀正出淮"诗句，即指此鱼。诗人在诗中详细地叙述了食用淮白的时节、烹调手法，生动地反映了南宋运河沿岸精致的饮食文化。

过奔牛闸[1]

宋 | 杨万里

春雨未多河未涨，闸官惜水如金样。

聚船久住下河湾，等待船齐不教放。

忽然三板两板开[2]，惊雷一声飞雪堆。

众船遏水水不去，船底怒涛跳出来。

下河半篙水欲满[3]，上河两平势差缓[4]。

一行二十四楼船[5]，相随过闸如鱼贯。

注：

[1] 奔牛闸：位于今常州市新北区奔牛镇。
[2] 板：水闸中阻水的闸门。
[3] 篙：撑船的竹竿。半篙形容水浅。
[4] 两平：水面与两岸齐平。势差缓：水势平缓。
[5] 楼船：船面有楼的大船。

评析

　　为了增强运河的运输能力，宋代普遍使用了船闸技术。壮观的放水场面，成为诗歌的新鲜素材。开闸之后，一艘艘大船鱼贯而过，展现出了南宋大运河漕运的繁华风貌。

练湖放闸[1]（其一）

宋｜杨万里

满耳雷声动地来，

窥窗银浪打船开。

练湖才放一寸水，

跳作冰河万雪堆[2]。

注：

[1] 练湖：古称"曲阿后湖"，在今江苏丹阳西北，西晋时陈敏主持修建，兼有济运河、灌溉和防洪功能。
[2] 雪堆：激起的水花。

> 评析

　　练湖闸是宋代大运河沿岸重要的水利工程，运河水位较低时，即须开闸引湖水济漕。"练湖才放一寸水，跳作冰河万雪堆"一联生动地写出了开闸放水时的景象，风趣明快，具有典型的"诚斋体"风格。

初入淮河四绝句（其一）

宋｜杨万里

船离洪泽岸头沙❶，

人到淮河意不佳。

何必桑干方是远❷，

中流以北即天涯❸。

注：

❶ 洪泽：洪泽湖，今淮河下游。
❷ 桑干：河名，今河北永定河上游。
❸ 中流：指淮河中流，当时宋金两国以淮河为界，中流以北即非南宋疆土。

评析

　　桑干河是古诗中常见的边塞意象，唐代诗人贾岛"无端更渡桑干水，却望并州是故乡"，就是一例。诗人在此处反用其意，如今淮河以北已是异乡，又何必如古人一般，以遥远的桑干河为天涯呢？短短一联，写尽家国之慨，成为千古传颂的名句。

松江鲈鱼❶

宋｜杨万里

鲈出鲈乡芦叶前❷，垂虹亭上不论钱❸。

买来玉尺如何短❹，铸出银梭直是圆❺。

白质黑章三四点❻，细鳞巨口一双鲜❼。

秋风想见真风味❽，只是春风已迥然❾。

注：

❶ 松江：吴淞江。
❷ 鲈乡：南宋吴江县（今苏州吴江区）有鲈乡亭。
❸ 垂虹亭：今苏州市吴江区有垂虹桥，即据此得名。
❹ 玉尺：喻指鲈鱼。
❺ 银梭：喻指鲈鱼。
❻ 白质黑章：指鲈鱼白底，有黑色斑点。
❼ 细鳞巨口：描写松江鲈鱼的形状。苏轼《后赤壁赋》："巨口细鳞，状如松江之鲈。"
❽ 秋风：《世说新语》记载西晋吴人张翰在洛阳做官，因秋风起时思念家乡的莼菜羹和鲈鱼脍的美味而弃官归乡。
❾ 迥然：差别很大的样子。

> 评析

松江鲈鱼自西晋张翰以来，已成为著名的文学意象。诗人途经松江鱼肆，对鲈鱼的长度、色彩、体态进行了细致入微的描绘，虽仅是"春风鲈脍"，已足以使人垂涎。

垂丝钓·戊戌迓客❶。自入淮南，多所感怆作

宋｜丘 崈

夕烽戍鼓。悲凉江岸淮浦❷。雾隐孤城，水荒沙聚。人共语。尽向来胜处。谩怀古❸。问柳津花渡。露桥夜月，吹箫人在何许❹。缭墙禁籞❺，粉黛成黄土。惟有江东虏。都无虏，似旧时得否。

注：

❶ 戊戌迓客：戊戌年为孝宗淳熙五年（1178），此年丘崈被任命迎接金国贺生辰使，奔赴淮南。迓：迎接。
❷ 淮浦：淮水畔。
❸ 谩：空。
❹ 吹箫人：杜牧《寄扬州韩绰判官》："二十四桥明月夜，玉人何处教吹箫。"
❺ 缭墙：环绕的围墙。禁籞（yù）：帝王的禁苑。

作者简介

丘崈（chóng）（1135—1208），江阴军（今江苏江阴）人。隆兴元年（1163）进士，官至资政殿学士、同知枢密院事。一生勤力报国，曾表示"生无以报国，死愿为猛将以灭敌"。卒谥文定。其词风近于豪放一路，今存《文定公词》。

评析

淳熙五年，丘崈奉命至淮南迎接金国使节，途经扬州城，曾经繁盛一时的江左名都，已沦为一座孤城。两年之前，姜夔亦路过扬州，写下了脍炙人口的《扬州慢》，将两词并读，更能体会词人的黍离之悲。

通守赵侯改倅会稽以诗饯行❶

宋|王 炎

我来席未温,君去袂难摻❷。所喜相知新,所恨相见晚。

吏能极缜密❸,风度乃萧散❹。同僚有斯人,可近不可远。

漕渠新涨生,辇路春风满。置之缇屏中❺,骥足终未展。

夫岂无里言,相与共推挽❻。语别一杯酒,何时对青眼❼。

愿保千金躯,努力加餐饭。

注:

❶ 通守:太守的副官,此指通判。赵侯:姓名不详。倅(cuì):副官,此处即指通判。
❷ 袂:衣袖。摻:执持。袂难摻:难以执袖握别。
❸ 吏能:为官的才能。
❹ 萧散:潇洒自然。
❺ 缇屏:汉代别驾、主簿的车,车轼前用以遮挡泥土的屏泥,用橘红色油涂饰。此处指通判赵侯的车。
❻ 推挽:引荐。
❼ 青眼:据说阮籍能为青白眼,见到礼俗之士则以白眼相对,见到品德才能出众的嵇康则以青眼对之。

作者简介

王炎(1137—1218),字晦叔,江西婺源人,乾道五年(1169)进士。诗文"博雅精深,具有根柢"。有《双溪类稿》。开禧三年(1207),王炎任湖州知州,此诗即为此时所作。

评析

江南运河的一支流经湖州。王炎就任湖州太守不久,即送别赵通判赴会稽任职。在饯别之宴上,诗人表达了惜别之情与深切祝愿,也写到了"漕渠新涨生,辇路春风满"的运河景象。全诗平易畅达,感情真挚。

泗州道中❶

宋｜楼　钥

宿雪助寒色❷，相看汴水滨。

轻车兀残梦❸，群马溅飞尘。

行役过周地❹，官仪泣汉民❺。

中原陆沉久❻，任责岂无人。

注：

❶ 泗州：辖地包括今洪泽湖、泗洪、盱眙及安徽泗县等。
❷ 宿雪：隔夜的积雪。
❸ 兀：摇晃。
❹ 行役过周地：《诗经》有《黍离》一篇，序云："周大夫行役至于宗周，过故宗庙，宫室尽为禾黍。闵周室之颠覆，彷徨不忍去，而作是诗也。"
❺ 官仪泣汉民：汉代有《汉官仪》，此处指中原遗民见南宋使者的衣冠礼节，追思流涕。
❻ 陆沉：沦陷。

作者简介

楼钥（1137—1213），字大防，明州鄞县（今浙江宁波）人。隆兴元年（1163）进士，官至吏部尚书、资政殿大学士，为南宋一代名臣。有《攻媿集》。

评析

乾道五年（1169），楼钥随其舅汪大猷出使金朝，沿途作《北行日录》，本书所选二诗为此时所作。运河是宋金使节来往的必经之路。此诗描绘了诗人进入金国领土后的见闻，中原故土的荒凉以及遗民对北宋的追思，使诗人哀痛不已。尾联"中原陆沉久，任责岂无人"，将笔锋直指在朝的衮衮诸公，悲愤之思跃然纸上。

北行雪中渡淮

宋｜楼 钥

风卷清淮夜不休，晓惊急雪遍郊丘。

坐令和气三边满❶，便觉胡尘万里收❷。

瑟瑟江头辉玉节❸，萧萧马上点貂裘。

归来风物浑相似，二月杨花绕御沟❹。

注：

❶ 坐令：致使、空使。和气：古人认为天地间阴气与阳气交合而成之气。万物由此"和气"而生。
❷ 胡尘：胡马溅起的灰尘。
❸ 玉节：使者手持的符节。
❹ 御沟：指运河。

评析

与上首《泗州道中》相比，此诗侧重于北行道中的景物描写。"瑟瑟江头辉玉节，萧萧马上点貂裘"，不仅写出了一行人踏雪而行的风采，同时也突出了使臣坚贞似雪的品性，允为佳构。南朝范云诗："昔去雪如花，今来花似雪。"末句意境与此相似。

初八日早出洪泽闸泛淮

宋｜虞 俦

乾道年中再讲和❶，当时议者厌干戈❷。

长淮不管蛟龙怒❸，巨舰宁容鹅鹳过❹。

岁晚民方愁道路，天寒我亦困风波。

中流击楫非无志❺，时运相违奈若何。

注：

❶ 乾道：南宋孝宗赵昚的第二个年号，1165年至1173年，共使用九年。
❷ 干：盾牌。戈：中国古代一种兵器。诗中干戈泛指武器，比喻战争。
❸ 长淮：淮河。
❹ 鹅鹳：军阵名。
❺ 击楫：敲拍船桨。中流击楫，用东晋祖逖事，表达北伐中原的志向。

〖作者简介〗

虞俦，生卒年不详，字寿老，宁国（今属安徽）人。宋孝宗隆兴初进士，官至兵部侍郎。诗以真朴见长，著有《尊白堂集》。

〖评析〗

乾道元年（1165），宋金和议，标志了孝宗北伐的失败。作者出使金国，完成和议，泛舟淮河之上，空有报国壮志，却没有施展空间，发出时运相违的喟叹。

隋堤用罗昭谏韵

宋 | 许琮

万树青青入望遥，

行人犹自说隋朝。

啼莺不管繁华歇，

还带春风上柳条。

注：

❶ 罗昭谏：唐代诗人罗隐（833—910），字昭谏。有《隋堤柳》一诗："夹路依依千里遥，路人回首认隋朝。春风未借宣华意，犹费工夫长绿条。"

作者简介

许琮（1148—？），江苏武进（今江苏常州）人。乾道二年（1166）十八岁进士及第，累官知制诰。

评析

此诗为怀古之作，王朝兴衰更迭，而春风兀自吹，流莺兀自啼，繁华落尽，徒留隋堤古迹为后人所凭吊。

瓜洲歌

宋 | 刘过

今年城保寨，明年城瓜洲❶。寇来不能御，贼去欲自囚。

伟哉淮南镇，禹贡之扬州❷。念昔蕞尔虏❸，马棰轻江流❹。

翠华离金陵❺，人有李郭不❻。幸被帐下儿，一箭毙其酋❼。

帝䄅有遗臭❽，鲜血沾髑髅❾。败军惨无主，蛇豕散莫收❿。

势当截归路，尽与俘馘休⓫。甲兵洗黄河，境土尽白沟。

天子弃不取，区区乃人谋⓬。金帛输东南，礼事昆夷优⓭。

参差女墙月⓮，深夜照敌楼⓯。泊船运河口，颇为执事羞⓰。

注：

❶ 城：筑城。瓜洲：位于扬州城南古运河入江口处，与镇江隔江相望。原为长江中之沙洲，因形如瓜而得名。晋为瓜洲村，唐宋名瓜洲镇。为历代长江南北水运交通要冲。
❷ 禹贡：《尚书》篇名之一，分天下之地为九州，扬州为其一。
❸ 蕞（zuì）尔：形容小，表示对虏的蔑视。
❹ 马棰：马鞭。
❺ 翠华：天子仪仗，以翠羽为饰，代指天子。
❻ 李郭：指唐代名将李光弼与郭子仪。
❼ 幸被两句：1161年，率军南侵的金主完颜亮，因残暴而激起兵变，被其侍卫射杀。酋：古称部落的首领为酋。
❽ 帝䄅（bū）：辽太宗耶律德光的干尸。德光死后，依照契丹旧俗，制成干尸，人称之为帝䄅。此处当指完颜亮的尸体。
❾ 髑髅：指死人的头骨。
❿ 蛇豕：长蛇封豕，比喻贪残害人者。
⓫ 俘馘（guó）：生俘以及杀死的敌人。古代战争中割取所杀敌人的左耳计数献功称为馘。

⑫ 区区：拙劣，凡庸。
⑬ 昆夷：泛指少数民族。
⑭ 女墙：城墙上呈凹凸形的小墙。
⑮ 敌楼：城墙上御敌的城楼。
⑯ 执事：指主管其事的人。

作者简介

　　刘过（1154—1206），字改之，号龙洲道人，吉州泰和（今属江西）人。一生力主抗金复国，以豪放词著名，亦能诗，是江湖诗派的重要诗人。著有《龙洲集》。

评析

　　此诗指陈时事，直抒胸臆，毫无保留地抨击了南宋统治集团的投降政策。

送范仲讷往合肥三首（其一）

宋｜姜 夔

壮志只便鞍马上❶，

客梦长在江淮间。

谁能辛苦运河里❷，

夜与商人争往还。

注：

❶ 鞍马：鞍子和马，借指骑马或战斗的生活。
❷ 谁能句：自临安至合肥，必经运河。

作者简介

姜夔（1154—1221），字尧章，号白石道人，饶州鄱阳（今江西鄱阳）人。南宋文学家、音乐家。其作品素以空灵含蓄著称。著有《白石道人诗集》《白石道人歌曲》等。

评析

此诗首句写范仲讷，次句写自己。作者在绍熙初年流寓合肥，结识了歌伎姐妹，之后离开合肥，念念不忘。此诗借送别友人，传达对合肥恋人的情思。从后两句可知，自临安到合肥的运河之上，往来舟船甚多。

扬州慢

宋｜姜 夔

淮左名都❶，竹西佳处❷，解鞍少驻初程❸。

过春风十里❹，尽荠麦青青。

自胡马窥江去后❺，废池乔木❻，犹厌言兵❼。

渐黄昏，清角吹寒❽，都在空城。

杜郎俊赏❾，算而今重到须惊❿。

纵豆蔻词工⓫，青楼梦好⓬，难赋深情。

二十四桥仍在⓭，波心荡、冷月无声。

念桥边红药⓮，年年知为谁生？

注：

❶ 淮左：宋置淮南东路和淮南西路。古代方位以东为左，所以淮南东路简称淮左。淮南东路治所在扬州。
❷ 竹西：竹林西处。扬州城东禅智寺旁有竹西亭，是著名风景区。唐杜牧《题扬州禅智寺》："谁知竹西路，歌吹是扬州。"遂以竹西代指扬州。
❸ 初程：旅途的第一阶段，远行开始的路途。
❹ 春风十里：指扬州昔日繁华的街道。杜牧《赠别》诗："娉娉袅袅十三余，豆蔻梢头二月初。春风十里扬州路，卷上珠帘总不如。"
❺ 胡马窥江：指金兵进犯长江流域。胡为古代对北和西方少数民族的通称，词里代指金人。
❻ 废池乔木：废旧的城池和残存的树木。
❼ 厌：憎恶。兵：战争。

❽ 清角：凄清的号角声。角：古代军中乐器。
❾ 杜郎：对杜牧的爱称。俊赏：高明的鉴赏力。
❿ 算：料想，估计之词。须：一定。
⓫ 豆蔻词：指《赠别》诗。豆蔻：植物名，生于南方，二月初的豆蔻花含苞待放，被称为含胎花。杜牧用来比喻少女的娇艳。工：工巧。
⓬ 青楼梦：杜牧《遣怀》诗："落魄江湖载酒行，楚腰纤细掌中轻。十年一觉扬州梦，赢得青楼薄幸名。"
⓭ 二十四桥：杜牧《寄扬州韩绰判官》："二十四桥明月夜，玉人何处教吹箫？"位置在唐罗城的浊河、官河和邗沟三条主河道上。唐代确有二十四座桥。沈括在《补笔谈》中记录了二十一座桥的名字。
⓮ 红药：红芍药花。

[评析]

宋高宗在位时，金人两度南侵，扬州亦两遭焚掠。淳熙三年（1176），作者路过扬州，目睹了战争洗劫后扬州的萧条景象，抚今追昔，写就本词，以寄托对扬州昔日繁华的怀念和对今日山河破败的哀思。

运河行

宋｜刘 宰

运河岸，丁夫荷锸声缭乱❶。

红莲幕府谁献言❷，运河泄水由函管❸。

函管掘开须到底，运材归府供薪爨❹。

庶几一坏不可复，民田虽槁河长满❺。

民田为私河则公，献言幕府宁非忠。

我闻此言为民说，急趋上令毋中辍。

小民再拜为我言，函管由来几百年。

大者用钱且十万❻，小者半此工非坚。

厥初铢积费民力❼，厥后世世期相传。

岂但旱时须灌溉，亦忧久潦水伤田❽。

向来久旱河流绝，放水练湖忧水泄❾。

州家有令塞函管，函管虽存谁复决。

小须雨泽又流通，函管犹存不费工。

只今掘尽谁敢计，但恐民田从此废。

丰年馀水注江湖，涓滴不为农亩利。

有时骤雨浸民田，水不通流禾尽弃。

况今农务正纷纭⑩，高田须灌草须耘。

尽驱丁壮折函管，更运木石归城闉⑪。

吕城一百二十里⑫，不知被扰凡几人。

太守仁民古无比，凝香阁下宁闻此。

愿传新令到民间，函管须塞不须毁。

已填函管无尾闾⑬，大舶通行水有馀。

函管不毁民欢娱，异时潴泻无妨渠⑭。

忆昔采诗周太史⑮，不间小夫并贱隶。

试衷俚语扣黄堂⑯，鈇钺有诛宁敢避⑰。

注：

❶ 丁夫：唐代丁谓正役，夫谓杂徭。后泛指服力役的人夫。锸：铁锹，掘土的工具。缭乱：形容声音纷乱。
❷ 红莲幕府：幕府的美称。
❸ 函管：埋设在地下的管道，是运河与民田之间的导水设施，主要目的在于利用运河之水灌溉农田，同时也有泄洪的功能。
❹ 薪：柴火。爨（cuàn）：烹饪。
❺ 槁：枯干。

❻ 且：将近。
❼ 厥初：最初，开头。铢积：一点一滴积累，形容事情完成不易。
❽ 潦：涝，雨水过多。
❾ 练湖：古称"曲阿后湖"，在今江苏丹阳西北，西晋时陈敏主持修建，兼有济运河、灌溉和防洪功能。
❿ 纷纭：繁多杂乱。
⓫ 城闉：城内重门，亦泛指城郭。
⓬ 吕城：地处长江中下游南岸，位于江苏省丹阳市东部，是丹阳四大古镇之一。与常州市接壤。
⓭ 尾闾：传说中海水所归之处。后比喻事物归宿或倾泻之所。
⓮ 潴（zhū）：水积聚的地方。
⓯ 采诗周太史：指周朝采诗官。
⓰ 裒（póu）：搜集。俚语：粗俗的语言。黄堂：太守衙中的正堂。
⓱ 铁钺：斫刀和大斧，泛指刑戮。

作者简介

刘宰（1166—1239），字平国，号漫塘病叟，镇江金坛（今属江苏常州）人。绍熙元年（1190）进士，调江宁尉。开禧初，仕至浙东仓司干官。后隐居三十年。去世后，朝廷嘉其节，谥文清。著有《漫塘集》。

评析

一次河道疏浚工程中，一位幕僚发现并认定：运河泄水而引起的水量不足，是由函管引起的，因此要掘开函管。当地百姓急忙求助于作者。诗人为民呼吁，希望长官能够听到百姓的呼声，兼顾民田之利。

淮上回九江

宋 | 戴复古

江水接淮水，扁舟去复回❶。

客程官路柳❷，心事故园梅。

活计鱼千里❸，空言水一杯。

石屏有茅屋❹，朝夕望归来。

注：

❶ 扁舟：小船。
❷ 客程：旅程。
❸ 鱼千里：比喻徒然无益地追逐不止。宋陆游《闻雨》诗："不悟鱼千里，终归貉一丘。"
❹ 石屏：南塘石屏山，作者隐居处。

作者简介

戴复古（1167—1248），字式之，常居南塘石屏山，故自号石屏，天台黄岩（今属浙江台州）人，南宋著名江湖诗派诗人。一生不仕，浪游江湖，后归家隐居。曾从陆游学诗，作品受晚唐诗风影响，兼具江西诗派风格。著有《石屏集》《石屏长短句》等。

评析

这首诗是作者从淮上沿运河回九江途中所作，他对故园石屏山之思溢于言表。

汴堤柳

宋｜乐雷发

万缕春风窣汴堤❶，

锦帆何处柳空垂❷。

流莺应有儿孙在❸，

问著隋朝总不知。

注：

❶ 万缕：众多的柳条。窣（sū）：拂。
❷ 锦帆：史载隋炀帝乘船游江都，以锦为帆。李商隐《隋宫》诗："玉玺不缘归日角，锦帆应是到天涯。"
❸ 流莺：啼声婉转的黄莺。

作者简介

乐雷发（1210—1271），字声远，号雪矶，道州宁远（今属湖南）人。宝祐元年（1253），宋理宗下旨召乐雷发廷试，赐为特科第一，授翰林馆职，但并未重用他的主张。宝祐四年，雷发愤然称病回乡，隐居九嶷，寄情山水。著有《雪矶丛稿》等。

评析

春风吹拂，汴堤旁柳丝摇拂，生机盎然，莺鸟啼鸣婉转，只是筑造这堤坝的隋朝早已湮灭在历史尘埃中。诗中采用拟人手法，设想今之流莺是古之流莺之儿孙，寄托抚今追昔之感，颇为巧妙。

送蒋朴之维扬

宋｜潘希白

隋家天子爱扬州❶，四十离宫取次游❷。

荆棘久迷秦陇路❸，柳丝空拂汴河流❹。

君才清似庾开府❺，世事难于孙仲谋❻。

莫为青衫怯骑马❼，却将风景付闲愁。

注：

❶ 隋家天子：指隋炀帝。
❷ 取次：次第，一个接一个地。
❸ 秦陇：秦岭和陇山的并称。指今陕西、甘肃之地。
❹ 汴河：隋炀帝大业元年（605），开凿通济渠，自黄河至淮河的一段，因流经汴州（今开封）而称汴水。宋时亦称汴河、汴渠。全长650公里。自河南荥阳的板渚出黄河，至江苏盱眙入淮河。
❺ 庾开府：指庾信（513—581），字子山，南朝著名文学家，入北朝官至车骑大将军、开府仪同三司，故称。南北朝文学的集大成者。杜甫有诗："清新庾开府。"
❻ 孙仲谋：指三国时期吴国建立者孙权（182—252），字仲谋。
❼ 青衫：唐代八品、九品文官着青色官服，泛指官职低微。

作者简介

潘希白，生卒年不详，字怀古，号渔庄，永嘉（今浙江湖州）人。南宋理宗宝祐元年（1253）进士，干办临安府节制司公事。德祐中，起为史馆检校，不赴。

评析

这首诗为作者送别友人时所作，作者点明世事之艰难，通过赞美友人的才华，以宽慰官位低微的友人。

发高邮

宋 | 文天祥

初出高沙门❶，轻舫绕城楼❷。一水何曲折，百年此绸缪❸。

北望渺无际，飞鸟翔平畴❹。寒芜入荒落❺，日薄行人愁❻。

行行行湖曲❼，万顷涵清秋。大风吹樯倒，如荡彭蠡舟❽。

欲寄故乡泪，使入长江流。篙人为我言❾，此水通淮头。

前与黄河合，同作沧海沤❿。踟蹰忽失意⓫，拭泪泪不收。

吴会日已远⓬，回首重悠悠。驰驱梁赵郊⓭，壮士何离忧⓮。

吾道久已东，陆沉古神州⓯。我今戴南冠⓰，何异有北投。

不能裂肝脑⓱，直气摩斗牛⓲。但愿光岳合⓳，休明复商周⓴。

不使殊方魄㉑，终为异物羞㉒。

注：

❶ 高沙：高邮的旧称。
❷ 舫：舟。
❸ 绸缪：连绵不断。
❹ 平畴：平坦的田野。
❺ 寒芜：寒秋的杂草。荒落：荒村。
❻ 日薄：日色暗淡。
❼ 行行：不停地前行。
❽ 彭蠡（lí）：鄱阳湖的别称。
❾ 篙人：撑船的人。

⑩ 沧海：大海。沤：原意是水泡，这里指长江、黄河汇流入海。
⑪ 跬蹰：须臾，瞬间。
⑫ 吴会：东汉分会稽郡为吴、会稽二郡，并称"吴会"。唐以后指平江府（今苏州市），后亦泛指浙江一带。
⑬ 梁赵郊：指梁、赵故地，即今河南、河北一带。
⑭ 离忧：同离骚，忧伤、忧愁。
⑮ 陆沉：比喻国土沦陷。
⑯ 南冠：楚国式样的帽子。春秋时楚国进攻郑国，诸侯救郑，郑国俘虏了楚大夫钟仪，把他献给晋国。两年后，晋景公视察军府，见到了囚禁在这里的钟仪。问答之间，钟仪有礼有节，言谈举止，处处见出不忘故国。
⑰ 肝脑：借指身体或生命。
⑱ 直气：正气。摩：迫近、接近。斗牛：二十八宿中的斗宿与牛宿，其分野正对应吴越地区。
⑲ 光岳：三光（日月星辰）五岳，指代天地。
⑳ 休明：用以赞美明君或盛世。商：商汤。周：周文王、周武王。这两个时代政治清明，是儒家的理想盛世。
㉑ 殊方：远方、异域。殊方魄：指作者自己的魂魄。
㉒ 异物：指元朝统治者。

（作者简介）

文天祥（1236—1283），字履善，又字宋瑞，自号文山，浮休道人，吉州庐陵（今江西吉安）人。官到右丞相兼枢密使，与陆秀夫、张世杰并称为"宋末三杰"。其著作经后人辑为《文山先生全集》。

（评析）

作者于德祐二年（1276）从元军手中脱险，途径高邮，得知南宋政权消息，遂乘船南归。尽管国家形势危急，作者亦生思乡之情，但终究抒发了高昂的爱国情怀，尤其"我今戴南冠，何异有北投。不能裂肝脑，直气摩斗牛"四句，体现了作者的一身正气。

维扬驿

宋｜文天祥

三年别淮水❶，一夕宿扬州。

南极山川古❷，北风江海秋。

昭君愁出塞，王粲怕登楼❸。

千载英雄泪，如今况楚囚❹。

注：

❶ 三年别淮水：此诗作于至元十六年（1279）八月。诗人曾于德祐二年（1276）三月逃脱到真州，然后经长淮一带渡海南归。至今日再次来到扬州，已经三年多了。

❷ 南极：南方。

❸ 王粲怕登楼：东汉王粲在荆州依附刘表，意不自得，且痛家国丧乱，乃作《登楼赋》，借写眼前景物，以抒郁愤之情。后人常以"王粲登楼"比喻士不得志而怀故土之思。

❹ 楚囚：本指春秋时被俘到晋国的楚国人钟仪，后用来借指被囚禁的人，也比喻处境窘迫、无计可施的人。

评析

这首诗是作者身处扬州驿站时所作，表达了自己在家国丧乱、命途多舛时心中的无奈与郁愤。

念奴娇·和友驿中言别[1]

宋 | 文天祥

乾坤能大,算蛟龙、元不是池中物[2]。

风雨牢愁无著处,那更寒蛩四壁。

横槊题诗[3],登楼作赋[4],万事空中雪。

江流如此,方来还有英杰[5]。

堪笑一叶漂零,重来淮水,正凉风新发。

镜里朱颜都变尽,只有丹心难灭。

去去龙沙[6],江山回首,一线青如发[7]。

故人应念,杜鹃枝上残月。

注:

[1] 友:指邓剡(1232—1303),字光荐,又字中甫,号中斋,文天祥的同乡好友。
[2] 池中物:比喻胸无大志、安于现状的人。
[3] 横槊题诗:槊是重型的骑兵武器,即长杆矛。赤壁之战前曹操曾横槊赋诗。
[4] 登楼作赋:汉末王粲旅居荆州,作《登楼赋》。
[5] 江流两句:苏轼《念奴娇·赤壁怀古》:"大江东去,浪淘尽,千古风流人物。"
[6] 龙沙:北方沙漠,喻指元朝。
[7] 一线青如发:指江山悠远,宛如一丝青发。

评析

此词作于文天祥兵败后北解途中,一起被押北行还有其同乡好友邓剡。途经金陵(今江苏南京)时,邓剡因病暂留天庆观就医,文天祥继续被解北上。临别之时邓剡作《念奴娇·驿中言别》,文天祥作此酬答,表现了激昂慷慨的气概,忠义之气,凛然纸上。

南乡子·初入都门漫赋

宋│汪梦斗

西北有神州❶。曾倚斜阳江上楼。

目断淮南山一抹,何由。载泪东风洒汴流❷。

何事却狂游。直驾驴车度白沟❸。

自古幽燕为绝塞❹,休愁。未是穷荒天尽头。

注:

❶ 西北神州:指北方失地。
❷ 汴流:汴水。隋炀帝大业元年(605),开凿通济渠,自黄河至淮河的一段,因流经汴州(今开封)而称汴水。宋时亦称汴河、汴渠。全长650公里。自河南荥阳的板渚出黄河,至江苏盱眙入淮河。
❸ 白沟:巨马河,宋辽界河,今在河北。
❹ 幽燕:古幽州及燕国,泛指北方。

作者简介

汪梦斗(1240左右—?),字以南,号杏山,绩溪(今属安徽宣城)人。南宋理宗景定二年(1261)江东漕试夺魁,授江东转运司干官。咸淳(1265—1274)初,升史馆编校。宋亡,不仕,后从事讲学以终。有《北游集》。

评析

南宋末年,词人入汴京都门,念及西北神州失地,自己却无力挽狂澜、安社稷,只能自怨自伤,悲恨相生。

淮安水驿

宋｜汪元量

薄暮舟维杨柳堤❶，手攀杨柳立多时。

汉儿快意歌荷叶，越女含愁舞柘枝❷。

月湿江花和露泫❸，潮摇淮树带风悲。

长亭一夜浑无寐❹，与空传杯更和诗。

注：

❶ 薄暮：傍晚。维：系。
❷ 柘（zhè）枝：从西域石国传入中原的著名健舞，石国又名柘枝，故名。
❸ 泫：滴落。
❹ 浑：全、都。

作者简介

　　汪元量（1241—1317年后），字大有，号水云，钱塘（今浙江杭州）人。宋末元初诗人、词人、宫廷琴师，诗多记录宋亡前后事，有"诗史"之称。有《水云集》《湖山类稿》及《水云词》。

评析

　　向晚泊舟，汉儿唱歌，越女跳舞，如此喧嚣之地，映射出诗人"立多时"的孤寂。月湿潮摇，花泣风悲，诗中所见皆着诗人意绪，饱含《黍离》之悲，踌躇幽眇之情如薄暮水驿，月升潮涨，悄然而至，只好传杯和诗以遣穷愁。

枫桥[1]

宋 | 汤仲友

出城才七里,地僻罕曾过。

孤塔临官路,三门背运河。

钟鸣惊宿鸟,墙矮入渔歌。

醉里看题壁,如今张继多[2]。

注:

[1] 枫桥:枫桥,在今江苏苏州西郊。
[2] 张继:唐代诗人,生卒年不详,有《枫桥夜泊》一诗。

作者简介

汤仲友,生卒年不详,宋平江府吴县(今苏州)人,初名益,以字行,更字端夫,号西楼。工诗,与陈泷、顾逢、高常称"苏台四妙",有《汤西楼集》等。

评析

枫桥因唐人张继《枫桥夜泊》诗而闻名于世。后世钦慕者不绝如缕。题壁诗中的古今对话,实在饶有趣味。此诗信笔写去,既不与前贤争锋,也不刻意求新,末句"如今张继多",似乎是在嘲讽那些争奇斗艳者。

水龙吟

宋｜施 岳

翠鳌涌出沧溟❶，影横栈壁迷烟墅。

楼台对起，阑干重凭，山川自古。

梁苑芜❷，汴堤疏柳❸，几番晴雨。

看天低四远，江空万里，登临处、分吴楚。

两岸花飞絮舞。度春风、满城箫鼓。

英雄暗老，昏潮晓汐，归帆过舻。

淮水东流，塞云北渡，夕阳西去。

正凄凉望极，中原路杳，月来南浦❹。

注：
❶ 翠鳌：鳌，传说中海里的大龟或大鳖，翠鳌喻指翠绿的山峦。沧溟：大海。
❷ 梁苑：西汉梁孝王刘武营造的规模宏大的皇家园林。
❸ 汴堤：隋堤。隋炀帝大业元年（605），开凿通济渠，自洛阳西苑引谷水、洛水达于黄河，自板渚引黄河入汴水，经泗水达淮河，谓之"御河"。河畔筑御道，种植杨柳，名为"隋堤"。
❹ 南浦：南面的水边，指送别之地。

作者简介

施岳，生卒年不详，字仲山，号梅川，吴（今江苏苏州）人，约宋理宗淳祐中前后在世。精于音律。

评析

词人沿运河北行，驻足吴楚分界处。胸中时空、古今之感此起彼伏，难以名状。夕阳西下，凄凉北望，中原路杳，山河飘摇之感顿涌心头。

宋/元

元

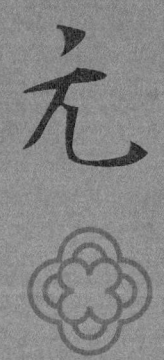

炀帝故宫

元 | 耶律铸

凤跸鸣銮入暮云❶,缭墙倾影障苔痕❷。

三千歌舞春风起,百二山河野日昏❸。

石马不嘶春自老❹,玉楼无迹燕犹存。

旧时长送龙舟水❺,空伴寒潮过海门❻。

注:

❶ 凤跸:皇帝后妃所乘的车驾。鸣銮:装在轭首或车衡上的铜铃,车行摇动作响,有时借指皇帝或贵族出行。
❷ 缭墙:围墙。
❸ 百二:以二敌百。百二山河:比喻山河险固之地。
❹ 石马:石雕的马。古时多列于帝王及达官墓前。
❺ 龙舟:史载隋炀帝南幸江都,造龙舟凤䑠,黄龙赤舰,楼船篾舫。
❻ 寒潮:寒凉的潮水。海门:入海口,内河通海之处。

作者简介

耶律铸(1221—1285),字成仲,契丹人。耶律楚材次子。其父死,嗣领中书省,中统、至元间,三入中书为左丞相。至元二十年(1283)被罢官。文宗至顺元年(1330)追赠太师,谥文忠。著有《双溪醉隐集》。

评析

这首诗是作者游览炀帝故宫而后所作,物是人非,昔日隋朝宫廷的热闹繁华不再,作者在为之叹息之余,亦有借古讽今、警示当下之意。从"旧时长送龙舟水"中可以看出,运河正是隋朝兴废的见证者。

眼儿媚·醴泉和高斋过炀帝故宫

元 | 耶律铸

隔江谁唱后庭花❶。烟淡月笼纱。

水云凝恨,锦帆何事❷,也到天涯。

寄声衰柳将烟草❸,且莫怨年华。

东君也是❹,世间行客,知过谁家。

注:

❶ 后庭花:乐府清商曲吴声歌曲名。唐为教坊曲名。本名《玉树后庭花》,南朝陈后主制。其辞轻荡,而其音甚哀,故后多用以称亡国之音。
❷ 锦帆:史载隋炀帝乘船游江都,以锦为帆。李商隐《隋宫》诗:"玉玺不缘归日角,锦帆应是到天涯。"
❸ 寄声:托人传话。将:和。烟草:烟雾笼罩的草丛,亦泛指蔓草。
❹ 东君:司春之神。

评析

作者融情入景,寓理于情,从怀古引发出胜事不常、盛筵难再的联想,俊逸而蕴藉,舒徐而幽远。下片分为寄声衰柳烟草和东君亦是行客两层,表达人间的无力和无奈,拟人之笔,构思新奇。

浣溪沙·付高彦卿

元│王 恽

红翠丛中样度新。❶

桃花扇影驻行云。❷

隋唐嘉话阅来真。❸

一片锦帆浮汴水,❹

两京花柳暗风尘。❺

彩声会动凤城春。❻

注:
❶ 红:脂粉唇膏一类女子妆品。翠:翡翠一类饰物。红翠:指女子。样度:风范,风度。
❷ 驻行云:传说古代歌者秦青歌声美妙,能使行云留驻。
❸ 嘉话:佳话。流传一时,当作谈话资料的好事或趣事。
❹ 锦帆:史载隋炀帝乘船游江都,以锦为帆。李商隐《隋宫》诗:"玉玺不缘归日角,锦帆应是到天涯。"汴水:隋炀帝大业元年(605),开凿通济渠,自黄河至淮河的一段,因流经汴州(今开封)而称汴水。宋时亦称汴河、汴渠。全长650公里。自河南荥阳的板渚出黄河,至江苏盱眙入淮河。
❺ 两京:指隋唐的两京,长安和洛阳。
❻ 凤城:京都的美称。

【作者简介】

王恽(1227—1304),字仲谋,号秋涧,卫州汲县(今河南卫辉)人。一生仕宦,刚直不阿,清贫守职,好学善文,成为元世祖忽必烈、裕宗真金和成宗铁穆耳三代著名谏臣。其书法遒婉,与东鲁王博文、渤海王旭齐名。著有《秋涧先生全集》。

【评析】

这首诗是作者写给友人之作,诗中借隋炀帝游江都时的盛景,描绘了一幅偎红倚翠、莺歌燕舞的美妙场景。

洛社晓行[1]

元｜方 回

船摇不能卧，起问夜如何。

煜煜明邻火[2]，遥遥起暗歌。

暖知残雪尽，晴见大星多。

良喜前程稳，无风水不波。

注：

[1] 洛社：位于江苏省无锡市西北，京杭大运河北岸。明清以来为商贾云集之地，有"小无锡"之称。
[2] 煜煜：明亮的样子。

作者简介

方回（1227—1307），字万里，号虚谷。歙县（今属安徽）人。宋理宗景定三年（1262）进士，知严州。降元后，任建德路总管。擅长作诗、论诗，其诗宗法江西诗派，格高意新，瘦硬奇峭。著有《桐江集》，编有《瀛奎律髓》。

评析

全诗描写了拂晓时分诗人在运河上乘船赶路的情景，并通过河面风平浪静的景色，表达了对未来美好前程的期冀。

保应庙[1]

元｜董朴

庙食空山八百年[2]，

衣冠犹是李唐前[3]。

汴河十里垂杨柳[4]，

何似松阴数亩田。

注：

[1] 保应庙：隋炀帝死后，杨侗继位，后又被王世充废杀，其子荣王杨白携韩妃南逃，至新昌（今属浙江绍兴），韩妃自缢，该处即今韩妃村。杨白隐居于山林中，为彩烟杨氏始祖。后乡人于回山镇建有保应庙，又名白王庙。本诗前有小序："隋诸王避难，没，葬其地。水旱疾疫，祈祷辄应。宋宝庆二年，从乡民之请，建庙赐额。"
[2] 庙食：谓死后立庙，受人奉祀，享受祭飨。
[3] 衣冠：衣服和冠冕，泛指衣着穿戴。
[4] 汴河：隋炀帝大业元年（605），开凿通济渠，自黄河至淮河的一段，因流经汴州（今开封）而称汴水。宋时亦称汴河、汴渠。全长650公里。自河南荥阳的板渚出黄河，至江苏盱眙入淮河。

作者简介

董朴（1232—1316），字太初，顺德（今河北邢台）人。宋度宗咸淳八年（1272）任刑部郎官。宋亡后，用荐起家为陕西知法官，未及辞归，居家讲学，因家近龙冈，时称龙冈先生。后召为太史院主食，辞不赴。皇庆初，诏以翰林修撰致仕。

评析

作者看见保应庙中的古衣冠，联想到古运河之事，二者皆与隋之亡国有关。当年大运河边杨柳郁郁葱葱，比不上今日庙旁松荫之下的田亩，由古及今，抒发自己的感慨。

维扬怀古 ❶

元｜鲍寿孙

江北江南水一涯，

迷楼结绮两堪悲。❷

雷塘草绿人安在，❸

曾见黄奴坐井时。❹

注：

❶ 维扬：扬州的别称。
❷ 迷楼：在隋江都郡城西，今扬州市观音山上。设计精巧，人误入，终日不能出。隋炀帝对左右说，即便神仙到此，也当自迷，故称"迷楼"。结绮：陈后主所建阁名，故址在今南京。
❸ 雷塘：在今扬州北郊十五里。汉代称雷陂，为王室苑囿。隋炀帝死后葬于吴公台下。武德五年（622）改葬于雷塘北岸。
❹ 黄奴：陈后主小名。坐井：隋军攻破建康城后，陈后主曾藏身于井中，后为隋军所执。

【作者简介】

鲍寿孙（1250—1309），字子寿，号云松，歙县（今安徽）人。度宗咸淳三年（1267）领江东乡荐，时年十八。元至元、贞元间为宝庆州学教授。

【评析】

陈隋两代亡国之君，时异事同，在历史长流中，虽已物是人非，但当时的荒淫、落魄却留供后人凭吊。面对无情的历史，诗人似有讥讽，又有浩叹。

题扬州琼花[1]

元｜冯子振

锦帆隐隐到天涯[2]，

古道残阳泣暮鸦[3]。

莫为龙舟更惆怅，

广陵依旧看琼花。

注：

[1] 扬州琼花：相传隋炀帝杨广为下扬州看琼花而开凿大运河。
[2] 锦帆：史载隋炀帝乘船游江都，以锦为帆。李商隐《隋宫》诗："玉玺不缘归日角，锦帆应是到天涯。"
[3] 古道残阳泣暮鸦：李商隐《隋宫》有"终古垂杨有暮鸦"一句。

作者简介

冯子振（1253—1348），字海粟，自号瀛洲洲客、怪怪道人，湖南攸县人。元大德二年（1298）登进士及第，历任保宁（今属四川）、彰德（今河南安阳）节度使。晚年归乡著述。著有《居庸赋》《十八公赋》《华清古乐府》《海粟诗集》等。

评析

诗人虽以令炀帝玩物丧志的琼花为题材，却不落俗套，而将批判的矛头指向人。人们常言前车之鉴，而历史上却从不缺少重蹈覆辙者，这是历史的宿命，还是人的局限？诗中"依旧"一句，感慨深沉。

江城子·高邮舟中

元｜吴 存

酒垆饼舍带长沟❶。过扬州。又高邮。

逆浪流溯，寸寸涩行舟。

北望神京天共远❷，何处是，五云楼❸。

昔年此地足戈矛。转城陬❹。屡回头。

甓社湖中❺，明月竟谁收。

欲问少年淮海士，疏苇外，起沙鸥❻。

注：

❶ 酒垆饼舍：售卖酒和饼的店铺。
❷ 神京：京城。
❸ 五云楼：华丽的楼阁。
❹ 城陬（zōu）：城角。
❺ 甓（pì）社湖：相传宋孙觉在甓社湖边夜坐，忽见窗明如白昼，沿湖寻找，见一大珠，其光烛天，当年孙觉登第。
❻ 沙鸥：用《列子·黄帝》鸥鹭忘机典，喻指忘怀得失。

作者简介

吴存（1257—1339），字仲退，号月湾，江西鄱阳人。历官饶州路学正、宁国路儒学教授，并聘主江西乡试。著有《程朱易传》《月湾诗稿》《巴歙杂咏》。

评析

高邮地处南北水陆交通要冲。诗人沿大运河北上，由扬州、经高邮，有感而发，以忘机之心处世立身，足见其旷达情怀。

炀帝行宫

元｜黄　庚

彩凤楼前汴水流，

君王不复锦帆游。❶

长堤旧日青青柳，

曾带春风拂御舟。

注：

❶ 锦帆：史载隋炀帝乘船游江都，以锦为帆。李商隐《隋宫》诗："玉玺不缘归日角，锦帆应是到天涯。"

作者简介

　　黄庚（1260—1328），字星甫，天台（今属浙江）人。元初未复科举，黄庚浪迹江湖，与遗民故老交往。诗作多写隐逸之趣，诗风清淡自然。有《月屋漫稿》。

评析

　　隋炀帝开渠南游，荒唐之举成为众矢之的。汴水、杨柳，以无声的存在，讥笑曾经不可一世的骄横。

直沽口[1]

元 | 袁桷

二水赴沧海[2]，客行殊未休[3]。

渔舟维病鹤，归棹起轻鸥。

雨重云光湿，天低树色浮。

京尘今已洗[4]，从此问菟裘[5]。

注：

[1] 直沽：金、元时称潞河（北运河）、卫河（南运河）交汇处为直沽，在今天津市狮子林桥西端旧三汊口一带。直沽是元朝海运的北方终点和漕运的转运枢纽。
[2] 二水：指潞河、卫河。
[3] 客行：在异乡远行。
[4] 京尘：京城的风尘，比喻功名利禄等尘俗之事。陆机《为顾彦先赠妇》："京洛多风尘，素衣化为缁。"
[5] 菟裘（tú qiú）：春秋时鲁地的古邑名，在今山东省泰安市。春秋鲁隐公晚年表示想在菟裘筑室隐退。后用来指代士大夫告老退隐的地方。

作者简介

袁桷（jué）（1266—1327），字伯长，号清容居士，浙江鄞县（今属浙江宁波）人。二十岁举茂才异等，任丽泽书院山长。大德间，荐为翰林国史院检阅官。延祐中，拜集贤直学士，改翰林院直学士，知制诰同修国史。袁桷博学多才，朝廷制册，勋臣碑铭，多出其手。其诗俊迈高华，造语工炼，卓然成家。著有《清容居士集》等。

评析

直沽口水面平阔，往来船只络绎不绝。元泰定元年（1324），翰林院侍讲学士袁桷辞官返乡，途经此地，见二水交汇，波涛茫茫，胸怀为之激荡，不禁写下此诗，以描绘直沽口的壮美之景，表达自己的归隐之志。第三联"雨重云光湿，天低树色浮"，写景尤为传神。

过嘉兴[1]

元 | 萨都剌

三山云海几千里[2],十幅蒲帆挂烟水[3]。

吴中过客莫思家,江南画船如屋里。

芦芽短短穿碧沙[4],船头鲤鱼吹浪花。

吴姬荡桨入城去[5],细雨小寒生绿沙。

我歌水调无人续[6],江上月凉吹紫竹[7]。

春风一曲鹧鸪吟[8],花落莺啼满城绿[9]。

注:

[1] 嘉兴:今属浙江省。元为嘉兴路,属江南浙西道。境内有京杭大运河嘉兴段。后至元二年(1336)春,萨都剌由大都至福州赴任,乘船沿京杭大运河南下,途经嘉兴,见江南佳景,遂作此诗。
[2] 三山:福州有九仙山、闽山、越王山,故别称"三山"。此句指从京城大都到福州,其间相隔几千里。
[3] 蒲帆:用蒲草编成的船帆,此处代指船。元代官员行经水路,多乘蒲帆船。萨都剌《高邮阻风》一诗云"离家十日得顺水,不卸蒲帆一千里",可见他由大都到福州,主要是乘坐蒲帆船,沿着运河而行。
[4] 芦芽:芦苇刚吐露的嫩芽。
[5] 吴姬:吴地美人。
[6] 水调:《水调歌》,乐府曲名,相传为隋炀帝巡行江都时所创,曲调哀怨。
[7] 紫竹:此处代指紫竹制作的管乐器。
[8] 鹧鸪吟:词牌名。
[9] 花落莺啼:江南春景,化用自江总《南还寻草市宅》"花落空难遍,莺啼静易喧"句。

作者简介

萨都剌（约1272—约1355），字天锡，号直斋，蒙古族（一说回族），雁门（今山西省代县）人。泰定四年（1327）进士。曾任江南行御史台掾史、燕南河北道肃政廉访司经历等职。其诗诸体俱备，磊落激昂。著有《雁门集》。

评析

此诗描写行船途中所见嘉兴的江南春景，句句贴合江行，贴合江南，贴合春天，在渲染江南美景的同时，又含蓄地表达出淡淡的思乡与怨慕之情。

沁园春·广陵九日与刘士幹成元璋泛舟邗沟❶

元｜张 翥

何许登临，路绕芜城❷，冈连楚皋❸。

爱流云低响❹，歌催琼树❺，微波照影，人艳仙桃。

松院移尊，柳桥携袖，随处兰舟且暂捎❻。

秋无际，望空江雁远，落木天高❼。

不妨左手持螯。更右把、金尊送浊醪❽。

叹鸡台草暗❾，凄然兴废，龙山烟冷❿，老矣英豪。

白发宁饶⓫，黄花任插⓬，要裹西风破帽牢⓭。

刘郎醉⓮，把吴笺笑擘⓯，试与题糕⓰。

注：

❶ 广陵：今江苏扬州。九日：九月九日，即重阳节，古俗于此日登高。刘士幹：生平不详。成元璋：元末著名诗人，字原常，兴化（今江苏兴化）人。邗沟：又名梁水、韩江、中渎水。公元前486年，吴王夫差为北上伐齐争霸中原，从邗城下挖沟，引长江水入淮河，为中国大运河最早开挖的河段，为后来京杭大运河的开凿奠定了基础。

❷ 芜城：广陵城，故址在今江苏省扬州市江都县境。鲍照作有《芜城赋》。

❸ 楚皋：扬州古属楚地，故称。

❹ 流云低响：形容歌声美妙，可以使行云停驻。

❺ 琼树：陈后主所作《玉树后庭花》之曲。

❻ 捎：停靠。

❼ 落木天高：杜甫《登高》有"风急天高猿啸哀""无边落木萧萧下"两句。

❽ 不妨三句：《世说新语》记毕卓曾说："一手拿着蟹螯，一手拿着酒杯，泡在酒池中，便足以了此一生。"

❾ 鸡台：台名，在扬州，相传隋炀帝常游于此。
❿ 龙山：《晋书》载，九月九日，桓温曾大聚佐僚于龙山。后遂以"龙山会"称重阳登高聚会。
⓫ 白发宁饶：王禹偁《老态》："白发不相饶，秋来生鬓边。"
⓬ 黄花任插：杜牧《九日齐山登高》有"尘世难逢开口笑，菊花须插满头归"。
⓭ 要裹句：《晋书·孟嘉传》记桓温九月九日在龙山宴请幕僚，席间孟嘉不知道自己的帽子被风吹落，桓温令部下不要声张，等孟嘉如厕回来后再还给他，并让孙盛写文章放在孟嘉座位上嘲讽他，孟嘉回来看到后，随即写文章回应。后以"孟嘉落帽"形容才子名士的风雅洒脱、才思敏捷。
⓮ 刘郎：指刘士幹。
⓯ 吴笺：吴地所产之笺纸。擘：分开。
⓰ 题糕：唐刘禹锡作《九日诗》因为《五经》中没有"糕"字，遂不敢用"糕"字。后遂以"题糕"作为重阳题诗的典故。

【作者简介】

张翥（1287—1368），字仲举，晋宁（今山西临汾）人。至正初，以隐逸荐召为国子助教，后又起为翰林国史院编修官，参与修订宋、辽、金三史，累迁翰林学士承旨致仕。工诗，近体尤佳，兼擅填词。著有《蜕庵诗集》《蜕岩词》。

【评析】

此词写作者与两位朋友重九游邗沟，并登高望远，词中灵活化用重阳、邗沟典故，频繁运典却不觉塞涩。

萤苑曲[1]

元 | 张 翥

杨花吹春一千里,兽舰如云锦帆起[2]。

咸洛山河真帝都[3],君王自爱扬州死[4]。

军装小队皆美人[5],画龙鞯汗金麒麟[6]。

香风摇荡夜游处,二十四桥珠翠尘[7]。

骑行不用烧红烛,万点飞萤炫川谷。

金钗歌度苑中来,宝帐香迷楼上宿。

醉魂贪作花月荒,肯信剑戟生宫墙。

斓斑六合洗秋露[8],尚疑怨血凝晶光。

至今落日行人路,鬼火狐鸣隔烟树。

腐草无情亦有情[9],年年为照雷塘墓[10]。

注:

[1] 萤苑:在今江苏扬州市北。明曹学佺《名胜志》记载西苑"又南三里为萤苑"。据《隋书·炀帝纪》,大业十二年(616),"上于景华宫征求萤火,得数斛,夜出游山,放之,光遍岩谷"。
[2] 兽舰:船体雕饰兽形的战舰。锦帆:史载隋炀帝乘船游江都,以锦为帆。李商隐《隋宫》诗:"玉玺不缘归日角,锦帆应是到天涯。"
[3] 咸洛:长安、洛阳,指京城。
[4] 君王句:唐张祜《纵游淮南》有"人生只合扬州死,禅智山光好墓田"。

❺军装小队：宫女骑马列队而行。
❻鞯（jiān）：马鞍子下面的垫子。
❼二十四桥：位置在唐罗城的浊河、官河和邗沟三条主河道上。唐代确有二十四座桥。沈括在《补笔谈》中记录了二十一座桥的名字。
❽六合：何稠为隋炀帝建造的可以拆卸组装的活动木城。
❾腐草：古人认为萤是由腐草化成，这里指代萤。李商隐《隋宫》有"于今腐草无萤火"。
❿雷塘：在今扬州北郊十五里。汉代称雷陂，为王室苑囿。隋炀帝死后葬于吴公台下。武德五年（622）改葬于雷塘北岸。

评析

曲中将隋炀帝游扬州之事婉转道来，描摹炀帝寻欢作乐，自取灭亡过程：生前醉心扬州，终于得偿所愿，祸起萧墙，身死人手，葬身扬州；生前征萤为灯，死后自己的血肉滋养腐草，化为萤光鬼火相照。炀帝生前梦想之事，死后都一一如愿。历史的讽刺性莫过于此。

过京口❶

元 | 王冕

瓜洲正对西津渡❷，金山焦山江水中❸。

过客放船忌险阻，何人击楫问英雄❹？

白云渺渺生秋树，黄叶萧萧落晚风。

铁瓮城头一登眺❺，天南天北思无穷。

注：

❶ 京口：古城名，今江苏镇江。
❷ 瓜洲：位于扬州城南古运河入江口处，与镇江隔江相望。原为长江中之沙洲，因形如瓜而得名。晋为瓜洲村，唐宋名瓜洲镇。为历代长江南北水运交通要冲。西津渡：位于今镇江城西的云台山麓。
❸ 金山焦山：均位于今江苏镇江市。
❹ 击楫：东晋初年祖逖率部北伐，横渡长江。船到江心时，祖逖以船桨拍打船舷发誓说："我祖逖如果不能扫平占领中原的敌人，决不再过这条大江。"
❺ 铁瓮城：孙权所筑城名，又名京（京口）城、子城，位于今江苏省镇江市京口区北固山的前峰。

作者简介

王冕（1310—1359），字元章，号者石山农，浙江绍兴人，元朝著名画家、诗人、篆刻家。有《竹斋集》。

评析

京口在大运河与长江交汇处。诗人置身于广阔的江面，感慨昔日英雄中流击水的豪情壮志已逝，虽不甘平庸却又不得不接受时空的束缚。

汴河怀古

元｜张　昱

家国承平厌万机❶，轻乘黄屋出京畿❷。

三年巡狩前王有❸，千里看花亘古稀❹。

河畔柳条春自长，苑中萤火夜还飞❺。

当时九庙躬辞日❻，肯信龙舟更不归❼？

注：

❶ 万机：指执政者日常处理的纷繁的政务。
❷ 黄屋：古代帝王专用的黄缯车盖。此处泛指豪华的车马。京畿：指国都及其行政官署所辖地区，这里指隋炀帝时东都洛阳。
❸ 巡狩：谓天子出行，视察邦国州郡。
❹ 千里看花：指从洛阳下扬州看琼花。亘古：自古以来。
❺ 苑：园林。萤火：史载隋炀帝于洛阳景华宫征求萤火虫，夜晚游山并将之放生。
❻ 九庙：指帝王祭祀祖先的宗庙。躬辞：指祭祀完毕。
❼ 龙舟：史载隋炀帝南幸江都，造龙舟凤䲢，黄龙赤舰，楼船篾舫。不归：指大业十四年（618）隋炀帝死于扬州。

作者简介

张昱，元明间人，生卒年不详，字光弼，号一笑居士，晚年又号可闲老人。庐陵（今江西吉安）人。先后做过元朝江浙行省左、右司员外郎、行枢密院判官。著有《庐陵集》。

评析

隋炀帝穷极民力，开凿运河，三下江南，而民不聊生，最终导致隋朝短命而亡。这首诗写作者乘船由汴河南下，看到曾经繁华的宫苑中春柳长、夜萤飞，可是当年意气风发的隋炀帝早已身死扬州，而隋朝也早已覆灭，不禁有历史沧桑的感慨。

直沽口❶

元 | 傅若金

远漕通诸岛❷,深流会两河❸。

鸟依沙树少❹,鱼傍海潮多。

转粟春秋入❺,行舟日夜过。

兵民杂居久,一半解吴歌❻。

注:

❶ 直沽口:金、元时称潞河(今北运河)、卫河(今南运河)交汇处为直沽,在今天津市内狮子林桥西端旧三汊口一带。
❷ 远漕:远方的漕渠。
❸ 两河:指潞河和卫河。
❹ 沙树:沙滩边的树。
❺ 转粟:指通过漕渠运送谷物。
❻ 吴歌:吴地之歌,泛指江南民歌。

作者简介

傅若金(1303—1342),初字汝砺,后改字与砺。临江新喻(今江西新余)人。少年贫困,发奋读书,自成一家,辞章传诵京师。著有《傅与砺诗文集》。

评析

这首诗描绘了处于两条运河交汇处的直沽口优美的自然风景,河上不断有漕运与行舟来往,来自各地的兵、民杂处久了,连用吴语演唱的民歌都能听懂,很好地表现了直沽口忙碌祥和的生活景象。

凤来朝·汴堤送别

元 | 邵亨贞

驻马隋堤路❶。怨凌波、背人唤渡❷。

正琵琶拨到伤情处。又底事❸、便轻去。

日照啼红无数❹。酒杯干、再三细语。

转首又天涯暮。怎约得、画桡住❺。

注：

❶ 隋堤：隋炀帝大业元年（605），开凿通济渠，自洛阳西苑引谷水、洛水达于黄河，自板渚引黄河入汴水，经泗水达淮河，谓之"御河"。河畔筑御道，种植杨柳，名为"隋堤"。
❷ 唤渡：呼唤渡船。
❸ 底事：何事。
❹ 啼红：这里指花朵上的水珠，像噙着眼泪。
❺ 画桡：有画饰的船桨，代指画船。

作者简介

邵亨贞（1309—1401），字复孺，号清溪。云间（今上海松江）人。曾任松江训导。工于篆隶书，善诗文词曲。著有《野处集》《蚁术诗选》《蚁术词选》等。

评析

作者在隋堤饮酒送别朋友，再三叮嘱，依依不舍，可是朋友终究是要离去的，想要挽留却自知不能。这首词用婉约动人的语言，表现了哀婉的离别场景，抒发了作者留恋、不舍与忧愁之情。

青丝络马头送李彦章

元｜陈 基

青丝络马头，游宦古苏州，苏州城东万斛舟。

前年运米直沽口，送别江头折杨柳。

承恩头插上阳花，锡宴尊倾光禄酒。

江上今年杨柳黄，辟书千里有辉光。

勇骑阃外将军马，饱食闽中荔子浆。

闽中女儿歌白苎，把酒劝君起为舞。

将军好文不好武，自古闽中称乐土。

注：

❶ 青丝：指马缰绳。络：缠。李彦章：李端，生卒年不详，字彦章，华亭（今属上海市）人，元代画家。
❷ 游宦：外出做官。
❸ 直沽口：金、元时称潞河（今北运河）、卫河（今南运河）交汇处为直沽，在今天津市内狮子林桥西端旧三汊口一带。
❹ 承恩：蒙受恩泽。上阳花：美丽的花。唐代有上阳宫，玄宗时杨贵妃专宠。美貌的宫人被安置别所，上阳宫便是其一。后用上阳花比喻美貌的宫女，或美丽的花。
❺ 锡宴：赐宴，指皇帝令群臣一同饮宴。尊：指盛酒具。光禄酒：宋代开封城中的光禄寺负责生产朝廷国事用酒，称为光禄酒。
❻ 辟书：征召的文书。
❼ 阃（kǔn）外将军：在都城以外领兵作战的将军。
❽ 闽中：指福建一带。荔子：荔枝。
❾ 白苎：白纻，指白纻歌，乐府吴舞曲名，始于晋代的《白纻舞》。

作者简介

陈基（1314—1370），字敬初，临海（今属浙江台州）人。曾在元朝以及张士诚手下做过官。明初，朱元璋召基修《元史》，赐金而还。著有《夷白斋稿》。

评析

去年送别时，好友前往直沽口运输漕粮，得到了皇帝的赏识，今年就被召为将军前往闽中了。诗人在苏州渡口送别，畅想好友在闽中任官时意气风发的景象，充满了喜悦之情。

长亭柳❶

元｜许 恕

长亭柳，长亭春色浓如酒。

柔条细叶乱风烟，年年尽属离人手❷。

汴水河堤空复春❸，朝元宫阙已成尘❹。

何似长亭管离别，常送东西南北人。

我家扬子江头住❺，忆卷疏帘看飞絮❻。

几时折赠北郭生❼？归卧君山最佳处❽。

注：

❶ 长亭：古代在道路每隔十里设长亭，供行旅停息，近城的长亭常常是诀别之处。
❷ 离人：离别的人。
❸ 汴水：隋炀帝大业元年（605），开凿通济渠，自黄河至淮河的一段，因流经汴州（今开封）而称汴水。宋时亦称汴河、汴渠。全长650公里。自河南荥阳的板渚出黄河，至江苏盱眙入淮河。
❹ 朝元：唐代阁名，在陕西临潼县骊山。
❺ 扬子江：长江在今仪征、扬州一带的部分，因扬子津而得名。
❻ 疏帘：稀疏的窗帘。飞絮：飘飞的柳絮。
❼ 折赠：古人离别时，有折柳枝相赠的风俗。北郭生：诗人自称，亦可借指隐士。
❽ 君山：洞庭湖中一座小岛。

作者简介

许恕（1323—1374），字如心，号北郭生。江阴（今属江苏）人，博学能文。元顺帝至正年间辞谢澄江书院山长之荐，遁迹海上，与山僧野子往来。著有《北郭集》。

评析

汴水河堤无人问津，帝王宫阙也已颓圮，只有长亭柳年年在那里见证着人们的离别。诗人看到飘飞的柳絮，表示自己厌倦了仕宦生活，期盼着归隐山林。

元/明

明

杨柳枝词❶

明｜释宗泐

万树千株汴水隈❷，

春风青眼为谁开❸。

锦帆曾拂中间过❹，

只到扬州竟不回❺。

注：

❶ 杨柳枝词：原为唐教坊曲名，这首七言绝句借用旧题。
❷ 汴水：隋炀帝大业元年（605），开凿通济渠，自黄河至淮河的一段，因流经汴州（今开封）而称汴水。宋时亦称汴河、汴渠。全长650公里。自河南荥阳的板渚出黄河，至江苏盱眙入淮河。隈：指山水弯曲隐蔽处。
❸ 青眼为谁开：据说阮籍能为青白眼，见到礼俗之士则以白眼相对，见到品德才能出众的嵇康则以青眼对之。
❹ 锦帆：史载隋炀帝乘船游江都，以锦为帆。李商隐《隋宫》诗："玉玺不缘归日角，锦帆应是到天涯。"
❺ 只到句：指隋炀帝第三次下扬州后身死扬州。

【作者简介】

释宗泐（lè）（1317—1391），僧人，俗姓周，字季潭。浙江临海人。洪武年间掌皇帝诏旨，笺释《心经》《金刚经》《楞伽》，后曾奉旨出使西域。著有《全室集》。

【评析】

这首诗中，作者见到汴水两岸春柳青青，想起当年乘锦帆船、意气风发下江南的隋炀帝最终却命丧扬州，再也未能回到国都洛阳，隋朝也随之覆灭，不禁感慨万千。

纪行诗八首·邗沟❶

明｜张 羽

题注：洪武十五年（1382）腊月奉旨乘驿往凤阳祭皇陵舟中作❷

衰杨夹高防❸，北风暮飕飕❹。随逢长老问，会言是邗沟。

相传开凿初，民劳天为愁。至今浊河底，时见白髑髅。

陆通梁宋郊，水漕荆吴舟❺。渠成万世利，虑始难为谋。

至今南北交，此土为名州❻。飞阁跨通波❼，张帷如云浮❽。

忆昨少年日，宝马珊瑚钩❾。经过剧辛辈❿，结托金张俦⓫。

醉月琼花观⓬，征歌明月楼⓭。罗绮朝还暮⓮，笙竽春复秋⓯。

繁华逐逝水，一往不可留。向来歌舞地，茫然狐兔丘⓰。

家老无儿孙，杖棰驱羊牛⓱。少小心尚尔，不知今白头。

欲从乱离说⓲，恐子增离忧⓳。长揖分袂去⓴，零泪如丝流。

注：

❶ 邗沟：又名渠水、韩江、中渎水。公元前486年，吴王夫差为北上伐齐争霸中原，从邗城下挖沟，引长江水入淮河，为中国大运河最早开挖的河段，为后来京杭大运河的开凿奠定了基础。
❷ 皇陵：明皇陵位于安徽省凤阳县城南，是朱元璋为其父母和兄嫂修建的陵墓。
❸ 高防：高堤。
❹ 飕飕：风雨声。
❺ 梁宋：指春秋时的梁国、宋国之地，主要指今河南开封、商丘一带。水槽：漕运。荆吴：春秋时的楚国与吴国。
❻ 至今两句：谓邗沟的开凿为南北交流发挥了巨大作用。

❼ 飞阁：架空的阁道。通波：指流水。
❽ 幄：指帷帐。
❾ 珊瑚钩：用珊瑚所作的帐钩。
❿ 经过：交往。剧辛：战国时赵国人，与乐毅、邹衍等辅佐燕昭王，助燕国强盛。
⓫ 结托：结交。金张俦：像西汉时金日䃅、张安世那样显赫的官宦。
⓬ 醉月：对月酣饮。琼花观：道观名，在扬州城，相传唐代观内有琼花一株。
⓭ 征歌：征召歌伎。明月楼：元代扬州富商赵氏所建。因赵孟𫖯"春风阁苑三千客，明月扬州第一楼"的题联而得名。位于今扬州广陵路。
⓮ 罗绮：丝绸衣裳，借指达官贵人。
⓯ 笙竽：乐器名。此句指夜夜笙歌的生活。
⓰ 狐兔丘：指荒郊野外。
⓱ 杖棰：棍棒。
⓲ 乱离：遭乱流离。
⓳ 离忧：离别的忧愁。
⓴ 分袂：分别。

〖作者简介〗

张羽（1333—1385），字来仪，后更字附凤。江西九江人。元末避乱居湖州，明洪武年间，召为太常寺丞，兼翰林院同掌文渊阁事。后来贬谪岭南，投水而死。诗文精洁有法，明代初年与高启、杨基、徐贲合称"吴中四杰"。著有《静居集》。

〖评析〗

这首五言古诗写作者奉旨前往凤阳祭拜明皇陵，在邗沟遇到一位老人，听他讲述了开凿邗沟的历史，以及自己少年得志，到老却繁华成空、流离失所的悲痛经历。本诗深刻表达了对皇帝好大喜功的谴责，以及对历史动乱给普通人造成的悲哀遭遇的反思。

过隋宫故址[1]

明｜孙蕡

伊昔隋家全盛年，周陈部曲按三边[2]。

端门彻夜笙歌合[3]，琪树经春锦绣缠[4]。

经春锦绣何摇漾，别有迷楼九霄上[5]。

连拱飞甍次第开[6]，朱帘绣柱森相向[7]。

楼中美女花葱茏[8]，写翠图黄映晓空。

璧月琼花新态度[9]，临风结绮旧丰容。

碧山萤火光于电[10]，更傍沉香山底宴[11]。

窈窕清歌来梦儿[12]，轻盈妙舞莲花旋。

行乐还来烂熳游，天京移跸望扬州[13]。

高起离宫连凤阙[14]，斜穿汴水入龙舟[15]。

龙舟锦缆映牙樯[16]，玉箫金管切云长[17]。

仙禽自蜕葳蕤羽[18]，野鸟还为鸾凤翔[19]。

棹歌杨柳春风晚[20]，扇影芙蓉秋露香。

芙蓉秋露香飘玉，台榭俄成走麋鹿。

翠华梦断雷塘路[21]，铁马声喧太行麓[22]。

辽东浪死鬼啼道[23]，马上夜游谁度曲[24]。

燕泥时自落空梁，庭草无人随意绿[25]。

繁华堪羡复堪怜，高冢麒麟若个边[26]。

古路斜阳悬木末[27]，寒鸦流水绕村前[28]。

荒基远对唐陵树，断碣犹存大业年[29]。

往事悠悠谁与共，临风为尔一潸然[30]。

注：

❶ 隋宫：隋炀帝在江都所建的行宫。
❷ 周陈句：指北周、陈的兵马都被隋朝收编。
❸ 端门：宫殿的南门。
❹ 琪树：玉树。
❺ 迷楼：在隋江都郡城西，今扬州市观音山上。设计精巧，人误入，终日不能出。隋炀帝对左右说，即便神仙到此，也当自迷，故称"迷楼"。
❻ 连拱飞甍：泛指高楼。
❼ 朱帘绣柱：形容楼亭建筑富丽华美。
❽ 葱茏：草木茂盛。
❾ 璧月：月亮的美称。态度：姿态风度。
❿ 碧山萤火：史载隋炀帝于洛阳景华宫征求萤火虫，夜晚游山并将之放生。
⓫ 沉香：薰香料名。
⓬ 来梦儿：隋炀帝对侍女韩俊娥的亲昵戏谑之称。
⓭ 天京句：指隋炀帝从洛阳沿运河乘船下扬州。
⓮ 离宫：皇帝出行时居住的宫室。凤阙：皇宫。
⓯ 汴水：指隋炀帝大业元年（605），开凿通济渠，自黄河至淮河的一段，因流经汴州（今开封）而称汴水。宋时亦称汴河、汴渠。全长650公里。自河南荥阳的板渚出黄河，至江苏盱眙入淮河。龙舟：史载隋炀帝南幸江都，造龙舟凤䒀，黄龙赤舰，楼船篾舫。

⑯ 锦缆：锦制的缆绳，形容极其奢侈豪华。牙樯：象牙装饰的桅杆。形容船舶装饰精美。
⑰ 玉箫金管：泛指雕饰华美的乐器。
⑱ 仙禽句：仙禽重新长出了华美的羽毛。
⑲ 野鸟句：野鸟像凤凰一样飞翔。
⑳ 棹歌：行船时唱的歌。
㉑ 翠华：天子仪仗中以翠羽为饰的旗帜或车盖，这里代指天子。雷塘：在今扬州北郊十五里。汉代称雷陂，为王室苑囿。隋炀帝死后葬于吴公台下。武德五年（622）改葬于雷塘北岸。
㉒ 铁马：配有铁甲的战马，指军队。
㉓ 浪死：白白送死。指因为隋炀帝远征辽东而死的人。
㉔ 度曲：作曲。
㉕ 燕泥两句：薛道衡《昔昔盐》有"暗牖悬蛛网，空梁落燕泥"。王胄有"庭草无人随意绿"，皆为当时名句。据说隋炀帝嫉妒二人，借故将他们杀害。
㉖ 麒麟：指古人放在陵墓前的镇墓神兽。若个：何处。
㉗ 木末：树梢。
㉘ 寒鸦句：隋炀帝有诗："寒鸦飞数点，流水绕孤村"。
㉙ 断碣：短碑。大业：隋炀帝杨广的年号，605年—618年。这里指隋碑。
㉚ 潸（shān）然：流泪的样子。

作者简介

孙蕡（1334—1389），字仲衍，号西庵，广东顺德人。洪武年间历任虹县主簿、翰林典雅，预修《洪武正韵》。博学，工于诗文。著有《西庵集》。

评析

诗人经过隋宫旧址，面对荒冢空台，怀想当年隋炀帝夜夜笙歌，醉生梦死，最终兵戈四起，身死扬州，国破家亡，古今对比，抚今追昔，不禁感叹世事难料，繁华如流水一样来去匆匆，让人感慨又怜惜。

咏三虫·萤❶

明｜徐贲

龙舟一去汴河东❷，

空吐馀光表寸衷❸。

此夜不堪秋寂寞，

景阳宫阙又西风❹。

注：
❶ 三虫：此处指萤、蝶、蝉。萤：史载隋炀帝于洛阳景华宫征求萤火虫，夜晚游山并将之放生。
❷ 龙舟：史载隋炀帝南幸江都，造龙舟凤艒，黄龙赤舰，楼船篾舫。汴河：隋炀帝大业元年（605），开凿通济渠，自黄河至淮河的一段，因流经汴州（今开封）而称汴水。宋时亦称汴河、汴渠。全长650公里。自河南荥阳的板渚出黄河，至江苏盱眙入淮河。
❸ 寸衷：指微小的心意。
❹ 景阳：指景阳宫，南朝宫殿名，589年隋朝大军攻破此宫，擒获陈后主。

作者简介

徐贲（1335—1393），字幼文，苏州人。先为张士诚掾属，明洪武年间授给事中，改御史，巡按广东，官至河南左布政使。工诗善画，与高启、杨基、张羽合称"吴中四杰"。有《北郭集》。

评析

这首咏物诗以萤火虫为对象，描绘了隋炀帝乘船沿汴河下江南后，剩下放生的萤火虫在洛阳景华宫独自发光的场景，含蓄地表达了诗人对炀帝骄奢淫逸、重蹈历史覆辙的批评。

和弟景容见寄韵❶

明｜陈祯

重把离怀托锦笺❷，征鸿飞去意茫然❸。

要知客里愁多少，谩数书中字几千。

汴水春行花夹岸❹，吴山晓望翠浮烟。

情深何似来相见，夜雨挑灯酒共传。

注：

❶ 景容：陈裕，字景容，陈祯胞弟。
❷ 锦笺：精致华美的信笺，代指书信。
❸ 征鸿：远飞的大雁。
❹ 汴水：指通济渠。

作者简介

陈祯，生卒年不详，字景祺。明洪武中为礼部主事，降职防守云南金齿（今保山县），后出任主客员外郎、襄阳知府、河南右参政等。后贬为交趾省（今越南北部）邱温知县，得病而死。著有《陈景祺诗集》。

评析

此诗当作于诗人运河行旅途中。他想念弟弟，短短的书信不足以表达怀念之情，途中所见汴水春花，吴山翠色，更增添了他深深的思念之情。颔联上下两句对偶充满张力，颇具感染力。

十宫词·隋宫❶

明｜高启

五斛青螺一日销❷，

迷楼深贮万妖娆❸。

众中谁解留车驾，

风浪如山莫渡辽❹。

注：

❶ 十宫：分别为吴、楚、秦、汉、魏、晋、齐、陈、隋、唐宫。隋宫：隋炀帝在江都所建的行宫。
❷ 青螺：螺子黛，女子用于画眉的化妆品。史载隋宫宫吏每天要准备五斛螺子黛供宫女们画蛾眉。
❸ 迷楼：在隋江都郡城西，今扬州市观音山上。设计精巧，人误入，终日不能出。隋炀帝对左右说，即便神仙到此，也当自迷，故称"迷楼"。
❹ 渡辽：指隋炀帝渡过辽水远征高丽。

作者简介

高启（1336—1374），字季迪，号槎轩，苏州人。明初参修《元史》。高启博览群书，长于诗文，为元明间一大家，与杨基、张羽、徐贲并称"吴中四杰"。著有《高太史大全集》《凫藻集》等。

评析

这首诗尖刻地讽刺了迷楼中隋炀帝所宠美女如云，却没有一个能够阻止炀帝穷兵黩武，远征高丽，致使生灵涂炭，国破身亡。第三句诗笔转折，颇为精巧。

舟次丹阳驿[1]

明｜高启

沽酒来寻水驿门，

邻船灯火语黄昏。

今朝始觉离乡远，

身在丹阳郭外村。[2]

注：

[1] 丹阳驿：在今江苏省镇江市。元、明两代曾沿京杭大运河设置水驿，丹阳驿即其中之一。
[2] 郭：城市的外城。

评析

此诗描写了傍晚时分诗人在大运河上行船寻找水驿的情景，抒发了思乡之情，神完意足，韵味悠长。

汴河堤[1]

明 | 陈伯康

汴河堤，堤何长，堤中水枯堤草黄。

锦缆牙樯不复返[2]，车轮马迹东西忙。

忙处多人自辛苦，过眼繁华草头露。

文梁犹是扬州门[3]，扬州不见琼花树[4]。

汴河堤，长亭路，千古光阴自朝暮。

注：

[1] 汴河堤：隋炀帝大业元年（605），开凿通济渠，自黄河至淮河的一段，因流经汴州（今开封）而称汴水。宋时亦称汴河、汴渠。全长650公里。自河南荥阳的板渚出黄河，至江苏盱眙入淮河。汴水两岸的御道即为汴河堤。
[2] 锦缆：锦制的缆绳，形容极其奢侈豪华。牙樯：象牙装饰的桅杆。一说桅杆顶端尖锐如牙，故名。后为桅杆的美称。
[3] 文梁：绘有花纹的大梁。
[4] 琼花树：宋代王禹偁曾作《琼花诗》三首，使得扬州琼花名动天下。明清小说更是盛传隋炀帝开凿大运河，是为了去扬州观看琼花。

作者简介

陈伯康，生卒年不详，字仲进，福建长乐（今属福州）人。洪武中，以明经荐授宜阳县丞，改韩城，迁江山知县。性耿介，尚气节，为官有循声。诗风清劲。著有《南雅集》。

评析

人世变幻，而江河不废。此诗借汴河的永恒，反衬朝代的更迭、人世的变化，感慨深沉，大有阅尽世间沧桑之意。风格简朴高古，近于魏晋。

隋堤柳[1]

明 | 王 恭

君不见长堤柳,何袅娜[2]。

广陵二月三月时[3],两堤人看青丝䯲[4]。

忆昔繁华大业秋[5],此地曾经系彩舟[6]。

莺声忽起黎阳变[7],风光不驻江都游[8]。

千年往事东流去,柳色依依旧行路。

伤心不必叹销沉[9],回首唐陵几株树[10]。

注:

[1] 隋堤:隋炀帝大业元年(605),开凿通济渠,自洛阳西苑引谷水、洛水达于黄河,自板渚引黄河入汴水,经泗水达淮河,谓之"御河"。河畔筑御道,种植杨柳,名为"隋堤"。
[2] 袅娜:细长柔软的样子。
[3] 广陵:扬州的古称。
[4] 䯲(duǒ):下垂。
[5] 大业:隋炀帝年号,605年—618年。
[6] 彩舟:装饰华丽的船。
[7] 黎阳变:隋大业九年(613),隋炀帝二次出征高句丽时,杨玄感在黎阳(今河南浚县)发动兵变,后被大将军宇文述击败。
[8] 江都:故城约在今扬州市。江都之名,以江水都汇于此而得名。一说江都者,乃江淮的一大都会。
[9] 销沉:消逝,消失。
[10] 唐陵:指唐代帝王的陵墓。

【作者简介】

　　王恭(1343—?),字安仲,号皆山樵者,福建长乐(今属福州)人,明永乐二年(1404),以儒士荐为翰林待诏,敕修《永乐大典》。永乐五年,《永乐大典》修成,王恭试诗高第,授翰林典籍。王恭诗风多凄婉,隐喻颇深。为闽中十才子之一。著有《白云樵集》《草泽狂歌》等。

【评析】

　　诗人面对隋堤的柳树,联想到了昔日隋炀帝穷尽奢华而亡国的历史。运河及其堤上杨柳,成为历代兴亡更替的见证。

奉和春日汴河即事之韵❶

明｜唐之淳

百年形胜几风尘❷，此日升平气象新。

月里鼓钟官寺晚，鸥边杨柳故宫春❸。

停桡老客经游少❹，横槊将军感慨平❺。

惟有怀陵芳草色，东风依旧绿如茵。

注：

❶ 汴河：隋炀帝大业元年（605），开凿通济渠，自黄河至淮河的一段，因流经汴州（今开封）而称汴水。宋时亦称汴河、汴渠。全长650公里。自河南荥阳的板渚出黄河，至江苏盱眙入淮河。
❷ 形胜：地理位置优越，山川壮美之地。风尘：比喻战乱。
❸ 故宫：昔日的宫殿。
❹ 桡：船桨。
❺ 横槊将军：曹操在赤壁之战时曾横槊赋诗。槊：长矛，古代的一种兵器。

作者简介

唐之淳（1350—1401），字愚士，以字行，浙江山阴（今浙江绍兴）人。建文二年（1400）官侍读预修书事。博闻多识，工诗文，善笔札。有《唐愚士诗》。

评析

诗人观览运河两岸的古迹，十分感慨：运河两岸的寺庙、宫殿、帝陵经历了元末的战乱之后，终于迎来了大明王朝的建立。整首诗呈现出一片祥和升平的开国景象。

直沽口占[1]

明 | 唐之淳

一年长客旅,卸马复登船。

碣石山东面[2],黄河水北边。

形容消雾雨[3],行李得风烟。

更作南还韵,山川信有缘。

注:

[1] 直沽:金、元时称潞河(今北运河)、卫河(今南运河)交汇处为直沽,在今天津市内狮子林桥西端旧三汊口一带。口占:口头吟作诗词。
[2] 碣石:山名,在今河北省秦皇岛市昌黎县。
[3] 形容:外貌。消雾雨:指诗人在风雨中形容憔悴。

评析

这首五言律诗写的是诗人在旅途中经过直沽,感慨自己在这一年羁旅他乡,风尘仆仆,形容憔悴,期待着有一天能南归故乡。

汶上开河与仲熙、子启登岸散步❶

明｜胡俨

逶迤陟长坂❷，摄衣披草莽❸。遥见村落中，绿野平如掌。

秀麦苗已交，柔桑叶新长。鸡犬适闲旷❹，牛羊遂生养❺。

欣欣物自私❻，春光正骀荡❼。缓步随东风，林花飘惚慌❽。

朝耕土脉阔，午炊孤烟上。草屋十数家，幽栖亦萧爽❾。

童稚讶衣冠，车马绝来往。田夫锄锸归❿，村舂隔林响⓫。

依微辋川居⓬，悠然快心赏。

注：

❶ 汶上：明永乐九年，疏浚大运河会通河段，在汶上县（今山东省济宁市汶上县）新建南旺分水枢纽。仲熙：邹缉，生卒年不详，字仲熙，自号素庵，吉水（今江西吉水）人。成祖即位，任翰林侍讲。子启：曾棨（1372—1432），字子启，号西墅，江西永丰人。明永乐二年状元，曾出任《永乐大典》编纂。这首诗与曾棨《舟次开河，同胡祭酒、邹侍讲登岸散步长林诗》作于同时。
❷ 逶迤：曲折绵延的样子。陟：攀登。长坂：高坡。
❸ 摄衣：提起衣服。披草莽：穿过草丛。
❹ 适：舒服。闲旷：悠闲旷达。
❺ 遂：顺遂。生养：生长。
❻ 欣欣：繁盛的意思。物自私：万物在大自然里各随其性。杜甫《江亭》："寂寂春将晚，欣欣物自私。"
❼ 骀（dài）荡：使人舒畅，多用来形容春天的景物。
❽ 惚慌：虚无缥缈。
❾ 萧爽：清净闲适的样子。
❿ 锸：铁锹，掘土的工具。
⓫ 村舂：乡村中舂米的声音。
⓬ 依微：隐约，不清晰的样子。辋川居：唐代诗人王维隐居之地。

作者简介

胡俨（1361—1443），字若思，号颐菴，江西南昌人。永乐十九年（1421），改北京国子监祭酒。俨为馆阁宿儒，朝廷大著作多出其手，主持重修《明太祖实录》《永乐大典》《天下图志》等，著有《颐庵集》。

评析

诗人与友人在春日一同游览野外景色，心旷神怡。诗人笔下的运河两岸，万物闲适，百姓安居，一幅春日田园的画卷，跃然纸上。

杨花曲

明 | 程本立

君不见陈宫美人张丽华❶，春情轻薄似杨花❷。

兵尘吹入景阳井❸，荒城老树啼寒鸦。

又不见隋堤一千三百里❹，炀帝龙船压春水。

锦帆飞不到天涯❺，腥风战血杨花里。

噫嘘唏❻，陈与隋，山川虽是国已非。

年年三月杨花飞，江南江北啼子规❼。

注：

❶ 张丽华：南朝陈后主陈叔宝的妃子。祯明三年（589），隋朝灭亡陈朝，张丽华因"祸水误国"被长史高颎下令斩杀。
❷ 杨花：柳絮。
❸ 景阳井：相传在今南京市玄武区玄武湖南侧鸡鸣寺内，为南朝陈景阳殿之井，又名胭脂井。隋灭陈之际，台城被攻陷，陈后主携张丽华、孔贵嫔逃入井中，后被俘。
❹ 隋堤：隋炀帝大业元年（605），开凿通济渠，自洛阳西苑引谷水、洛水达于黄河，自板渚引黄河入汴水，经泗水达淮河，谓之"御河"。河畔筑御道、种植杨柳，名为"隋堤"。
❺ 锦帆：史载隋炀帝乘船游江都，以锦为帆。李商隐《隋宫》诗："玉玺不缘归日角，锦帆应是到天涯。"
❻ 噫嘘唏：拟声词，表示感叹。
❼ 子规：杜鹃鸟。传说杜鹃鸟为蜀帝杜宇亡国之后的魂魄所化。常夜鸣，声音凄切，故借以抒悲苦哀怨之情。

作者简介

程本立（？—1402），字原道，号巽隐。浙江崇德（今浙江桐乡）人，宋儒程颐之后。洪武二十年（1387）春，任周王府长史。洪武三十一年征入翰林，预修《太祖实录》，迁右佥都御史。其诗歌深稳朴健，有唐人风气。著有《巽隐集》。

评析

陈亡于隋，隋亡于唐，殊途而同归。隋之亡，与运河有密切关系。全诗追溯对比了陈、隋君主荒淫误国的历史。"山川虽是国已非"一句，蕴含着对历代兴衰的无尽感慨。

芜城[1]

明｜吴　实

芜城自古盛繁华，玉辇巡游炀帝家。

旧业消沉馀郡郭[2]，青山迢递长桑麻[3]。

古堤尚有亡隋柳[4]，后苑终无废汴花。

行客登临多纵醉，百年兴废谩空嗟[5]。

注：

[1] 芜城：广陵城，故址在今江苏省扬州市江都县境。鲍照作有《芜城赋》。
[2] 消沉：消逝。郡郭：郡城的外城。
[3] 迢递：连绵不绝的样子。
[4] 古堤句：隋炀帝大业元年（605），开凿通济渠，自洛阳西苑引谷水、洛水达于黄河，自板渚引黄河入汴水，经泗水达淮河，谓之"御河"。河畔筑御道，种植杨柳，名为"隋堤"。
[5] 谩空嗟：白白地感叹。

作者简介

吴实（1367—1459），本姓林，字中美，号朴斋，福建长乐人，永乐九年（1411）进士，授监察御史，后官至广西按察佥事。著有《朴斋集》。

评析

诗人只能看到历史遗留下来的城郭旧苑，青山隋柳，而昔日隋炀帝巡游江都的繁华盛况不复可见，引发无尽的感叹。这首诗注重今昔的对比，以此增强了诗歌的表现力。

舟次开河，同胡祭酒、邹侍讲登岸散步长林诗[1]

明｜曾棨

芳晨蔼新霁[2]，弭楫长河曲[3]。眷兹丘园趣[4]，褰裳涉平陆[5]。

郊原渺空旷，伫望舒远目[6]。村中夜来雨，土脉高且沃。

茅庐鸡犬静，日出烟树绿。牛羊散平野，隔水见樵牧。

麦深雉初雊[7]，桑柔蚕已浴[8]。老翁多欢颜，生事一云足。

偶兹一留憩[9]，幽境惬所欲。仆夫戒前征[10]，迤逦出林麓[11]。

缅想尘外踪，于焉恣游瞩[12]。

注：

[1] 胡祭酒：指胡俨。胡俨（1361—1443），字若思，号颐庵，江西省龙兴路南昌县（今江西省南昌市）人。永乐十九年，改北京国子监祭酒。邹侍讲：指邹缉，生卒年不详，字仲熙，自号素庵，吉水（今江西吉水）人。明成祖即位后，任翰林侍讲。长林：高大的树林。
[2] 蔼：通"霭"，这里指雾气。新霁：刚刚放晴。
[3] 弭楫：停泊船只。
[4] 眷：眷恋。
[5] 褰裳：提起衣服。
[6] 伫望：站立眺望。
[7] 雉初雊（gòu）：野鸡刚刚开始鸣叫。
[8] 蚕已浴：指浴蚕，是一种育蚕的方法，通过对蚕种进行浸浴，可以筛选优质的蚕种。
[9] 憩：休息。
[10] 仆夫：原指驾驭车马之人，这里泛指仆从。
[11] 迤逦：缓缓行走的样子。
[12] 缅想：遥想。尘外：世外。游瞩：游览。这两句的意思是，平日里遥想着探访世俗之外的风景，今天在这里终于可以恣意地游览了。

> [作者简介]

曾棨（1372—1432），字子棨，号西墅，江西永丰（今江西吉安）人。永乐二年（1404）状元，曾任《永乐大典》编纂。著有《西墅集》《睫巢集》。

> [评析]

诗人在春日的清晨弃舟登岸，在岸边的林间散步，享受难得的自然风光。诗中描写的运河两岸农家的生活，恬淡闲适，充满趣味。

送友赋得玉钩斜（在扬州。炀帝葬宫人处）

明 | 张　绅

右屯将军猛如虎❶，十二离宫罢歌舞❷。

宫中佳丽三千人，半作玉钩斜上土❸。

秋风萧萧秋雨寒，翠襦零落金钿残❹。

岂知后来好事者，重构华亭宿草间❺。

亭前往来车马集，鱼龙烂熳无人识❻。

闲街屈律玉环分，香径萦纡宝钗出❼。

游人歌舞暮不归，青山落日争光辉❽。

香魂夜夜无归处，化作鸳鸯陌上飞❾。

只今往事皆沉没，空见原头土花碧❿。

耕夫拾得凤凰钗，恐是萧娘在时物⓫。

野棠花开春日西，胡蝶双飞莺乱啼。

道傍芳草年年合，长与行人送马蹄。

注：

❶ 右屯将军：指宇文化及。宇文化及（？—619），鲜卑人。隋炀帝即位后，授太仆少卿，后任右屯卫将军，掌管禁卫军。隋大业十四年（618），在隋炀帝巡幸扬州时，发动政变，弑杀隋炀帝。
❷ 离宫：指皇帝出巡时的住所。
❸ 玉钩斜：又名官人冢、宫人斜，是隋炀帝埋葬宫女之处，在今扬州蜀冈西峰南侧高坡。此地是一片由高渐低的斜坡，傍晚时可见新月如钩，故名。
❹ 翠襦：翠绿色的短袄，这里泛指宫女的服饰。金钿：有金花的首饰。
❺ 华亭：华丽的亭子。宿草：隔年的草，代指坟墓。
❻ 鱼龙烂熳：古代百戏杂耍名。
❼ 香径：指落花满地的小径。萦纡：回旋曲折。
❽ 游人两句：指游人在此游玩十分尽兴，光彩焕发，与青山、落日交相辉映。
❾ 陌上：田间小路，这里泛指荒郊野外。
❿ 土花：指苔藓。
⓫ 萧娘：指隋炀帝萧皇后，南兰陵（今常州武进）人。梁武帝萧衍后代，西梁孝明帝萧岿之女，死后与隋炀帝合葬。2013年扬州发掘隋炀帝墓，墓中发现萧皇后的凤冠，修复后在扬州历史博物馆展出。

作者简介

张绅，生卒年不详，字士行、仲绅，号云门山樵、云门遗老，山东人。洪武时，官至浙西布政使。工书精篆，巧于赏鉴，亦善画。著有《法书通释》。

评析

当年隋炀帝埋葬宫人的地方，如今成了车水马龙的繁华之地，只有农夫拾得的首饰，还保留了当年的痕迹。诗歌结尾聚焦于年复一年依旧盛开的花草之上，表达了时间永恒与世事沧桑之间的张力。

卫河舟中怀古❶

明｜薛 瑄

衰草芜城澹月辉❷，河流虽是昔人非。

北门锁钥输平仲❸，南渡兵车数岳飞❹。

汴水风高霜落木❺，吴山秋晚露沾衣。

当时故老知何限，空抱遗忠赋《式微》❻。

注：

❶ 卫河：指隋代大运河永济渠一段，因源于春秋时卫地得名。
❷ 芜城：荒芜的城池。
❸ 北门句：北宋寇准曾镇守北京，并自称此地为北门锁钥，非自己镇守不可。寇准字平仲，此处北门锁钥即指寇准。
❹ 南渡句：用北宋皇室南渡之后岳飞抗击金兵的典故。
❺ 汴水：隋炀帝大业元年（605），开凿通济渠，自黄河至淮河的一段，因流经汴州（今开封）而称汴水。宋时亦称汴河、汴渠。全长650公里。自河南荥阳的板渚出黄河，至江苏盱眙入淮河。
❻《式微》：《诗经》中的一首诗，根据《诗序》的解释，这首诗描写了黎侯被少数民族放逐，流亡于卫，他的臣子写了这首诗劝他归国。

> 作者简介

薛瑄（1389—1464），字德温，号敬轩，河津（今山西运城）人。永乐十九年（1421）进士，官至通议大夫、礼部左侍郎兼翰林院学士。明代著名思想家、理学家、文学家，河东学派的创始人，世称"薛河东"。有《薛文清公全集》。

> 评 析

诗人晚上夜宿运河舟中，面对运河两岸的衰草芜城，联想到了历代兴亡。最末两句流露出对朝代更替的感慨。

过邗沟怀古[1]

明 | 薛瑄

荒陂野水古邗沟,千载曾经炀帝游。

暖日轻风牵锦缆[2],垂杨芳草引龙舟。

春残故国闲金屋[3],花满芜城醉玉楼[4]。

一自真龙飞晋水,乱云空结海天愁[5]。

注:

[1] 邗沟:又名渠水、韩江、中渎水。公元前486年,吴王夫差为北上伐齐争霸中原,从邗城下挖沟,引长江水入淮河,为中国大运河最早开挖的河段,为后来京杭大运河的开凿奠定了基础。
[2] 锦缆:锦制的缆绳,形容极其奢侈豪华。
[3] 金屋:与下文"玉楼",都泛指装饰华美的建筑。
[4] 芜城:广陵城,故址在今江苏省扬州市江都县境。鲍照作有《芜城赋》。
[5] 一自两句:随着李渊自晋阳起兵反隋,隋炀帝的统治岌岌可危,他在江都巡游的欢快心情消失一空,转而被浓重的愁苦情绪所取代。真龙:指李渊。

评析

诗人路过邗沟,联想到当年隋炀帝巡幸扬州的奢华以及李渊起兵反隋的史事,前后形成对比,呈现出一种情感的变化。

经九曲池 ❶

明｜李 裕

炀帝行宫俯蜀冈❷，

木兰亭榭已荒凉❸。

可怜九曲池中水，

犹带哀音过柳塘❹。

注：

❶ 九曲池：位于扬州蜀冈南麓下，上面有木兰亭，是炀帝与宫女水上嬉游之处。炀帝曾在池上作《水调九曲》，令宫女演奏，此池因此得名。
❷ 行宫：古代京城以外供帝王出行时居住的宫室。蜀冈：在扬州城西北四里，绵亘四十余里，上面有蜀井，相传地脉与蜀相通。
❸ 木兰亭榭：隋炀帝曾在九曲池上建造木兰亭。
❹ 哀音：悲伤的音乐，此指隋炀帝命宫女在木兰亭演奏的宫乐。

作者简介

李裕（1424—1511），字资德，号古淡。江西丰城人。明景泰五年（1454）进士，擢御史。天顺中巡按陕西，上安边八事。成化中迁右都御史。

评析

作者经过九曲池，看到隋炀帝曾在上面寻欢作乐的亭台已经荒芜，昔日繁华只剩池水荡漾，仿佛当年宫女演奏的哀婉的音乐还在回响。这首七言绝句通过今昔对比，表达了对隋炀帝的批评与惋惜，以及对历史变迁的不胜感慨。

八里湾复会亚卿同行至开河驿始别[1]

明 | 程敏政

客路重逢喜倍增,几人相好是心朋[2]。

爱君才似鸡群鹤[3],笑我船同骥尾蝇[4]。

别思渐浓频唤酒[5],和章难续更挑灯[6]。

熏风有约陪鸳序[7],忠告时时得敬承。

注:

[1] 八里湾:在曹县(今山东省菏泽市曹县)境内。开河驿:运河水驿,在汶上县(今山东省济宁市汶上县)。
[2] 心朋:知心的朋友。
[3] 鸡群鹤:鹤立鸡群,指才能在周围一群人里显得很突出。
[4] 骥尾蝇:附着于千里马尾巴上的苍蝇,比喻普通人因沾了贤人的光而名声大振。
[5] 别思(sì):离别的思绪。
[6] 和章:酬和的诗篇。
[7] 熏风:和煦的风。鸳序:比喻朝官的行列。

作者简介

程敏政(1446—1499),字克勤,中年后号篁墩,徽州休宁(今属安徽)人。成化二年(1466)进士,历任左谕德、直讲东宫、礼部右侍郎。编有《明文衡》《休宁志》,著有《篁墩文集》。

评析

诗人与友人在运河旅途中久别重逢,又得以同行,喜悦异常。在离别之际,又生惆怅。但诗人通过结尾所表达的对友人的赞美,和对未来重逢的期待,又冲淡了离愁别绪,使全诗又有了新的情调。

琼花❶

明 | 程敏政

贪看江都第一春❷,

龙舟元不为东巡❸。

闲花亦自能倾国,

何况当时解语人❹。

注:

❶ 琼花:一种珍贵的花,叶柔而莹泽,花色微黄而有香。扬州琼花天下无双,相传隋炀帝为到扬州观赏琼花而开凿大运河,但建成后,炀帝乘龙舟来到扬州时,狂风突袭,扬州琼花全部坠落。
❷ 江都:故城约在今扬州市。江都之名,以江水都汇于此而得名。一说江都者,乃江淮的一大都会。
❸ 龙舟句:讽刺隋炀帝乘龙舟到扬州是为了观赏琼花,而不是出于政治上的东巡目的。元:通"原"。
❹ 闲花两句:即使是闲花都异常美丽,令人流连,何况当时隋炀帝身边如花的宫女们呢?

评析

诗歌通过描写琼花与隋炀帝的传说,表达了对隋炀帝贪图享乐、流连美景而亡国的批评。

吴粳万艘❶

明 | 李东阳

长江西上接天津❷,万舰吴粳入贡新❸。

漕卒啸风前后应❹,蒿师乘月往来频❺。

千年国计须民力,百里山灵护水神。

秸铚古来先甸服❻,万方无处不尧仁❼。

注:

❶ 吴粳:指江南生产的稻米。
❷ 天津:今天津市。这句诗的意思是,江南的稻米经过运河漕运,即可从长江流域运至天津。因为运河大致呈东南—西北走向,故称"西上"。
❸ 入贡:进贡,这里借指漕粮。
❹ 漕卒:运漕粮的士兵。
❺ 蒿师:撑船的民工。
❻ 秸:农作物脱粒后剩下的茎。铚(zhì):一种割穗用的短镰刀,也可以指用铚割下的禾穗。秸铚:这里代指粮食。甸服:《周礼》"九服"之一,指王畿外方五百里至千里之间的地区,也泛指京畿附近的地方。这句意思是,自古以来就有漕粮供应京畿地区的传统。
❼ 尧仁:指五帝之一的尧帝,施行仁政。

作者简介

李东阳(1447—1516),字宾之,号西涯,湖广茶陵(今湖南茶陵)人。天顺八年(1464),授庶吉士,官编修,累迁侍讲学士,官至太子太师、吏部尚书、华盖殿大学士,谥文正。诗文典雅工丽,是茶陵诗派的核心人物。著有《怀麓堂稿》《怀麓堂诗话》等。

评析

明正德年间(1506—1521),李东阳途经天津,写下了《直沽八景》七律八首,这是其中的第五首。诗歌描写了江南的稻米沿着运河源源不断地输入天津的繁忙景象,表达了诗人对国家兴盛、社会稳定的欣喜之情。

芜城歌 ❶

明 | 王廷相

炀帝看花太放颠❷,

锦帆龙舸万千千❸。

情多化作相思鸟,

夜夜芜城啼杜鹃❹。

注:

❶ 芜城:广陵城,故址在今江苏省扬州市江都县境。鲍照作有《芜城赋》。
❷ 放颠:放纵癫狂。
❸ 锦帆句:隋炀帝为看琼花,南幸江都,制造龙舟凤䚽,黄龙赤舰,楼船篾舫,并用丝锦作帆,极尽奢华。
❹ 杜鹃:传说杜鹃鸟为蜀帝杜宇的魂魄所化,常夜鸣,声音凄切,故借以抒悲苦哀怨之情。

作者简介

王廷相(1447—1544),字子衡,号浚川,开封府仪封县(今河南兰考)人,弘治十五年(1502)进士,官至都察院左都御史。他提倡唐诗,追求复古,为明代"前七子"之一。著有《王氏家藏集》。

评析

诗歌表达了对隋炀帝因奢华放纵而亡国的批判,结尾又流露出一丝惋惜之意。诗的风格是流利畅快的。

行经隋堤有感❶

明｜陆 深

端委犹堪致太平❷，龙舟锦缆竟何成❸。

空馀细水缘堤曲，别有垂杨带晚晴。

社燕归来如有恨❹，闲花开遍不知名。

行人谁管兴亡事，但说扬州接汴京❺。

注：

❶ 隋堤：隋炀帝大业元年（605），开凿通济渠，自洛阳西苑引谷水、洛水达于黄河，自板渚引黄河入汴水，经泗水达淮河，谓之"御河"。河畔筑御道，种植杨柳，名为"隋堤"。
❷ 端委：古代礼服。
❸ 龙舟：史载隋炀帝南幸江都，造龙舟凤䑘、黄龙赤舰、楼船篾舫。锦缆：锦制的缆绳，形容极其奢侈豪华。
❹ 社燕：燕子。因北方燕子春社时来，秋社时去，故而古人称燕子为"社燕"。
❺ 汴京：今河南省开封市。汴京与扬州一南一北，相隔甚远，却因运河而彼此相连。

作者简介

陆深（1477—1544），字子渊，号俨山，松江（今上海市）人。弘治十八年（1505）进士，选庶吉士，授编修。因遭刘瑾忌，改南京主事。嘉靖中，官至詹事府詹事。少与徐祯卿相切磨，有文章名。著有《史通会要》《玉堂漫笔》等。

评 析

此诗通过描写隋堤的景色，感叹历史的沧桑变覆。中间两联写景，笔调凄婉。最后一联议论，颇有深意。

浪淘沙三首❶（其一）

明｜汤 珍

淮河一道达清河❷，

如此风波可奈何。

东岸沙崩西岸长，

南船来较北船多。

注：

❶浪淘沙：唐教坊曲，后用作词牌。唐代刘禹锡、白居易创为七言绝句体乐府歌辞。
❷清河：在今淮安市，为南北要冲，附近有清口驿。

作者简介

汤珍（1481—1546），字子重，号双梧，学者称双梧先生，嘉定高桥（今上海浦东）人。明朝诗人、文学家。官拜崇德县丞。为文富赡典则，尤长于诗。著有《小隐堂诗草》。

评析

此词乃《浪淘沙》本色之作，描写了明代大运河岸堤崩坏和船舶往来的景象。末句寄慨深远。

开河二首

明｜方　豪

（其一）

三月开河驿❶，垂杨绿覆堤。

征人叹萧索❷，未有一莺啼。

（其二）

开河河不开，万舸在平地❸。

海市不得观，见此河中市。

注：

❶开河驿：在今山东省汶上县西南。元代曾在此置闸，因此又称"开河闸"。
❷征人：远行的人，此处为诗人自称。萧索：凄凉、冷清。
❸舸：大船，也泛指一般的船。

作者简介

方豪（1482—1530），字思道，号棠陵，浙江开化人。正德三年（1508）进士。历任昆山知县、刑部主事、福建提刑按察使司副使等职。著有《棠陵集》《断碑集》等。

评析

开河驿与山东汶水、泗水等河流相接，此处布置有重要水利设施，在明清时期屡经修缮。这两首诗就是当时政府整治水利的实录。

河传❶·咏隋堤❷

明｜杨 慎

东楚。南浦。隋堤游处。龙脑飞霙❸，明珠溅雨。

彩女殿脚三千❹。青娥吴绛仙❺。

梅黄雨细枫香老。江都好❻。忘却长安道。

不堪回首，芳魂已断迷楼❼。怨扬州。

注：

❶ 河传：词牌名。《碧鸡漫志》认为是隋炀帝将巡扬州时所制，声韵悲切。
❷ 隋堤：隋炀帝大业元年（605），开凿通济渠，自洛阳西苑引谷水、洛水达于黄河，自板渚引黄河入汴水，经泗水达淮河，谓之"御河"。河畔筑御道，种植杨柳，名为"隋堤"。
❸ 龙脑：香料名，以龙脑香树干中树膏制作而成，俗称"冰片"，皇宫中称为"瑞龙脑"。其香可传十步之外，经久不灭。飞霙（yīng）：指飞雪，或飞花。
❹ 彩女殿脚：相传运河开通后，隋炀帝曾强征民间十五六岁少女为其挽彩缆。这些为隋炀帝船队拉船的女子被称为"殿脚女"。
❺ 青娥：主司霜雪的女神，此处指美人。吴绛仙：相传下扬州时，隋炀帝曾征召众多十五六岁殿脚女为其拉舟。其中吴绛仙柔丽动人，擅画蛾眉，得到了隋炀帝的青睐。隋炀帝想要封她为婕妤。但绛仙已经下嫁玉工万群，于是隋炀帝只得擢她为龙舟首楫，号"崆峒夫人"。从此，殿脚女皆仿效绛仙为长蛾眉。
❻ 江都：故城约在今扬州市。江都之名，以江水都汇于此而得名。一说江都者，乃江淮的一大都会。
❼ 迷楼：在隋江都郡城西，今扬州市观音山上。设计精巧，人误入，终日不能出。隋炀帝对左右说，即便神仙到此，也当自迷，故称"迷楼"。

作者简介

杨慎(1488—1559),字用修,号升庵,新都(今属四川省成都市)人,正德六年(1511)殿试第一,授翰林修撰。后移疾归。嘉靖三年(1524),拜翰林学士,因上疏议大礼而触怒世宗,遭廷杖,谪戍云南永昌卫,卒于戍所。其诗含吐六朝,出入晚唐,宏博奇丽,于明代独立门户;其词亦为一代之宗。各类著作达四百余种。后人辑为《升庵集》。

评析

杨慎才学并长,用事恰切无痕,词笔绮丽哀艳。此词咏隋堤,中间穿插炀帝南巡韵事,境界空灵缥缈,亦真亦幻。

甲辰元夕

明 | 李濂

宝玦金貂簇绣鞍❶，倾城士女竞追欢。

宣和旧俗灯偏盛❷，汴水新春夜不寒❸。

人海涌来喧笑语，车雷轰处恣游盘❹。

太平景象君须记，天汉桥边立马看❺。

注：
❶ 宝玦：珍贵的佩玉。金貂：毛带黄色的紫貂。绣鞍：华丽的鞍具。
❷ 宣和：北宋徽宗年号，1119—1125年。宣和年间，元宵放灯、赏灯之俗最为盛行。据《宣和遗事》记载，汴梁城内从腊月初一就开始放灯，一直放到次年正月十五日晚，谓之"预借元宵"。
❸ 汴水：隋炀帝大业元年（605），开凿通济渠，自黄河至淮河的一段，因流经汴州（今开封）而称汴水。宋时亦称汴河、汴渠。全长650公里。自河南荥阳的板渚出黄河，至江苏盱眙入淮河。
❹ 恣：肆意、尽情。游盘：游逸娱乐。
❺ 天汉桥：位于河南省开封市的汴河之上。

作者简介

李濂（1488—1566），字川父，号嵩渚，祥符（今河南开封）人。正德九年（1514）进士。官至山西按察佥事。罢归后，肆力于学，以古文名于时。著有《嵩渚集》《观政集》等。

评析

诗篇描写了元宵节汴水两岸士女倾城而出，放灯、赏灯的繁华景象，借此对明朝的太平气象进行了渲染与歌颂。"天汉桥边立马看"七字，气象不凡。

开河迤南即事

明 | 詹 瀚

忆昔长垣昏垫日❶,曾经沉璧奠张秋❷。

梁山忽断陶祥路❸,巨野还浮曹濮舟❹。

千里民居今底定❺,十州麦垅近全收❻。

黄陵冈塞河循旧❼,黑马沟深水自流❽。

注：

❶ 长垣：长垣市，在今河南省东北。昏垫：受困于水灾。
❷ 沉璧：将玉璧沉入河水之中。古人治水有沉璧以祭河神的礼仪。奠：本义是置放祭品进行祭祀，可引申为确立、建立的意思。张秋：在今山东省聊城市，是北方运河重镇。明代曾因运河决口而遭淹没。
❸ 梁山：在今山东省济宁市。陶祥：疑为定陶县、嘉祥县，皆在山东省。
❹ 巨野：在今山东省菏泽市。曹濮：疑为曹州、濮州，皆在山东省。河水自荆隆口、黄陵冈，东经曹、濮二地，流入张秋运河。
❺ 底定：安定。
❻ 麦垅：麦田。
❼ 黄陵冈塞：运河要地，位于张秋上游，此处最易决口，淹及张秋。明代曾在此修筑高七丈，厚三丈五尺的大堤三重，以使河流南循故道而行。
❽ 黑马沟：汶水入漕过程中的重要水段。明人导汶水西南流，由黑马沟至汶上县鹅河口进入漕河。

【作者简介】

詹瀚，生卒年不详，江西玉山县人。正德十二年（1517）进士，官至刑部侍郎。

【评析】

张秋镇是明代北方地区的运河重镇，扼漕运之要冲，曾因黄河决口而被淹没。明王朝为了保障漕运，对张秋及其上游黄陵冈塞等地进行了整治。此诗记录了当时运河整治的过程和运河整治后百姓安居乐业的生活场景，歌颂了明王朝整治运河的功绩。

书开河驿壁[1]

明 | 王 暐

昨夜寒仍剧,层水起白波。

心悬淮北岸,舟阻汶阳河[2]。

上邑民风美,中都遗教多[3]。

驱车合行役,扰扰一经过。

注:
[1] 开河驿:在今山东汶上县西南。
[2] 汶阳河:在今山东汶上县。
[3] 中都:春秋鲁邑,在今汶上县境内。遗教:指孔子遗留的教化,孔子曾任中都宰。

作者简介

王暐(wěi),生卒年不详,字克明,号克斋。句容(今属江苏)人,正德十二年(1517)进士,除吉安推官,从王守仁平宸濠反,迁大理寺副,后迁右副都御史,巡抚江西,历两京户部侍郎,出督漕运,进尚书。历官著清操。有《克斋集》。

评析

诗人经过开河驿,行色匆匆,羁旅愁绪难禁,匆匆题诗之际,又不忘赞美此间民风,留下行旅中的雪泥鸿爪。

邗沟[1]

明 | 岳岱

隋皇昔日锦帆游[2],吴楚分疆是此沟。

两岸烟花迷贾客[3],万家杨柳挂新秋。

北瞻燕阙三千里[4],西望金陵十四楼[5]。

淮海岷江都会地,繁华雄盛古扬州。

注:

[1] 邗沟:又名渠水、韩江、中渎水。公元前486年,吴王夫差为北上伐齐争霸中原,从邗城下挖沟,引长江水入淮河,为中国大运河最早开挖的河段,为后来京杭大运河的开凿奠定了基础。
[2] 隋皇:隋炀帝。
[3] 贾客:商人。
[4] 燕阙:燕京。
[5] 十四楼:明朝南京城中的风月场所。

作者简介

岳岱(1497—1574后),字东伯,号秦馀山人,江苏苏州人。性狷狂,好游名山大川,能诗善画。

评析

此诗是题咏邗沟之作,通过描写邗沟河两岸的景象和周边城邑,突出了邗沟风景之优美、区位之重要、城邑之繁盛。第二联写景出彩,"万家杨柳挂新秋"七字,新颖别致。第三联点化自李清照"水通南国三千里,气压江城十四州"句,气象宏阔。

隋堤柳❶

明 | 朱曰藩

兴道里前杨柳新,萧娘攀望独伤神❷。

怜侬正好留侬住,若个殢他遭个春❸。

红颊忍抛妆罢泪,翠蛾常带睡余颦。

龙舟风起花如雪,三月扬州梦里春。

注:

❶ 隋堤:隋炀帝大业元年(605),开凿通济渠,自洛阳西苑引谷水、洛水达于黄河,自板渚引黄河入汴水,经泗水达淮河,谓之"御河"。河畔筑御道,种植杨柳,名为"隋堤"。

❷ 萧娘:隋炀帝的皇后萧氏。隋炀帝死后,她曾流落于宇文化及、窦建德、东突厥处。贞观四年(630),李靖攻灭东突厥后,将其接回长安,安置于长安兴道里。

❸ 殢(tì):纠缠、困于、沉溺于。

作者简介

朱曰藩(1501—1561),字子价,号射陂,宝应(今江苏省宝应县)人。嘉靖二十三年(1544)进士。历官九江府知府。隽才博学,以文章名家。作诗讲求博学、风致、藻丽,喜用生僻事、下险怪语,为当时金陵六朝派领袖。著有《山带阁集》《射陂羌城词》。

评析

隋朝败亡后,萧后先后流落于窦建德、东突厥处,唐朝大破东突厥后,才得以被接回长安,日日唯有以泪洗面。回首当年龙舟南下,扬州花飞,当真是如梦亦如幻。此诗从后宫妃嫔亡国的命运入手,感慨朝代变易、世事沧桑,角度新颖,举重若轻。

送句吴豪士重游大梁❶

明 | 宋登春

汴水东流接大河❷，

曾经帝里问铜驼❸。

春风三月旗亭酒❹，

落日夷门一放歌❺。

注：

❶ 句吴：春秋时代的吴国，大约位于环太湖流域。大梁：战国时魏国都城，在今河南省开封市。
❷ 汴水：隋炀帝大业元年（605），开凿通济渠，自黄河至淮河的一段，因流经汴州（今开封）而称汴水。宋时亦称汴河、汴渠。全长650公里。自河南荥阳的板渚出黄河，至江苏盱眙入淮河。
❸ 帝里：帝都，首都。铜驼：铜铸的骆驼，古代置于宫门外。晋人索靖曾预感天下将亡，于是指着宫门前的铜驼说："大概以后会在荒凉的荆棘中看到你吧！"后人遂以"铜驼荆棘"形容国土沦陷后的残破景象。
❹ 旗亭：酒楼。
❺ 夷门：战国魏都大梁的东门，后泛指城门，亦成为大梁（开封）的别称。

作者简介

宋登春（约1515—1586），字应元，号海翁、鹅池，新河（今河北省邢台市新河县）人。宋登春能文善诗，文章简质自然，又时有奇古之趣；五言诗淡远可诵。著有《宋布衣集》。

评析

前两句起得苍茫磊落，通过汴河、铜驼之景，表达出历史沧桑之感。后两句描写旗亭把酒、夷门放歌的情景，生动地刻画出友人"豪士"的形象。

过隋故宫二首（其二）

明 | 欧大任

金雁波沉彩树凋，汴河东入广陵遥。❶

倚窗曾赋风前楫，惊枕空悲梦里雕。

宝帐烟花迷陇月❷，锦帆云雨听江潮。

吴公台下雷塘路❸，多少高楼怨玉箫。

注：

❶ 广陵：扬州古称，大运河途中重要节点城市。今扬州也是江苏省乃至全国拥有大运河遗产点最多的城市之一。

❷ 陇月：山月。

❸ 吴公台：古台名，在今扬州城西北蜀冈西峰北侧高坡。陈朝将军吴明彻在此筑高台，遂被称为"吴公台"。据说隋炀帝南下扬州时，常在此处徘徊，死后葬此台下。雷塘：在今扬州北郊十五里。汉代称雷陂，为王室苑囿。隋炀帝死后葬于吴公台下。武德五年（622）改葬于雷塘北岸。

作者简介

欧大任（1516—1595），字桢伯，号仑山，顺德（今属广东）人。因曾任南京工部虞衡郎中，别称欧虞部。嘉靖四十二年（1563）进士。作诗以复古为宗，诗风遒丽雅正。为"南园后五先生"之一，又被王世贞誉为"广五子"之一。著有《欧虞部集》。

评析

此诗前三联幻想了隋炀帝下江都后在迷楼中的奢靡生活，最后一联以炀帝陵寝地的高楼玉箫之声收束，含蓄地讽刺了杨广的骄淫生活，表达出对历史兴替的感叹。

寻迷楼遂登平山堂❶

明丨欧大任

隋家东引汴渠流，锦缆牙樯向此游❷。

玉殿凄凉萤火夕，丹枫摇落石鲸秋❸。

塞鸿南度经吴苑❹，淮水西来下楚州❺。

莫向池边歌九曲❻，暮鸦啼处使人愁。

注：

❶ 迷楼：在隋江都郡城西，今扬州市观音山上。设计精巧，人误入，终日不能出。隋炀帝对左右说，即便神仙到此，也当自迷，故称"迷楼"。平山堂：扬州名胜，位于扬州市西北郊蜀冈中峰大明寺内。

❷ 锦缆：锦制的缆绳，形容极其奢侈豪华。牙樯：象牙装饰的桅杆。一说桅杆顶端尖锐如牙，故名。后为桅杆的美称。

❸ 石鲸：用石头雕刻的鲸鱼。

❹ 塞鸿：自塞外南飞的鸿雁。吴苑：吴地的园囿，此处指平山堂。

❺ 淮水：淮河古称淮水，与长江、黄河和济水并称"四渎"。楚州：古代州名，在今江苏省淮安市，地处京杭大运河苏北段中游。此句是说大运河沟通了长江与淮河，淮河之水遂自淮安而下扬州。

❻ 九曲：隋炀帝创作的《水调九曲》。

【评析】

全诗借开凿运河、南游扬州、修筑迷楼等事，暗讽隋炀帝的荒淫残暴。又以迷楼的兴废，表达对历史无常的喟叹。

初秋登迷楼❶

明 | 欧大任

倦客关山万里遥❷,清尊频为故人招❸。

因怜芳岁留蓬鬓❹,又见秋风到柳条。

淮水北来天渺渺❺,岷冈西上雨潇潇❻。

隋堤旧是官河路❼,莫向高楼怨玉箫。

注:

❶ 迷楼:在隋江都郡城西,今扬州市观音山上。设计精巧,人误入,终日不能出。隋炀帝对左右说,即便神仙到此,也当自迷,故称"迷楼"。
❷ 倦客:漂泊他乡而对旅居生活感到厌倦之人。
❸ 清尊:盛酒的酒具,代指清酒。
❹ 芳岁:美好的青春岁月。蓬鬓:蓬乱的头发。
❺ 淮水北来:淮河之水沿着运河,从北方的淮安流向扬州。
❻ 岷冈:又名蜀冈,是古代扬州城的发源地,吴王夫差曾在冈上筑邗城,在冈下凿邗沟。在元代以前,蜀冈一直是扬州城市中心之所在。
❼ 隋堤:隋炀帝大业元年(605),开凿通济渠,自洛阳西苑引谷水、洛水达于黄河,自板渚引黄河入汴水,经泗水达淮河,谓之"御河"。河畔筑御道,种植杨柳,名为"隋堤"。官河:运河。

[赏析]

此作也是登临迷楼的咏怀之作,却将个人身世之感与历史沧桑之叹,并为一体,境象阔大,语意深沉。首联从空间入手,写万里为客的倦游之旅、漂泊之苦。颔联从时间入手,感慨岁月时序,意新而语工。颈联转写风景。尾联以隋堤作结,在感叹身世漂泊之余,更增历史沧桑之感。

开河驿夜坐 ❶

明｜郭谏臣

秋深仗剑出京华，此夕经行汶水涯❷。

柳下酒香停客棹，渡头灯白近渔家。

天高风送溪声远，夜久帘垂月影斜。

醉后欲眠还起坐，忍听哀雁落寒沙。

注：

❶ 开河驿：在今山东省汶上县西南。
❷ 汶水：在今山东省，是京杭大运河鲁运河段的重要组成部分。

作者简介

郭谏臣（1524—1580），字子忠，号方泉，更号鲲溟，长洲（今江苏苏州）人。嘉靖四十一年（1562）进士，为官刚正不阿，累官江西布政司参政。诗风闲雅婉约。著有《郭鲲溟集》。

评析

诗人曾在京任吏部主事等职，为官刚正，屡有陈谏，却遭罢免。此诗或即作于诗人罢官离京的途中。醉中只觉长夜漫漫，难以成眠，听溪声远去，看月影渐斜，其孤寂落寞之情，不言而喻。欲眠之际，又闻得哀鸣之雁，不禁更增伤感之意。中间两联写景尤佳。

南旺湖夜泊 ❶

明｜宗　臣

落日孤舟下石梁❷，蒹葭寒色起苍茫。

青天忽堕大湖水，明月长流万里光。

中夜鸬鹚回朔气❸，南来鸿雁乱胡霜。

他乡岁暮悲游子，涕泪时时满客裳。

注：

❶ 南旺湖：在今山东省汶上县。南旺湖处于先秦大野泽所在地域，后大野泽逐渐缩小、演变为梁山泊，梁山泊又一分为二，其中南湖在南旺，故名"南旺湖"。明永乐年间，工部尚书宋礼治理运河时，曾引汶济运，并设南旺湖为济漕渠"水柜"，漕河水涨则减水入南旺湖，漕河水涸则自南旺湖放水入河，以平衡运河水位。
❷ 石梁：石头做的堤堰。
❸ 鸬鹚：一种善于潜水的食鱼禽类，常被渔民驯化用以捕鱼。朔气：北方的寒气。

【作者简介】

宗臣（1525—1560），字子相，号方城山人，兴化（今属江苏）人。宋代著名抗金名将宗泽后人。嘉靖二十九年（1550）进士，曾任刑部主事、吏部稽勋员外郎、福建提学副使等职。诗以李白为宗，跌宕俊逸。与李攀龙等齐名，为"后七子"之一。著有《宗子相集》。

【评析】

此诗描写了诗人夜泊南旺湖的景象，表现了岁暮游子的思乡之情和客游之悲。全诗笔调苍凉衰飒，但第二联"青天忽堕大湖水，明月长流万里光"，写景奇特壮丽，让人心驰目眩。

海夷八首（嘉靖甲寅）❶（其四）

明｜王穉登

隋帝巡游伯业亡❷，邗沟流水月苍苍。❸

锦帆一去知何处，翠柳千屯自晓霜。❹

江汉风尘多兔窟❺，维扬豪杰尽龙骧。❻

可怜仗剑唐司马❼，良翰天教翊圣皇。❽

注：

❶ 海夷：从海上来犯的外敌，此处指倭寇。嘉靖甲寅：明嘉靖三十三年（1554）。
❷ 伯业：霸业。
❸ 邗沟：又名渠水、韩江、中渎水。公元前486年，吴王夫差为北上伐齐争霸中原，从邗城下挖沟，引长江水入淮河，为中国大运河最早开挖的河段，为后来京杭大运河的开凿奠定了基础。
❹ 屯：聚集、驻扎。翠柳千屯：比喻成千上万的绿柳如同士兵一样驻扎在两岸。
❺ 兔窟：形容战乱后的残破景象。
❻ 龙骧：比喻气概威武。
❼ 唐司马：疑指唐顺之（1507—1560），字应德，号荆川，明代著名散文家。唐顺之在嘉靖年间曾任兵部郎中，督师浙江，亲率兵船于海上抗击倭寇。司马：对兵部官员的尊称。
❽ 良翰：贤良的辅佐。翊：辅佐，帮助。圣皇：对皇帝的尊称。

作者简介

王穉登（1535—1612），字伯谷（百谷），号半偶长者。生于江阴（今江苏江阴），后移居吴门（今江苏苏州）。曾拜文征明为师，入"吴门派"。文征明逝后，主词翰之席三十余年。著有《王百谷集》等。

评析

此为组诗《海夷八首》中的一首，其他诗作多咏叹嘉靖朝时事，此首忽然笔锋一转，叙述隋炀帝南巡之事，意在借古讽今。嘉靖帝热衷南巡，且不顾群臣反对，甚至杖打群臣，导致明代纲纪日益陵夷，国力逐渐衰退。作者应是借隋炀帝南巡之事，暗作讽劝，用意深微。

过南旺,与玉车游蜀山湖,湖中逢檀季深、季明二昆仲❶

明 | 唐伯元

采莲处处杂菱茹,时或维舟隐岸蒲❷。

人在空中山有蜀,天开岛外镜为湖。

鱼从举网皆堪脍,酒自如泉不用酤。

仙侣翩翩移向晚,恍疑身世到蓬壶❸。

注:

❶ 南旺:南旺湖,在今山东省汶上县。南旺湖处于先秦大野泽所在地域,后大野泽逐渐缩小、演变为梁山泊,梁山泊又一分为二,其中南湖在南旺,故名"南旺湖"。明永乐年间,工部尚书宋礼治理运河时,曾引汶济运,并设南旺湖为济漕渠"水柜",漕河水涨则减水入南旺湖,漕河水涸则自南旺湖放水入河,以平衡运河水位。蜀山湖:在今山东省汶上县,南旺湖东面子湖之一,属于古梁山水泊遗迹湖,因湖中有蜀山,故名"蜀山湖"。开掘于明朝,与运河相接,是白英"南旺分水"后修建的济漕运的"水柜"。
❷ 维舟:系船停泊。
❸ 蓬壶:蓬莱,传说中的海上仙山。

作者简介

唐伯元(1540—1597),字仁卿,澄海(今属广东汕头市)人。明代大儒,理学家。明万历二年(1574)进士,历任南京户部主事、礼部主事等职。崇奉程朱"理学",反对阳明"心学"。诗歌沉酣六经,不事雕琢。著有《醉经楼集》《醉经楼续集》等。

评析

蜀山湖水波潋滟,环抱蜀山,湖上有莲,岸间有蒲,风景异常优美。诗人与友人同行,泛舟采莲,赏山玩水,食鱼品酒,只觉身在蓬莱,如过神仙日子。

夜度恨这关❶

明｜林 章

楚水东边别路多❷，

秋风夜半动离歌。

迢迢恨这关前月❸，

独照行人过汴河。

注：

❶ 恨这关：又名"平靖关"，位于湖北、河南交界处，为古代天下九塞之一。
❷ 别路：离别的道路。
❸ 迢迢：遥远的样子。

作者简介

林章（1551—1599），本名春元，字叙寅；后改名章，字初文，号寅伯。福建福清人。明藏书家、文学家。工于诗，诗风雄壮明快，还擅长戏曲写作。著有《诗选》《青虬记》《观灯记》等。

评析

诗人应是自湖北，经恨这关，入河南，渡汴河，在途中写下了此诗。诗歌通过从恨这关到汴河一路上的秋夜景象，渲染了诗人离别后的凄凉心境，颇得唐人风调。

广陵九曲池怀古[1]

明 | 张 萱

水调新声尽,池荒遍绿苔。

晚云疏远树,野色上高台。

径草闲能碧,篱花寒未开。

空怜蛙阁阁[2],曾杂管弦来。

注:

[1] 九曲池:位于扬州蜀冈南麓下,上面有木兰亭,是炀帝与宫女水上嬉游之处。炀帝曾在池上作《水调九曲》,令宫女演奏,因此称为九曲池。

[2] 阁阁:拟声词,形容蛙叫的声音。此句写蛙鸣,暗用南齐名士孔稚圭称蛙鸣为"两部鼓吹"之典,与下文"曾杂管弦来"相应。

作者简介

张萱(约1553—1636)。字孟奇,号九岳山人,博罗(今广东省惠州市)人。明万历十年(1582)举人,任户部郎中、中书舍人等职。著有《秘阁藏书录》等。

评析

广陵九曲池曾是隋炀帝游幸之地,繁盛一时。但诗人眼中所见,早已盛况不再,只剩荒池、绿苔、远树、径草、篱花、蛙声而已。古今对照,感慨自生。首联以隋炀帝昔日所作《水调九曲》开篇,尾联以昔日管弦作结,结构回环,颇见匠心。颔联清旷高远、颈联清幽细致,皆是写景佳句。"疏""上""碧"三字堪称句眼。

迷楼怀古❶

明｜张　萱

广陵佳丽帝王州❷，凤舸龙舆几度游❸。

往事最怜隋大业，东来天子幸迷楼。

迷楼缥缈垂杨市，飞栋浮甍三十里❹。

千门万户纷蔽亏❺，碧海扶桑宛相似❻。

不数崇霞馆❼，莫拟阿房宫❽。

琅玕饰榱题❾，翡翠雕帘栊。

银台碧树杳何许，宝础方花路几重。

曲曲朱栏金瞰蜿❿，沉沉绮障玉盘龙。

盘龙瞰蜿吹香雾，飞入迷楼不知处。

阁道氤氲白昼昏，惟有春风自来去。

春风烂熳春日然，不及迷楼春更妍。

但愿朱颜倾一国，却忘玉树怨当年⓫。

水殿裁淫魄⓬，集羽谱旋娟⓭。

铜龙烧烛腻，金虎爇红嫣。

万斛荧荧高照夜，银河倒卷楼头泻。

酣香帐底花正眠❶，含情已望迷楼下❺。

征书夜夜下昭阳，紫髯郎将促新妆。

民间有女不敢嫁，蛾眉婉转待君王。

君王歌舞美韶华，扫天红粉凌朝霞。

坐垂蚊睫犹嫌影❻，妆对芙蓉不让花。

乌铜屏射香云袅，珊瑚枕坠金钗小。

月下初乘任意车❼，楼头欲却司晨鸟❽。

爇尽名香恨转痴❾，司晨鸟去莫教啼。

怜憨笑傍司花女❷⓪，索伴娇嗔来梦儿❷①。

皓齿明眸斗媚妩，背倚顾影调鹦鹉。

呼来如恨亦如羞，怪底迷云又迷雨。

迷雨莫还莫，迷云朝复朝。

娟娟望春月，脉脉听春潮。

春月春潮怜故国，一片迷魂归未得。

鬼声夜半哭潮头，迷楼白日无颜色。

吴公台下草萧疏㉒，回首迷楼春易徂。

为问彭城数尺帛㉓，何如三十六封书㉔。

古来成败皆如此，朝霜秋叶东流水。

君莫悲南河杨㉕，亦莫歌北地李㉖。

独怜歌舞嘘作烟，血光万丈连天紫。

山阳渎口悲风起㉗，白日欲裂黄云死。

我今醉唱迷楼歌，雄剑酸嘶奈若何。

吁嗟乎，啼蛄吊月络纬织㉘，

野燐昼舞狐起立㉙，泽葵秋老红兰泣㉚。

君不见咸阳古道中，残碑寂寞苔痕蚀。

注：

❶迷楼：在隋江都郡城西，今扬州市观音山上。设计精巧，人误入，终日不能出。隋炀帝对左右说，即便神仙到此，也当自迷，故称"迷楼"。
❷广陵：故址在今江苏省扬州市。
❸凤舸龙舆：凤船、龙车，隋炀帝巡游时华丽的交通工具。
❹飞栋浮甍：飞在空中的房梁和浮在云里的屋脊，形容建筑雄伟高大。
❺蔽亏：因遮蔽而半隐半现。
❻扶桑：神话中东方海上的仙境之地。

⑦ 崇霞馆：崇霞台，燕昭王观赏歌舞的地方。
⑧ 阿房宫：秦朝著名宫殿。
⑨ 榱（cuī）题：屋椽的端头。
⑩ 瞰蜒：从上往下俯瞰，（红色的栏杆）就像蛇一样弯弯曲曲地延伸着。
⑪ 玉树：此指陈后主创作的《玉树后庭花》。
⑫ 淫魄：使人迷乱的音乐。据《拾遗记》记载，师延曾奏"迷魂淫魄"之曲。
⑬ 集羽：歌舞名。旋娟：燕昭王的舞女，善舞《萦尘》《集羽》《旋怀》等曲。
⑭ 酣香帐：迷楼中有四处宝帐，只有隋炀帝最为宠幸之人才能居住，分别名为：散春愁、醉忘归、夜酣香、延秋月。
⑮ 含情句：隋炀帝曾为韩俊娥等人题诗："闲来倚楼立，相望几含情。"
⑯ 蚊睫：蒲泽国所贡蚊睫帘，又名蔽日帘，是以负山蚊睫和纫莲根丝贯穿小珠制作而成，纵然太阳激射，而光不能透。
⑰ 任意车：《隋炀帝艳史》等小说中所载隋炀帝淫乐女童的工具。
⑱ 司晨鸟：报晓的雄鸡。据《隋遗录》记载，隋炀帝赠萧后词中有"笑动上林中，除却司晨鸟"句。
⑲ 爇（ruò）：焚烧。
⑳ 怜憨句：隋炀帝的御车女袁宝儿。洛阳人献并蒂迎辇花，隋炀帝令袁宝儿持花而立，号之为"司花女"，并称其"多憨态"。
㉑ 来梦儿：隋炀帝对侍女韩俊娥的亲昵戏谑之称。
㉒ 吴公台：古台名，在今扬州城西北蜀冈西峰北侧高坡。陈朝将军吴明彻在此筑高台，遂被称为"吴公台"。据说隋炀帝南下扬州时，常在此处徘徊，死后葬此台下。
㉓ 彭城数尺帛：隋炀帝在彭城阁之变中，被绢帛缢死。
㉔ 三十六封书：指三十六封有关隋兵渡江攻陈的告警文书。
㉕ 南河杨：代指隋朝杨氏。
㉖ 北地李：代指唐朝李氏。
㉗ 山阳渎：古邗沟。又名渠水、韩江、中渎水。公元前486年，吴王夫差为北上伐齐争霸中原，从邗城下挖沟，引长江水入淮河，为中国大运河最早开挖的河段，为后来京杭大运河的开凿奠定了基础。
㉘ 啼蛄：啼叫的蝼蛄虫。络纬：莎鸡，俗称络丝娘、纺织娘。此虫在夏、秋夜晚的振羽声如同纺线声。
㉙ 野磷：野外的磷火。
㉚ 泽蒫：青苔。

评析

此诗以"迷楼怀古"为题，详细地描绘了隋炀帝在扬州迷楼中的腐朽糜烂生活。写作时，除参考了正史、野史等史料外，作者还借鉴了明代通俗小说中的描绘，并加以想象、铺陈，把隋炀帝在迷楼中的生活刻画得淋漓尽致、活灵活现。

和米君梦秋柳诗十二首（其四）

明｜邓云霄

忆昔隋家骋逸游❶，曾将锦缆系龙舟。

春流汴树通淮水，秋色芜城对古丘❷。

十二雕栏忘御道❸，三千红粉失迷楼❹。

更闻桥上箫声急，一夜征人尽白头❺。

注：
❶ 隋家：隋朝。逸游：随心所欲地玩乐。
❷ 芜城：广陵城，故址在今江苏省扬州市江都县境。鲍照作有《芜城赋》。古丘：古人的坟墓。
❸ 御道：古代专供皇帝行走的道路。隋炀帝开凿运河后，曾于两岸修筑御道，广植柳树。
❹ 迷楼：在隋江都郡城西，今扬州市观音山上。设计精巧，人误入，终日不能出。隋炀帝对左右说，即便神仙到此，也当自迷，故称"迷楼"。
❺ 征人：此处应指修护运河河道的服役河夫。

作者简介

邓云霄（1566—1631），字玄度，号虚舟，广东东莞人。万历二十六年（1598）进士，除长洲知县。累官至广西布政使参政。以诗名世，著有《百花洲集》《解韬集》《漱玉斋集》。

评析

此诗围绕"骋逸游"三字展开，描写了隋炀帝开凿运河、巡游江都、修筑御道、营建迷楼等劳民伤财之事。最后一句自唐人李益《夜上受降城闻笛》"不知何处吹芦管，一夜征人尽望乡"句化用而来，生动地表现了开凿运河给人民带来的沉重负担。

南旺挑河行❶

明 | 谢肇淛

堤遥遥，河弥弥❷，分水祠前卒如蚁。

鹑衣短发行且僵❸，尽是六郡良家子❹。

浅水没足泥没骭❺，五更疾作至夜半。

夜半西风天雨霜，十人八九趾欲断。

黄绶长官虬赤须❻，北人骄马南肩舆❼。

伍伯先后恣诃挞❽，日昃喘汗归篷篛❾。

伍伯诃犹可，里胥怒杀我❿。

无钱水中居，有钱立道左。

天寒日短动欲夕，倾筐百反不盈尺。

草傍湿草炊无烟，水面浮冰割人膝。

都水使者日行堤，新上埤与旧岸齐。

可怜今日岸上土，雨中仍作河中泥。

君不见会通河畔千株柳，年年折尽官夫手。

金钱散罢夫未归，催筑南河黑风口。

注：

❶ 南旺：南旺湖，在今山东省汶上县。南旺湖处于先秦大野泽所在地域，后大野泽逐渐缩小、演变为梁山泊，梁山泊又一分为二，其中南湖在南旺，故名"南旺湖"。明永乐年间，工部尚书宋礼治理运河时，曾引汶济运，并设南旺湖为济漕渠"水柜"，漕河水涨则减水入南旺湖，漕河水涸则自南旺湖放水入河，以平衡运河水位。挑河：清理河道，挖除淤泥。
❷ 弥弥：水满的样子。
❸ 鹑衣：补缀的破旧衣衫。
❹ 六郡良家子：此处泛指服役的河夫。六郡：汉代的陇西、天水、安定、北地、上郡、西河六郡。良家子：汉时，指从军不在七科谪内者，或非医、巫、商贾、百工的子女。
❺ 骭（gàn）：小腿骨。
❻ 黄绶：古代官员系官印的黄色丝带。
❼ 肩舆：轿子。
❽ 伍伯：伍长。恣：肆意。诃：怒责。挞：以鞭、棍抽打。
❾ 日昃：太阳偏西，下午二时左右。籧篨（qú chú）：粗糙的竹席。
❿ 里胥：里长，指管理乡里事务的公差。

作者简介

谢肇淛（1567—1624），字在杭，号武林、小草斋主人，福州长乐人。明万历间进士，历任南京刑部主事、兵部郎中等职，官至广西右布政使。入仕后，泛游名山大川，所至皆有吟咏，诗风雄迈苍凉。著有《小草斋集》。

评析

京杭大运河的开凿，在带来交通便利、商业繁荣的同时，也加重了百姓的负担。此诗对南旺湖挑河河夫的日常生活状况进行了详细记录，表现出诗人对河夫疾苦的同情，对暴虐统治者的不满。

柳枝词

明｜章士雅

长淮渡头杨柳春❶,

长淮市上酒旗新。

系船沽酒折杨柳,

还是去年西渡人。

注：

❶ 长淮：淮河。

作者简介

章士雅，生卒年不详，字循之，常熟（今属江苏苏州）人。万历十七年（1589）进士，官嘉善知县、刑部主事等。著有《薄游小咏》。

评析

这是一首折柳送别之词，妙在情辞清婉。"长淮""杨柳"二词的交错出现，增加了音律的回环往复之妙，突显了歌词的风格特点。

山亭柳·咏隋堤柳和邹程村韵

明 | 徐石麒

遥想风流。仅见此温柔。曾试与，拂迷楼。眉黛何人重扫，舞腰还为谁留。风里不知人意，只自轻浮。

烟花三月当年梦，青青依旧绕邗沟。何许事，使人愁。正是藏鸦稳处，夜深犹见灯篝。多少行人醉也，常系归舟。

注：

❶ 山亭柳：词牌名。又名"遇仙亭"。
❷ 隋堤：隋炀帝大业元年（605），开凿通济渠，自洛阳西苑引谷水、洛水达于黄河，自板渚引黄河入汴水，经泗水达淮河，谓之"御河"。河畔筑御道，种植杨柳，名为"隋堤"。邹程村：邹祗谟（1627—1670），字訏士，号程村，江苏武进人。工诗文，与董以宁、龚百药、陈玉璂并称"毗陵四家"。
❸ 迷楼：在隋江都郡城西，今扬州市观音山上。设计精巧，人误入，终日不能出。隋炀帝对左右说，即便神仙到此，也当自迷，故称"迷楼"。
❹ 眉黛：古代女子以黛画眉，故称眉为眉黛。此处形容柳叶。
❺ 舞腰：舞动的细腰。此处形容柳枝。
❻ 邗沟：又名渠水、韩江、中渎水。公元前486年，吴王夫差为北上伐齐争霸中原，从邗城下挖沟，引长江水入淮河，为中国大运河最早开挖的河段，为后来京杭大运河的开凿奠定了基础。
❼ 灯篝：灯笼。

作者简介

徐石麒（1577—1645），字宝摩，号虞求，本籍胥山六都（今浙江嘉兴），世居钟带镇画水乡（今平湖市钟埭镇）。明天启二年（1622）进士，授工部主事。因忤魏忠贤削籍。崇祯元年（1628）起为南礼部主事，累官吏部尚书。清兵破嘉兴，自缢死。诗词新警，清苍拔俗。著有《可经堂集》等。

评析

此篇是咏物词，题咏对象为隋堤柳。诗人围绕隋堤柳树这一物象进行布局，上片串联隋代史事，下片书写眼前景色，古今对比，可见人事变幻而柳色依旧，从而含蓄地抒发出怀古之幽思，构思巧妙，词笔清婉。

邗沟

明｜区怀年

千里平堤入水乡❶，荷花香净涨雷塘❷。

村酤惯趁湖头曲❸，贩女犹知殿脚妆❹。

别浦霜葭愁野鹜❺，迷楼莎雨泣寒螀❻。

玉钩斜畔仍疏柳❼，掀断残烟到夕阳。

注：

❶ 千里平堤：指运河两岸的隋堤。运河开凿后，隋炀帝曾命人沿运河修筑御道，种植柳树。此堤自西安至扬州，长千余里。

❷ 雷塘：在今扬州北郊十五里。汉代称雷陂，为王室苑囿。隋炀帝死后葬于吴公台下。武德五年（622）改葬于雷塘北岸。

❸ 湖头曲：隋炀帝在扬州九曲池所作《水调九曲》。

❹ 殿脚妆：殿脚女所画妆容，主要指长蛾眉。殿脚女吴绛仙因擅画长蛾眉，而被隋炀帝擢为龙舟首楫，赐号"崆峒夫人"。殿脚女遂效仿其妆容，皆画长蛾眉，此等妆容即为殿脚妆。

❺ 别浦：河流入江海处，或河流的支流入干流处。

❻ 迷楼：在隋江都郡城西，今扬州市观音山上。设计精巧，人误入，终日不能出。隋炀帝对左右说，即便神仙到此，也当自迷，故称"迷楼"。莎雨：雨丝般细密的莎草。寒螀（jiāng）：秋日里啼叫的寒蝉。

❼ 玉钩斜：又名官人冢、空人斜，是隋炀帝埋葬宫女之处，在今扬州蜀冈西峰南侧高坡。此地是一片由高渐低的斜坡，傍晚时可见新月如钩，故名。

作者简介

区怀年，生卒年不详，字叔永，广东佛山人。区大相次子。明天启元年（1621）贡生，任太学考通判。崇祯九年（1636）入京城候选，以内艰返原籍。后任翰林院孔目。著有《击筑吟》《玄超堂稿》等。

评析

他人咏史怀古之作，多就史书记载及古迹名胜敷衍成文。此诗却从村夫酤酒时听水调之曲和贩女叫卖时着殿脚之妆等百姓日常生活细节中，寻找历史遗留的痕迹，构思巧妙，别开生面。

柳枝词

明｜冯 班

汴水东来欲下迟❶，

千条依旧袅金丝。

萧娘流落宣华死❷，

当日春风为阿谁❸。

注：
❶ 汴水：隋炀帝大业元年（605），开凿通济渠，自黄河至淮河的一段，因流经汴州（今开封）而称汴水。宋时亦称汴河、汴渠。全长650公里。自河南荥阳的板渚出黄河，至江苏盱眙入淮河。
❷ 萧娘：隋炀帝的皇后萧氏。隋炀帝死后，她曾流落于宇文化及、窦建德、东突厥处。贞观四年（630），李靖攻灭东突厥后，将其接回长安，安置于长安兴道里。宣华：宣华夫人，隋文帝嫔妃陈氏。隋文帝驾崩后，宣华夫人即为杨广所烝，杨广即位后去世，时年二十九。
❸ 阿谁：口语词，即"谁"。

作者简介

冯班（1602—1671），字定远，号钝吟老人、钝吟居士。江苏常熟人。曾从钱谦益学诗，与兄冯舒并称"海虞二冯"。为诗沉酣六朝，宗法晚唐，出入于李商隐、杜牧、温庭筠诸家之间。著有《钝吟集》《钝吟杂录》等。

评析

隋炀帝开凿运河，广植杨柳，本为南巡时自家享用。孰料劳民伤财，令江山覆于一旦，宣华身死，萧后流落。到如今更是往事俱已，只剩下汴水东来、杨柳如丝。对此，作者不禁满怀感慨地问道，当日的满川杨柳、无限春风，究竟属于何人呢？唐人薛能在《杨柳枝》中曾说："汴水高悬百万条，风清两岸一时摇。隋家力尽虚栽得，无限春风属圣朝。"他认为当日春风，尽归唐朝。冯班此诗应是从薛能诗意化出，却以问句作结，更加含蓄，也更加发人深省。

邗江秋月夜[1]

明 | 郭之奇

斜日侵疏牖[2],溯流杨柳隅。晚风开夕照,转棹觅清酤。

舟人厌其数,安知意所愉。澄江横素月,焉能独少吾。

秋月临秋水,秋光入画图。月映秋如玉,水衔月似珠。

珠玉相辉耀,惟当在吾舻。举目隋堤外[3],空使碧华趋[4]。

锦缆人何在,迷楼那可呼[5]。我有紫霞想[6],不令素容孤。

水月能相载,秋风亦并驱。皓魄依清景,应得洗心徒[7]。

深宵银汉落,还向此中俱。千年玄圃色[8],五夜共冰壶[9]。

注:

[1] 邗沟:又名渠水、韩江、中渎水。公元前486年,吴王夫差为北上伐齐争霸中原,从邗城下挖沟,引长江水入淮河,为中国大运河最早开挖的河段,为后来京杭大运河的开凿奠定了基础。
[2] 疏牖:格子稀疏的窗户。
[3] 隋堤:隋炀帝大业元年(605),开凿通济渠,自洛阳西苑引谷水、洛水达于黄河,自板渚引黄河入汴水,经泗水达淮河,谓之"御河"。河畔筑御道,种植杨柳,名为"隋堤"。
[4] 碧华:皎洁的月亮。
[5] 迷楼:在隋江都郡城西,今扬州市观音山上。设计精巧,人误入,终日不能出。隋炀帝对左右说,即便神仙到此,也当自迷,故称"迷楼"。
[6] 紫霞想:道家认为神仙能驾紫霞飞行,因此用"紫霞想"形容想要修道成仙的念头。
[7] 洗心:去除杂念。
[8] 玄圃:传说中昆仑山顶的神仙居所。
[9] 五夜:五更。古代民间将夜晚分作五个时段,通过击鼓进行打更报时,所以叫作五更、五鼓或五夜。冰壶:借指月亮或月光。

> 作者简介

　　郭之奇（1607—1662），字仲常，号正夫，广东揭阳人。崇祯元年（1628）进士，历任福建提学参议，詹事府詹事等职。南明时追随桂王及永历，抵抗清廷。清康熙元年（1662）殉难。其诗灵俊沉雄，气韵高秀。著有《宛在堂诗文集》《耆旧集》等。

> 评析

　　全诗描写了诗人在秋天月下邗沟上的所游所思，表现出对隋朝历史的反思、对历史兴亡无常的感叹、对眼前美景的沉醉和对修道成仙的向往。

隋堤❶

明｜梁以壮

澹烟疏柳过隋中，廿四桥边一笛风❷。

游女但知怀锦缆，行人何处问青宫❸。

宣华有泪终成沼❹，剪彩无情似落枫❺。

独忆词臣频欲吊❻，薛卿鱼藻是文穷❼。

注：

❶ 隋堤：隋炀帝大业元年（605），开凿通济渠，自洛阳西苑引谷水、洛水达于黄河，自板渚引黄河入汴水，经泗水达淮河，谓之"御河"。河畔筑御道，种植杨柳，名为"隋堤"。
❷ 廿四桥：位置在唐罗城的浊河、官河和邢沟三条主河道上。唐代确有二十四座桥。沈括在《补笔谈》中记录了二十一座桥的名字。
❸ 青宫：太子居住的宫殿。
❹ 宣华：宣华夫人，隋文帝嫔妃陈氏。隋文帝驾崩后，宣华夫人即为杨广所烝，杨广即位后去世，时年二十九。
❺ 剪彩：相传冬季宫中树木皆凋，隋炀帝命人剪彩为花叶，缀于枝条之上，色褪则换，使得宫中常如阳春。
❻ 词臣：与下句"薛卿"均指隋朝著名文人薛道衡。
❼ 鱼藻：《诗经·小雅·鱼藻》，传统上认为此诗赞颂周王饮酒的平和安乐，而有颂古讽今之意。据《隋书·薛道衡传》记载，薛道衡曾上《高祖文皇帝颂》，隋炀帝以为这是致美先朝之作，有《鱼藻》之义，遂令其自尽。文穷：典出韩愈《送穷文》，形容文章不但不能施用于时，反而容易导致文人穷困潦倒。

作者简介

梁以壮（1607—？），字又深，号芙汀居士，广东番禺人。夙有家学，少负才名。著有《兰扃全集》等。

评析

诗人行走于隋堤之上，廿四桥边，不禁想起隋朝旧事。最令诗人感到惋惜的是因文章而送命的薛道衡。在朝代兴替的过程中，文人的命运最难自持，真是可悲可叹。

隋宫

明｜陈子升

浪结同心嗣太平❶，一朝闲梦决东征❷。

红颜泣尽宫谁守❸，白骨流多殿自行。

仙李根深摇柳色❹，后庭花谢到芜城❺。

横波若久留人住❻，还望江南无限情。

注：

❶ 浪：徒然，白白地。结同心：用结同心结的方式，表示男女双方情投意合。据《隋书·后妃传》记载，隋文帝驾崩之日，杨广曾赐宣华夫人同心结数枚。
❷ 东征：从大业八年（612）到大业十年，隋炀帝曾向东三征高句丽。
❸ 红颜句：据《大业拾遗记》记载，隋炀帝远征辽东之时，嫔妃、宫女大半不能随行，都争相哭泣。
❹ 仙李根深：指太原李氏势力日盛。语出杜甫《冬日洛城北谒玄元皇帝庙》："仙李盘根大，猗兰奕叶光。"摇柳色：以杨柳之色飘摇凋零，暗喻隋朝杨家江山风雨飘摇。
❺ 后庭花：陈朝亡国之君陈叔宝曾作《玉树后庭花》。后人常用"后庭花"形容君王骄奢淫逸，以致亡国。芜城：广陵城，故址在今江苏省扬州市江都县境。鲍照作有《芜城赋》。此句指隋炀帝不惜劳民伤财下扬州，最终亡于扬州。
❻ 横波：形容女子的目光如秋波横流，善于传情达意。隋炀帝在扬州有"个人无赖是横波"的诗句。

作者简介

陈子升（1614—1692），字乔生，号中洲，广东南海（今广东广州）人。南明隆武时，以贡生荐授中书。永历建元，擢吏科给事中，转兵科右给事中。其诗初学西昆，后肖宋风，丽而有骨，气力颇厚。著有《中洲草堂诗》《砚集》。

评析

此诗以《隋宫》为题，描写了隋炀帝的淫政和隋朝的覆灭。第三联以李树、杨柳暗指李唐和杨隋的朝代更迭，以后庭花的典故暗指隋炀帝亡于扬州，善以物象、典故概括史事。

隋宫

明 | 王邦畿

隋家往事重徘徊，鹤影多从此地来。

文帝未崩炀帝立❶，杨花初盛李花开❷。

黄昏旧观归新月❸，白日荒塘应薄雷❹。

玉玺似疑难再得❺，不妨歌舞后人哀。

注：

❶ 文帝句：暗指隋炀帝杨广弑父篡权。
❷ 杨花句：暗指唐朝李氏代隋朝杨氏而兴。
❸ 旧观：疑指扬州后土祠，俗称琼花观。观中有琼花树，因王禹偁《后土庙琼花诗》名扬天下。明清时期《隋炀帝艳史》《隋唐演义》等小说曾大肆渲染隋炀帝杨广与琼花观中琼花的传奇故事。
❹ 荒塘：此处荒塘指雷塘，隋炀帝死后埋葬于此。
❺ 玉玺：传国玉玺。秦朝丞相受秦始皇之命，将和氏璧琢为玉玺，并篆"受命于天，既寿永昌"八字。此玉玺后归隋朝皇室所有，杨广死后，玉玺不知所踪。

作者简介

王邦畿（1618—1668），字诚斋，广东番禺人。南明隆武元年（1645）举人，唐王绍武时，以荐官御史。后永历帝都于肇庆，王邦畿与陈恭尹同往从之。明亡后出家为僧，法名今吼。为"岭南七子"之一。早年诗风慷慨激越，晚年诗风含蓄深沉，寄托幽微。著有《耳鸣集》。

评析

此诗以"隋宫"为题，十分简要凝练地概括了隋朝的重要史事。"文帝未崩炀帝立，杨花初盛李花开"二句，出句写炀帝篡文帝之位，对句写李唐代杨隋而兴，虽然遣词质朴近于俚俗，与民谣相似，但用笔开阔，暗寓褒贬之意。

明/清

清

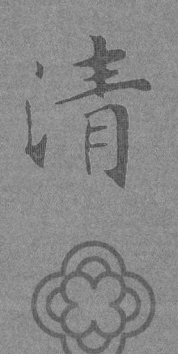

清江浦[1]

清 | 顾炎武

此地接邳徐[2]，平江故迹馀[3]。

开天成祖代，转漕北京初[4]。

闸下三春尽，湖存数尺潴[5]。

舳舻通国命[6]，仓廪峙军储[7]。

陵谷天行变，山川物态殊[8]。

黄流侵内地，清口失新渠[9]。

米麦江淮贵，金钱帑藏虚[10]。

苍生稀土著，赤地少耰锄[11]。

庙食思封券[12]，河防重玺书[13]。

路旁看父老，指点问舟车。

注：

[1] 清江浦：在今江苏省淮安市。据《天下郡国利病书》记载，宋转运使乔维岳开故沙河，建清口；后蒋之奇又开泄洪泽，但到明代皆已淤塞。明代永乐年间，陈瑄开通旧渠，改名为清江浦。此举意义重大。明初漕船由江南运河抵达淮安后，不能直接入淮，须转陆运翻越河坝，十分劳财费事。永乐十三年（1415），陈瑄通过实地走访查勘，自淮安城西凿出20里长的清江浦河道，导引管家湖水至鸭陈口直接入淮。从此之后，漕船才可从此处直通淮河，节省了大量人力财力。清江浦也由此成为京杭大运河上的重要交通枢纽和漕粮储地。

❷ 邳徐：邳州与徐州。
❸ 故迹馀：明陈瑄曾被封平江伯，故迹指其在清江的祠庙及创建的闸坝、粮仓、船厂等。
❹ 开天两句：明成祖永乐年间，陈瑄开通清江浦，并修筑水闸、广建粮仓、增置漕船，使得运河南北通畅，漕粮可由水路直达通州。
❺ 潴（zhū）：水积聚之地。此句下原诗有注："淮安城西有五闸，每岁粮船以春月北上，夏初闭闸，以防黄水灌入里河，俟秋水退，九月开闸回空。闸内所潴，皆高邮、宝应诸湖南来之水。"
❻ 舳舻：舳为船尾，舻为船首，此处舳舻代指漕船。国命：国家命脉。此句指南北漕运，关乎国家命脉。
❼ 仓廪：储藏粮食的仓库。军储：粮秣等军需物资。据《天下郡国利病书》记载，陈瑄曾在清江浦建立常盈仓，积粮以备转兑。当时漕粮由军丁承运，部分漕粮也作供给军粮之用。
❽ 陵谷两句：形容时移势迁。
❾ 黄流两句：指夏季汛期，黄河倒灌，清江浦漕渠及周边地区都被淹没。
❿ 米麦两句：指清江浦及周边地区被淹没后，粮食歉收，漕运不畅，导致粮食涨价、国库空虚。帑藏：国库。
⓫ 苍生两句：形容水灾后流民迁徙、清江浦附近荒无人烟的景象。土著：世代居住于本地的人。赤地：空无所有的地面。耰（yōu）锄：泛指农具，此处指耕种。
⓬ 庙食：死后立庙，受人奉祀，享受祭飨。封券：皇帝赐封臣下所颁发的诰券文书。据《明史·陈瑄传》记载，仁宗皇帝曾赐券陈瑄，封其为平江伯。
⓭ 玺书：皇帝的诏书。

作者简介

顾炎武（1613—1682），本名绛，字宁人，昆山（今江苏昆山）人。"复社"成员。南明弘光帝时以贡生授兵部职务。诗学杜甫，多感时之作，风格沉郁苍凉。著有《日知录》《天下郡国利病书》《亭林诗文集》等。

评析

顾炎武是经世致用之学的提倡者，他关心天下利弊，曾在《天下郡国利病书》《日知录》中对于运河利弊进行剖析。此诗作于清顺治九年（1652），内容与《天下郡国利病书》和《日知录》一脉相承，是一首讨论运河治理的作品。前半肯定了陈瑄治理运河的功绩，后半批判了清代治理运河的失误，针砭时弊，鞭辟入里，带有强烈的现实主义色彩。

千秋岁引❶·维扬怀古

清 | 陆求可

一朵琼花，两行绿柳，引得君王向南走。风流爱看殿脚女❷，山河不值杯中酒。汴渠开，隋堤筑❸，云帆骤。

明月一桥箫未久。罗绮满楼歌方奏。玉鲙金齑不空口❹。平陈可怜三十载❺，头颅又落他人手❻。好收成，雷塘上❼，田千亩。

注：

❶ 千秋岁引：词牌名，又名"千秋岁令""千秋万岁"。
❷ 殿脚女：相传运河开通后，隋炀帝曾强征民间十五六岁少女为其挽彩缆。这些为隋炀帝船队拉船的女子被称为"殿脚女"。
❸ 隋堤：隋炀帝大业元年（605），开凿通济渠，自洛阳西苑引谷水、洛水达于黄河，自板渚引黄河入汴水，经泗水达淮河，谓之"御河"。河畔筑御道，种植杨柳，名为"隋堤"。
❹ 玉鲙金齑（jī）：特色名菜鲈鱼脍，泛指美味佳肴。
❺ 平陈：隋开皇八年（588）十二月至次年二月，隋文帝杨坚命令晋王杨广统率水陆大军五十余万，攻灭江南陈朝。
❻ 头颅句：隋炀帝曾照着镜子说："好头颈，谁当斫之。"
❼ 雷塘：在今扬州北郊十五里。汉代称雷陂，为王室苑囿。隋炀帝死后葬于吴公台下。武德五年（622）改葬于雷塘北岸。

> 作者简介

陆求可(1617—1679),字咸一,号密庵,江苏山阳(今属江苏省淮安市)人。顺治十二年(1655)进士。授河南裕州知州,有惠政,入刑部员外郎,晋福建提学佥事,转布政司参议。著有《密庵文集》《陆密庵诗》《月湄词》。

> 评析

上片描写隋炀帝开运河、下扬州的过程,语言质朴明快,饶有民歌风味,颇似明清小说中的词作。下片描写了隋炀帝在扬州的奢靡生活和隋朝的覆灭,对隋炀帝的统治予以批评。最后两句自罗隐《炀帝陵》"君王忍把平陈业,只博雷塘数亩田"和《资治通鉴》"好头颈,谁当斫之"点化而来,尤觉沉着痛快。

西江月·隋苑

清 | 曹尔堪

别殿珠帘夜月,长堤御柳春风。

繁华三十六离宫,钿合同心谁送。

龙舸方游汴水,狼烟旋报京东。

锦衾才与梦儿同,转眼迷楼是梦。

注:

1. 西江月:唐教坊曲,后用为词牌,又名"步虚词""江月令"等。
2. 别殿:正殿以外的殿堂。
3. 长堤御柳:汴河两岸御道上的杨柳。
4. 三十六:虚数,言其多。离宫:皇帝出巡时的住所,此处指隋炀帝在扬州居住的宫殿园囿。
5. 钿(diàn)合:盛珠宝首饰之盒,有上下两扇,可并合,故称钿合。同心:同心结。
6. 舸:舟。汴水:隋炀帝大业元年(605),开凿通济渠,自黄河至淮河的一段,因流经汴州(今开封)而称汴水。宋时亦称汴河、汴渠。全长650公里。自河南荥阳的板渚出黄河,至江苏盱眙入淮河。
7. 狼烟:中国古代边防士兵为警示敌情,在烽火台上点燃狼粪而升起的烟火。
8. 锦衾:锦缎的被子。梦儿:隋炀帝对侍女韩俊娥的亲昵戏谑之称。
9. 迷楼:在隋江都郡城西,今扬州市观音山上。设计精巧,人误入,终日不能出。隋炀帝对左右说,即便神仙到此,也当自迷,故称"迷楼"。

作者简介

曹尔堪(1617—1679),字子顾,号顾庵,浙江嘉善人。顺治九年(1652)进士,改翰林院庶吉士,十一年授内翰林秘书院编修。工诗善词,以词名世,与山东曹贞吉并称"南北二曹",与宋琬、王士禛、王士禄、施闰章、汪琬、程可则、沈荃并称为"海内八家"。著有《未有居词笺》《南溪词》《杜鹃亭集》等。

评析

上片描写了隋炀帝的腐朽荒淫。下片笔锋一转,龙舟巡游之日,便是烽烟四起之时,巧妙地点出隋朝灭亡的原因,在于隋炀帝的荒淫之政。最后一句以闺阁词笔写朝代兴替,举重若轻,不露痕迹。

菩萨蛮❶·扬州怀古

清 | 尤 侗

阿㥄曾梦江都好❷,迷楼一炬空荒草❸。

何处教吹箫,凄凉廿四桥❹。

西风吹客舍,落叶隋堤下❺。

谁唱《望江南》❻,惟闻《昔昔盐》❼。

注:

❶ 菩萨蛮:又名"子夜歌""重叠金"等。唐教坊曲,后用为词牌。
❷ 阿㥄(mó):隋炀帝小名。江都:故城约在今扬州市。江都之名,以江水都汇于此而得名。一说江都者,乃江淮的一大都会。曾梦江都好:隋炀帝在离开扬州、远征高句丽的途中,曾给众嫔妃寄诗说:"我梦江都好,征辽亦偶然。但存颜色在,离别只今年。"
❸ 迷楼:在隋江都郡城西,今扬州市观音山上。设计精巧,人误入,终日不能出。隋炀帝对左右说,即便神仙到此,也当自迷,故称"迷楼"。
❹ 何处两句:化用自杜牧《寄扬州韩绰判官》中的名句:"二十四桥明月夜,玉人何处教吹箫。"廿四桥:位置在唐罗城的浊河、官河和邢沟三条主河道上。唐代确有二十四座桥。沈括在《补笔谈》中记录了二十一座桥的名字。
❺ 西风两句:化用自贾岛《忆江上吴处士》中的名句:"秋风吹渭水,落叶满长安。"形容景色凄凉。
❻ 望江南:词牌名,又名《梦江南》《忆江南》《江南好》。据《海山记》记载,隋炀帝杨广南巡江都时,时常泛游西苑东湖,曾作《望江南》八首。
❼ 昔昔盐:乐府曲辞名,始见于隋代诗人薛道衡。薛道衡《昔昔盐》描写的是闺中妇女思念在外远征的丈夫的情形,其中"暗牖悬蛛网,空梁落燕泥"句为千古流传的名句。据《隋唐嘉话》记载,薛道衡因富有才华,被隋炀帝嫉妒,后因事被杀。隋炀帝在他临死前问道:"更能作'空梁落燕泥'否?"

作者简介

尤侗(1618—1704),字展成,号悔庵,江苏长洲(今江苏苏州)人。明末清初诗人、戏曲家。康熙十八年(1679),举博学鸿儒,授翰林院检讨,累官至侍读。曾参与纂修《明史》。著有《西堂全集》《西堂余集》《鹤栖堂集》等。

评析

此词以隋炀帝在扬州的骄奢统治和隋朝的覆灭入手,赋予了扬州这座城市厚重的历史沧桑感。后文则分别以廿四桥吹箫、西风客舍、落叶隋堤等景象渲染凄凉气氛,借以烘托作者内心的怀古悲思。

太常引❶·隋宫吊古❷

清 | 吴 绮

斗鸡台下草如丝❸，吹断玉参差。

春到野田迟，有大业❹、垂杨几枝。

同来载酒，伤情词客，惆怅落花时。

苔藓绿遗碑，访遍了、雷塘未知❺。

注：

❶ 太常引：词牌名，又名"太清引"等。
❷ 隋宫：隋炀帝在江都所建的行宫。
❸ 斗鸡台：观看斗鸡的楼台，亦名"吴公台"，在江苏省扬州市。杜牧《扬州三首》其二有"秋风放萤苑，春草斗鸡台。"
❹ 大业：隋炀帝年号，605—618年。
❺ 雷塘：在今扬州北郊十五里。汉代称雷陂，为王室苑囿。隋炀帝死后葬于吴公台下。武德五年（622）改葬于雷塘北岸。

作者简介

吴绮（1619—1694），字园次，号绮园，江苏江都（今江苏扬州）人。顺治十一年（1654）拔贡生、荐授中书舍人，升兵部主事、武选司员外郎，出为湖州知府。诗、词、文俱工，作词细腻流丽，巧于言情，有"红豆词人"之称。著有《林蕙堂集》《艺香词》等。

评析

此词描写了作者在雷塘附近寻访隋宫旧址和隋炀帝陵的经过，抒发了惆怅的怀古之思。"春到野田迟，有大业、垂杨几枝"句，词笔清婉，尤耐讽咏。

贺新郎❶·九日途中忆兄璱伯❷

清｜俞士彪

系马河桥驿。看隋堤❸、夜来霜重，顿凋柳色。故国重阳风雨际，已是千愁堆积。又何况、他乡他席。手种黄花开也未，拂征尘、破帽频欹侧❹。抬望眼，水云隔。

吴山兄弟登高日。想风前、茱萸遍插，也应愁戚❺。冷落园林谁送酒，伴着二人岑寂❻。更遥忆、长途劳客。木落猿啼天欲暮，料思君、思我同沾臆❼。沙上雁，又嘹呖❽。

注：

❶ 贺新郎：词牌名，又名"金缕曲""乳燕飞"等。
❷ 璱伯：俞珀，字璱伯，有诗词名，与弟俞士彪并称"二俞"。
❸ 隋堤：隋炀帝大业元年（605），开凿通济渠，自洛阳西苑引谷水、洛水达于黄河，自板渚引黄河入汴水，经泗水达淮河，谓之"御河"。河畔筑御道，种植杨柳，名为"隋堤"。
❹ 破帽频欹侧：北周美男子独孤信驾马奔驰，头上帽子被风吹得歪斜，看上去十分风流潇洒。次日满城男子都效仿他，将帽子侧在一边。后人常用"侧帽"的典故形容风流自赏。
❺ 吴山四句：化用自王维《九月九日忆山东兄弟》中的名句："遥知兄弟登高处，遍插茱萸少一人。"这句是在借兄弟相聚的情形，反衬自己只身漂泊的孤独。
❻ 岑寂：寂寞冷清。
❼ 沾臆：泪水浸湿胸前，形容悲伤。
❽ 嘹呖（lì）：形容声音响亮凄清。

> 作者简介

　　俞士彪，生卒年不详，原名佩，字季瑮，浙江钱塘（今浙江杭州市）人。顺治诸生，曾官崇仁县丞。著有《玉蕤词钞》。

> 评析

　　无尽的运河滚滚奔流，从古至今，它不但见证了各个朝代的兴衰存亡，也承载着无数漂泊游子的离别之恨和思乡之苦。这首词就是作者于重阳节在运河上写下的思乡之作。情辞凄楚，感人颇深。

平山怀古❶

清｜杜濬

隋宫旧址尽荒凉❷，一代繁华怨夕阳。

清夜彩春啼鸟寂，红颜黄土野原香。

星楼涵日浮空碧，御道连烟入望长。

多少兴亡成底事，年年青草满雷塘❸。

注：

❶ 平山：扬州名胜，在扬州市蜀冈中峰一带。
❷ 隋宫：隋炀帝在江都所建的行宫。
❸ 雷塘：在今扬州北郊十五里。汉代称雷陂，为王室苑囿。隋炀帝死后葬于吴公台下。武德五年（622）改葬于雷塘北岸。

【作者简介】

杜濬（shuǎng）（1622—1685），字子濂，号湄湖，山东滨州人。顺治四年（1647）进士，授直隶真定府推官。官至河南布政使司开归道参政，兼理驿传、盐法。工于书法，兼擅诗文。诗有奇气，颇近徐渭。著有《湄湖吟》《听松轩遗文》。

【评析】

平山乃扬州名胜，是隋宫旧址所在之地。可惜当年繁华，尽付荒凉，只剩下春夜啼鸟、野原古丘和涵日星楼、连烟御道，仿佛还在说着隋朝的兴亡故事。最后一句化用谢灵运"池塘生春草"句，不但含蓄地抒发出对历史兴亡无常的喟叹，而且饶有生机。

点绛唇·江楼醉后与程千一

清 | 陈维崧

绝忆生平,蹉跎只为清狂耳❶。

酒酣直视,奴价何如婢。

断壁崩崖❷,多少齐梁史。

掀髯喜❸,笛声夜起,灯火瓜洲市❹。

注:

❶ 蹉跎:虚度光阴。只:仅仅。清狂:放逸不羁。
❷ 断壁:绝壁,峭壁。崩崖:坍塌的悬崖。
❸ 掀髯:笑时启口张须的样子。
❹ 瓜洲:位于扬州城南古运河入江口处,与镇江隔江相望。原为长江中之沙洲,因形如瓜而得名。晋为瓜洲村,唐宋名瓜洲镇。为历代长江南北水运交通要冲。

作者简介

陈维崧(1625—1682),字其年,号迦陵,宜兴(今属江苏无锡)人。康熙十八年(1679)举博学鸿词科,授官翰林院检讨。阳羡词派领袖。著有《湖海楼诗文词全集》。

评析

此词上片写年华虚度、纵情于酒之态,下片写夜间醉后见瓜洲灯火闪烁、复闻笛声响起,以繁华清新之景表达出凄凉伤怀之情。

山亭柳·咏隋堤新柳❶

清 | 邹祗谟

纹縠微流❷。正万缕初柔。垂绮苑，映妆楼。此日藏乌多少❸，他时系马迟留。渐渐绿深黄浅，一带烟浮。

花花絮絮雷塘路❹，风风雨雨到邗沟❺。初学舞，惯含愁。远恨能传玉笛❻，轻寒乍到红篝❼。最是长条牵愁，人在兰舟。

注：

❶ 隋堤：隋炀帝大业元年（605），开凿通济渠，自洛阳西苑引谷水、洛水达于黄河，自板渚引黄河入汴水，经泗水达淮河，谓之"御河"。河畔筑御道，种植杨柳，名为"隋堤"。
❷ 纹縠（hú）：绉纱似的皱纹，常用以喻水的波纹。
❸ 乌：乌鸦。
❹ 雷塘：在今扬州北郊十五里。汉代称雷陂，为王室苑囿。隋炀帝死后葬于吴公台下。武德五年（622）改葬于雷塘北岸。
❺ 邗沟：又名渠水、韩江、中渎水。公元前486年，吴王夫差为北上伐齐争霸中原，从邗城下挖沟，引长江水入淮河，为中国大运河最早开挖的河段，为后来京杭大运河的开凿奠定了基础。
❻ 玉笛：李白《春夜洛城闻笛》："谁家玉笛暗飞声，散入春风满洛城。此夜曲中闻折柳，何人不起故园情。"此用其典。
❼ 红篝：红色的熏笼。

> 作者简介

邹祗谟(1627—1670),字訏士,号程村,江苏武进(今常州)人。顺治十五年(1658)进士。与陈维崧、黄永、董以宁并称"毗陵四子"。著有《丽农词》,与王士禛《衍波词》、彭孙遹《延露词》并称"三名家词"。

> 评析

这是一首咏物词,通过写柳丝缠绵、系马牵舟,展现出隋堤柳枝细条长、轻拂善垂而又多情的特点,也展现了作者以景写情的功力。

题分水庙[1]

清｜朱彝尊

落月西风动戍楼[2]，

津头官柳击孤舟[3]。

行人莫唱思归调，

汶水南来已北流[4]。

注：

[1] 分水庙：南旺分水龙王庙，位于汶上县南旺镇北。始建于明永乐年间，至清代不断增建，是运河南北分水的枢纽之地。
[2] 戍楼：边防驻军的瞭望楼。
[3] 津头：渡口。
[4] 汶水：今大汶河。源出山东济南莱芜北，上游为牟汶河，在泰安大汶口与柴汶河汇集，后流入东平湖。

作者简介

朱彝尊（1629—1709），字锡鬯，号竹垞，浙江秀水（今嘉兴）人。康熙十八年（1679）举博学鸿词科，除翰林院检讨。作词风格清丽，为"浙西词派"的创始人。著有《曝书亭集》《经义考》等著作。

评析

大汶河一路南来，经过分水庙之后，改向北流，堪称人间奇迹。此诗写诗人身行至分水庙时所见这一情景，从而引起了对故乡的思念之情。

迷仙引❶·访迷楼故址

清 | 董元恺

棠梨香冷，御苑云深❷，迷楼何处❸。堤畔销魂，只送行人来去。摇荡春光如许。似把兴亡诉。看廿四桥头❹，三千殿脚❺，一天丝雨。

往事浑无据❻。莫问离宫路❼。蔓草寒烟，已耕断隋皇古墓❽。纵昔日、明珰翠羽❾。被东风添上，数抔黄土❿。

注：
❶ 迷仙引：北宋柳永所创词牌。
❷ 御苑：帝王家的苑囿。
❸ 迷楼：在隋江都郡城西，今扬州市观音山上。设计精巧，人误入，终日不能出。隋炀帝对左右说，即便神仙到此，也当自迷，故称"迷楼"。
❹ 廿四桥：位置在唐罗城的浊河、官河和邢沟三条主河道上。唐代确有二十四座桥。沈括在《补笔谈》中记录了二十一座桥的名字。
❺ 殿脚：殿脚女，隋炀帝巡游江都时为其牵挽龙舟的女子。
❻ 无据：无凭无据。
❼ 离宫：皇帝出巡时的住所。
❽ 已耕句：隋炀帝陵墓在雷塘，此处在唐前曾是皇族贵胄的游冶之地，热闹非凡，后来逐渐变为农田。
❾ 明珰翠羽：用珠玉和翡翠鸟羽毛制成的耳饰。形容华丽珍贵的饰品或物品。
❿ 抔：捧、把。

> 作者简介

董元恺(1630—1687),字舜民,号子康,武进(今江苏常州)人。顺治十七年(1660)举人,次年即罹"奏销案"被黜。失意之下,乃漫游四方,侘傺悲壮之怀、激昂哀感之意皆寓于词。著有《苍梧词》。

> 评析

春雨时节,作者于扬州漫访迷楼故址,从隋堤行至廿四桥,又从廿四桥行至雷塘,途中忆及隋朝往事,不禁唏嘘感慨,发怀古之幽思。"堤畔销魂,只送行人来去。摇荡春光如许。似把兴亡诉"句,笔法灵动,颇似周邦彦《西河·金陵怀古》中的名句:"燕子不知何世。入寻常、巷陌人家,相对如说兴亡,斜阳里。"

太常引·隋宫故址❶

清｜屈大均

垂杨几树是隋家❷。欲问后园鸦❸。飞过玉钩斜❹。拂片片、风前乱花。

红桥流水❺,穿桥廿四❻,流尽旧繁华。把酒坐晴沙❼。且数数、春如钿车❽。

注：

❶ 隋宫：隋炀帝在江都所建的行宫。
❷ 垂杨：垂柳。古诗文中杨柳常通用。
❸ 后园：屋后庭园。
❹ 玉钩斜：又名官人冢、宫人斜，是隋炀帝埋葬宫女之处，在今扬州蜀冈西峰南侧高坡。此地是一片由高渐低的斜坡，傍晚时可见新月如钩，故名。
❺ 红桥：明崇祯时建，为扬州游览胜地之一。在江苏扬州北门外。
❻ 廿四桥：位置在唐罗城的浊河、官河和邗沟三条主河道上。唐代确有二十四座桥。沈括在《补笔谈》中记录了二十一座桥的名字。
❼ 把酒：手执酒杯，即饮酒。晴沙：阳光照耀下的沙滩。
❽ 钿车：用金宝嵌饰的车子。

作者简介

屈大均（1630—1696），字骚余，号菜圃，广东番禺（今广州）人。明末清初著名学者、诗人，与陈恭尹、梁佩兰并称"岭南三大家"。著有《翁山诗外》《翁山文外》《广东新语》等。

评析

此词写春日游扬州隋炀帝行宫所见之景，表达了对隋宫昔日繁华而今衰败的惋惜之情，用笔婉转，诗思细密。

怀古十首·隋宫❶

清｜陈恭尹

谷洛通淮日夜流❷，渚荷宫树不曾秋❸。

十年士女河边骨，一笑君王镜里头❹。

月下虹蜺生水殿❺，天中丝管在迷楼❻。

繁华往事邗沟外❼，风起杨花无那愁❽。

注：

❶ 隋宫：隋炀帝在江都所建的行宫。
❷ 谷洛通淮：隋炀帝曾自河南洛阳引谷水、洛水达于黄河，再自黄河入汴水通淮河以达扬州。
❸ 渚：水中小洲。
❹ 镜里头：隋炀帝在扬州自知末日将近，照着镜子对萧皇后说："好头颅，谁当斫之。"
❺ 虹蜺：彩虹。
❻ 迷楼：在隋江都郡城西，今扬州市观音山上。设计精巧，人误入，终日不能出。隋炀帝对左右说，即便神仙到此，也当自迷，故称"迷楼"。
❼ 邗沟：又名渠水、韩江、中渎水。公元前486年，吴王夫差为北上伐齐争霸中原，从邗城下挖沟，引长江水入淮河，为中国大运河最早开挖的河段，为后来京杭大运河的开凿奠定了基础。
❽ 无那：无可奈何。

作者简介

陈恭尹（1631—1700），字元孝，初号半峰，晚号独漉子，广东顺德县（今属佛山）人。清初诗人，与屈大均、梁佩兰并称"岭南三大家"。著有《独漉堂全集》。

评析

此诗从隋炀帝行宫遗址运笔，批判了隋炀帝在扬州奢靡淫乐从而导致荒淫误国的行为，抒发了对残暴统治下深受其害的人民的同情。最后又抒写了自己国破家亡，抗清失败，恢复山河无望的惆怅与无奈。

浚河行

清 | 孙 蕙

黄河万里浪高举，贾让之谋世空许❶。
璧马于今不效灵❷，风涛簸荡连楼橹❸。
忆昔汉武通车书❹，朝臣建议开河渠❺。
开元以后置仓舍，平分河渭称赢馀❻。
汴宋营漕分四路❼，半作边储半国赋❽。
斗门高堰筑冈城❾，历险逾滩计生聚❿。
元人海运刱伯颜⓫，引汝绝济诚哉艰！
明初海运旋亦废，会通始筑河淮间。
年来漕渠失故道，百万金钱任侵冒⓬。
督河使者妄庸人，不解河防气桀骜⓭。
鞭挞小吏严程期，岂知畚锸皆疮痍⓮。
县令陈情不得达，自矜白简吾能持⓯。
柳下何曾畏三黜⓰，百姓喧呼趋事疾。

一夜荒城走万人，两月之工六日毕。

安宜水涝原苦辛⑰，力役谁复嗟劳人。

犹幸三代直道存吾民⑱，呜呼犹幸三代直道存吾民！

注：

❶ 贾让：西汉人，哀帝初为待诏。时黄河从魏郡以东多溢决，贾让奏上治河三策。
❷ 璧马：璧玉和良马。古代祭祀河神时所用之物。
❸ 簸荡：飘荡。楼橹：古代军中用以瞭望、攻守的无顶盖的高台，建于地面或车、船之上。
❹ 汉武：汉武帝刘彻。通车书：车乘的轨辙相同，书牍的文字相同，表示文物制度划一，天下一统。
❺ 河渠：河流与渠道，泛指水道。
❻ 河渭：黄河与渭水的并称。亦指两水之间的地区。
❼ 汴宋：北宋，因定都于汴京，故称。
❽ 边储：指边防用的储备粮食或物资。国赋：国家规定的赋税。
❾ 斗门：堤堰中用以蓄泄渠水的闸门。
❿ 生聚：生命财产。
⓫ 伯颜：蒙古八邻部人，元朝初年名臣，统率元军攻灭南宋。至元十九年（1282），建海运之策。
⓬ 侵冒：侵害，侵犯。
⓭ 桀：桀为夏的暴君。奡（ào）：浇，相传为夏时残暴好斗的人。桀奡泛指凶残蛮横的人。
⓮ 畚（běn）：盛土器。锸：起土器。畚锸泛指挖运泥土的用具，亦借指土建之事。
⓯ 自矜：自负、自夸。白简：古时弹劾官员的奏章。
⓰ 柳下：春秋时鲁国大夫柳下惠的省称。《论语》记载柳下惠作士师，曾三次因坚持原则被免职。
⓱ 安宜：安宜镇，隶属江苏省扬州市宝应县，属于苏中地区。
⓲ 三代：指夏商周。

作者简介

孙蕙（1632—1686），字树百，号笠山，山东淄川（今属淄博）人。清顺治十八年（1661）进士，官给谏。著有《笠阳诗草》。

评析

此诗为诗人担任宝应知县时，为疏浚漕河而作。由于连年水灾，运河淤滞，漕河艰于通行。管理运河的大员令诗人立即征调民夫一万人挖河。诗人不愿增加百姓的劳役，险被治罪。县民闻之，自发前来浚河，六日便完成了工程。诗中历数漕运在历朝历代中的重要作用，对关乎民生的漕运以及百姓的命运寄予了深切的关注和同情。

高邮雨泊

清 | 王士禛

寒雨秦邮夜泊船❶，

南湖新涨水连天。

风流不见秦淮海❷，

寂寞人间五百年❸。

注：

❶ 秦邮：高邮的别称。
❷ 秦淮海：北宋著名文人秦观，字少游，号淮海居士。
❸ 五百年：秦观去世，距离王士禛约有五百年。

作者简介

王士禛（1634—1711），字子真，一字贻上，号阮亭，又号渔洋山人，世称王渔洋。山东新城（今淄博市桓台县）人。顺治十五年（1658）进士，官至刑部尚书。清代著名文学家，论诗创神韵说。著有《渔洋山人精华录》《蚕尾集》《池北偶谈》等。

评析

顺治十七年（1660），作者赴扬州任推官，途径高邮，写下此诗。前两句描写诗人雨中夜泊南湖时所见之景；后两句则由高邮联想到此地的著名文人秦观，不禁生出千古寂寞之感，而寂寞之中又暗含着作者想要振兴诗坛、领袖风骚的壮志豪情。

水关行❶

清│田 雯

水关发船如走马❷,伐鼓张旗坐其下。

山光破碎天蔚蓝❸,石栅荦确崩湍泻❹。

两行堤柳摇晴空,长条短叶花冥蒙❺。

布飘无力欸乃发❻,疑在五湖三泖中❼。

注:

❶ 水关:水闸,指北京至通州的运河,即通惠河。
❷ 走马:骑马。
❸ 山光:山的景色。
❹ 荦(luò)确:怪石嶙峋的样子。
❺ 冥蒙:景色模糊、昏暗不明的样子。
❻ 飘(fān):同"帆",即船帆。欸(ǎi)乃:拟声词,形容摇动船橹的声音。
❼ 五湖:太湖及附近四湖为五湖。泖(mǎo):湖塘。三泖:泖湖,在今上海市松江区西,有上中下三泖。

作者简介

田雯(1635—1704),字子纶,山东德州人。康熙年间进士,官至户部尚书。著有《古欢堂集》。

评析

这首诗是作者通过通惠河水关时所作。颔联描写了运河水关繁忙、开闸湍流的景象。运河两岸柳树摇曳、花繁叶茂,作者悠然行路,一时甚至以为身在江南。全诗气势开阔,才力高迈,使人有如临其境的感觉。

怨王孙·自京口渡瓜洲❶

清 | 李 符

海门潮涌❷。金焦欲动❸。涉险频经,乘风不恐。买得叶样轻舟。截东流。

霎时来到瓜洲岸❹。回头看。故国山川远。长江忽限南北,从此天涯。日思家。

注:

❶ 京口:镇江的别称。瓜洲:位于扬州城南古运河入江口处,与镇江隔江相望。原为长江中之沙洲,因形如瓜而得名。晋为瓜洲村,唐宋名瓜洲镇。为历代长江南北水运交通要冲。
❷ 海门:长江入海处,在今江苏省海门市。
❸ 金焦:金山与焦山的合称。两山都在今江苏省镇江市。
❹ 霎时:片刻,一会儿。

作者简介

李符(1639—1689),字分虎,号耕客,浙江秀水(今嘉兴)人,善诗词,工骈体。与兄李绳远、李良年号"浙西三李",与朱彝尊等结诗社。著有《香草居集》。

评析

此词上片写乘船经过京口的情景,"金焦欲动",写出了身行在风浪中的摇摆之状。下片写到达瓜洲回望京口的情形,抒写了故园已遥不可见的惆怅之思。

泛邵伯湖

清 | 蒲松龄

湖水清碧如春水，渔舟棹过沧溟开。

夕阳光翻玛瑙瓮，片帆影射琉璃堆。

游人对此心眼豁，拍案叫绝倾金罍。

湖风习习入窗牖，开襟鼓楫歌落梅。

遥堤欸乃声陆续，铿鞳近接湖东隈。

烟色苍苍日色暮，欲行且止犹徘徊。

俄倾星出湖墨黑，城门久闭骀人催。

扶醉下船事鞍马，炬火光天归去来。

注：

❶ 邵伯湖：古为武广湖，又名棠湖、甘棠湖，在今江苏扬州市北，里运河以西，北接高邮湖。东晋名臣谢安曾在此筑埭，调节旱涝。后人追思谢安德政，将他比作周代名臣召伯，因古代"召"字与"邵"字相通，故称此埭为"邵伯埭"，称此湖为"邵伯湖"。此湖与淮扬运河扬州段相连。
❷ 沧溟：海水弥漫的样子，这里是形容湖波广阔。
❸ 玛瑙瓮：据《拾遗记》《风俗志》等记载，丹丘国曾向帝喾献玛瑙瓮，瓮中盛有甘露。这里形容夕阳照射到湖水上，如同掀翻了盛玛瑙的瓮，呈现出一片美丽光彩。
❹ 琉璃：具有各种颜色的人造水晶。这里比喻夕阳下的湖波流光溢彩，瑰丽无比。
❺ 金罍（léi）：泛指酒器。
❻ 习习：微风和煦的样子。牖（yǒu）：窗户。
❼ 歌落梅：歌唱《梅花落》歌曲。李白有"千金骏马换小妾，笑坐雕鞍歌《落梅》"句。

❽ 欸（ǎi）乃：象声词，指摇橹声或棹歌。
❾ 镗鞳（tāng tà）：象声词，指钟鼓声。隈（wēi）：山水弯曲隐蔽处。
❿ 驺（zōu）人：为长官驾驭马车的人。
⓫ 炬火：火把。光天：把天照亮。来：语助词，无实义。

作者简介

蒲松龄（1640—1715），字留仙，一字剑臣，别号柳泉居士，济南府淄川（今山东淄博）人。屡试不第。长于小说，兼擅诗词。著有《聊斋志异》。

评析

此诗描写了诗人泛游邵伯湖的情景，表现出优游闲适的心境。开篇四句写夕阳下的湖水，奇特瑰丽，如梦如幻。

河堤远眺（其四）

清 | 蒲松龄

湖外含烟烟似水，湖中凝水水如烟。

滩平细浪移沙岸，日落孤村系客船。

渔艇暮灯犹泛泛❶，桃花春色自年年。

长河北去帆无数，低尽寒空绿接天。

注：

❶ 渔艇：小而轻快的渔船。泛泛：荡漾、漂浮的样子。

评析

此诗用白描的手法，描绘了诗人在高邮运河河堤上远眺所见风光，风格自然质朴，饶有韵味。诗中的"长河"就是运河。首联形容水烟弥漫之景，颇有新意。

满庭芳·广陵怀古❶

清 | 鲍鼎铨

三月烟花,满城歌吹❷,繁华久说扬州。

锦帆天子❸,千古擅风流。

最爱游船清夜❹,江南好、柳缆龙舟❺。

消沉久、断碑残碣❻,何处觅丹丘❼。

迷楼❽。横暮雨,玉钩斜畔❾,碧水空愁。

只平山堂下❿,凭吊夷犹⓫。

二十四桥仍在⓬,汀州静、眠稳沙鸥。

经行处,斜阳芳草,数点广陵秋。

注:

❶ 广陵:扬州的别称。
❷ 歌吹:歌唱吹奏。
❸ 锦帆天子:指隋炀帝杨广。
❹ 清夜:清净的夜晚。
❺ 龙舟:史载隋炀帝南幸江都,造龙舟凤舸,黄龙赤舰,楼船篾舫。
❻ 断碑:断裂残缺的石碑。残碣:残碑。
❼ 丹丘:传说中神仙所居之地。
❽ 迷楼:在隋江都郡城西,今扬州市观音山上。设计精巧,人误入,终日不能出。隋炀帝对左右说,即便神仙到此,也当自迷,故称"迷楼"。
❾ 玉钩斜:又名宫人冢、宫人斜,是隋炀帝埋葬宫女之处,在今扬州蜀冈西峰南侧高坡。此地是一片由高渐低的斜坡,傍晚时可见新月如钩,故名。

❿ 平山堂：位于扬州市西北郊蜀冈中峰大明寺内。始建于宋仁宗庆历八年（1048），当时任扬州知府的欧阳修，极赏这里的清幽古朴，于此筑堂。坐此堂上，江南诸山，历历在目，似与堂平，平山堂因而得名。
⓫ 夷犹：迟疑不前。
⓬ 二十四桥：位置在唐罗城的浊河、官河和邗沟三条主河道上。唐代确有二十四座桥。沈括在《补笔谈》中记录了二十一座桥的名字。

【作者简介】

鲍鼎铨，生卒年不详，字让侯，江苏无锡人，康熙八年（1669）举人，官知县。著有《心远堂诗》。

【评析】

此词通过盛衰对比的手法，写出隋炀帝在扬州游玩的奢侈与愉悦，而今只有斜阳芳草掩映下的断碑残碣，表达了对隋炀帝在扬州荒淫误国的批判，同时也寄寓了作者对扬州的怀古之思。

汴河行为方中丞欧馀作❶

清｜潘耒

汴河之上河如弓，汴河之下河如龙。

弓行千里正一曲，龙性变化无常踪。

神禹凿九河❷，放著渤海中。

千五百年尚一决，大伾不北而趋东❸。

遂令梁泗间，至今朝陆暮壑无终穷。

杀湍捧土谅非策❹，排沙漉海难施功。

河渠之书一寸纸❺，蜩螗万喙听者聋❻。

提纲挈目示要领，客邸幸见中丞公❼。

中丞勋绩高当代，保障之功汴河最。

汴城万里初为鱼❽，河北金堤又横溃❾。

公也捧节来治河，赤手与塞滔天波❿。

指挥人徒三十万，北河柳尽南河柯。

大帚如山小如蝶⓫，一浪不敌冲风过。

晨餐掬泥土，夕眠枕盘涡⑫。

以身为石发为草，乃感帝力鞭鼋鼍⑬。

荆隆口闭神马塞⑭，汴河南北重蚕麻⑮。

岂知功高定遭忌，讴吟翻促弹章至⑯。

旋闻东郡罢王尊⑰，那得通侯赏延世⑱。

自尔长揖还东山⑲，角巾啸傲江湖间⑳。

弈秋敛手向棋局㉑，坐看黑白纷斑斓㉒。

昨闻清口决㉓，又报漕河干。

高堰塞复漏㉔，归仁筑未完㉕。

胸中热血不可呕，相逢当路只缄口㉖。

丁宁翻向芒鞋客㉗，画笏川原尽纡直。

淮泗之间皆土山，眼前此意无人识。

养痈裹创愁内蚀㉘，不病河南病河北。

负薪沉璧徒区区㉙，疏不成疏塞非塞。

吁嗟天意难可知，劝君且尽金屈卮㉚。

淮黄清浊乱已久,南土岂合偏疮痍。

复禹旧迹理亦得,灾黎百万将安之㉛?

吁嗟天意难可知!

且为公歌汴河诗,洗眼坐待河清时㉜。

注:

❶ 汴河:隋炀帝大业元年(605),开凿通济渠,自黄河至淮河的一段,因流经汴州(今开封)而称汴水。宋时亦称汴河、汴渠。全长650公里。自河南荥阳的板渚出黄河,至江苏盱眙入淮河。方中丞欧馀:方大猷(1597—?),字欧馀,号允升,浙江乌程(今湖州)人,明崇祯十年(1637)进士。降清,官山东巡抚。
❷ 神禹:夏禹的尊称。九河:古代黄河下游许多支流的总称。
❸ 大伾:山名,即今河南浚县城东黎阳东山。
❹ 杀:减少。湍:急流。李白《公无渡河》有"杀湍堙洪水"句。
❺ 河渠之书:指记载河道和水利设施等事的书篇。《史记》有《河渠书》,宋、金、元、明、清诸史书有《河渠志》。
❻ 蜩螗:蝉鸣声,比喻各种说法纷扰不宁。喙:嘴。
❼ 客邸:旅舍。
❽ 为鱼:典出《左传·昭公元年》:"微禹,吾其鱼乎。"若无大禹治水,人们将淹没为鱼。这里指汴城被淹没。
❾ 横溃:河水决堤横流。
❿ 滔天:弥漫天际。形容水势极大。
⓫ 堞:城墙上齿形的矮墙。
⓬ 盘涡:水旋流形成的深涡。
⓭ 帝力:帝王的作用或恩德。鼋鼍(yuán tuó):大鳖和猪婆龙。
⓮ 荆隆口:金龙口。在今河南封丘县西南二十里。
⓯ 蚕麻:养蚕与绩麻。
⓰ 弹章:弹劾官吏的奏章。
⓱ 东郡:今山东聊城。王尊:字子赣,西汉末年著名大臣,涿郡高阳(今河北高阳县)人,曾任东郡太守,黄河泛滥,泛浸瓠子金堤,王尊率吏民抗灾,大水冲毁金堤时,吏民数千人要求他撤离,王尊不为所动。很快水位下降,灾情消除。
⓲ 通侯:秦汉时代侯爵的最高一等,又称彻侯、列侯。延世:王延世,生卒年不详,字长叔,犍为资中(今四川资阳)人。汉成帝建始四年(公元前29年),东郡黄河决口。成帝拜王延世治河堤谒者,治理黄河。延世历三十六天筑成堤防,使河水复归故道。汉成帝封延世为关内侯。
⓳ 还东山:东晋谢安尝辞官隐居会稽东山,后以"还东山"泛指退隐。

⑳ 角巾：方巾，有棱角的头巾，为古代隐士冠饰。啸傲：放歌长啸，傲然自得，形容放旷不受拘束。
㉑ 弈秋：古代传说中之善弈者。
㉒ 黑白：围棋分黑子白子，故称。
㉓ 清口：淮水入黄河之口，在今江苏淮阴县西南马头镇西北。因淮水经洪泽湖沉淀后水流较黄河之水清而得名。清口不仅为黄淮交会之所，也是粮运咽喉之地，为南北漕运重地。
㉔ 高堰：高家堰，淮河堤防，在淮安。
㉕ 归仁：归仁堤，在泗洪。
㉖ 缄口：闭口不言。
㉗ 芒鞋：用芒茎外皮编织成的鞋，亦泛指草鞋。
㉘ 养痈：不治疗肿毒而听其滋长发展。裹创：包扎伤口。
㉙ 负薪沉璧：汉武帝率群臣背柴草、沉玉璧以塞黄河瓠子决口。区区：微不足道。
㉚ 金屈卮：一种酒器。
㉛ 灾黎：灾民。
㉜ 河清：黄河水变清。黄河水浊，少有清时，古人以"河清"为升平祥瑞的象征。

作者简介

潘耒（1646—1708），字次耕，晚号止止居士，江苏吴江（今属苏州）人。师事徐枋、顾炎武，博通经史、历算、音学。清康熙十八年（1679）举博学鸿词，授翰林院检讨。著有《遂初堂诗集》。

评析

《清史列传》中记载了方大猷治水和被弹劾的事迹。这首诗表达了对方中丞治理水患、心忧百姓，具有先进的治水意识与理念的高度赞美，也表达了对遭受水患的百姓的同情，对方大猷被弹劾的不满。其意在抨击河政，故语带愤激。

舟泊天津❶

清 | 孔尚任

津门极望气蒙蒙❷,泛地浮天海势东。

昏到晓时星有数,水连山外国无穷。

柳当驿馆门前翠❸,花在鱼盐队里红❹。

却教楼台停鼓吹❺,迎潮落下半帆风。

注:

❶ 天津:取"天子津渡"之意名。南、北运河与海河在三岔口交汇,使得天津成为漕运重要的中转站。
❷ 津门:天津别称。极望:放眼远望。
❸ 驿馆:明清时期,天津设有驿馆,如杨清驿兼有水驿和陆驿,时常被诗人题咏。
❹ 鱼盐队:从事渔业和盐业的商人或工人。
❺ 鼓吹:乐曲声。

作者简介

孔尚任(1648—1718),字聘之,号东塘,自称云亭山人,山东曲阜人,孔子六十四代孙。康熙二十三年(1684),因御前讲经备受赏识,特简为国子监博士。二十五年,赴淮扬治河。曾任户部主事、户部员外郎。其诗多写民生疾苦、仕途坎坷与朝代兴亡。著有《桃花扇》《湖海集》。

评析

诗人泊舟天津,作此诗。前两句描写了天津河网纵横、傍海拥山的自然形胜,景象壮阔;后两句刻画了天津舟楫往来、商贾云集的市井场面,场面热闹。

新柳八首·隋堤[1]

清 | 邹德臣

剪彩才完绿尚柔[2],一丝丝解系龙舟[3]。

归帆百幅销金暗[4],殿脚三千翠黛羞[5]。

领袖烟花迷大业[6],唤回歌吹入扬州[7]。

而今寂寞寒鸦色[8],不到吹绵已自愁[9]。

注:

[1] 隋堤:隋炀帝大业元年(605),开凿通济渠,自洛阳西苑引谷水、洛水达于黄河,自板渚引黄河入汴水,经泗水达淮河,谓之"御河"。河畔筑御道,种植杨柳,名为"隋堤"。
[2] 剪彩:相传冬季宫中树木皆凋,隋炀帝命人剪采为花叶,缀于枝条之上,色褪则换,使得宫中常如阳春。
[3] 龙舟:史载隋炀帝南幸江都,造龙舟凤舸,黄龙赤舰,楼船篾舫。
[4] 归帆:指回返的船只。销金:嵌金色线。
[5] 殿脚:殿脚女,隋炀帝巡游江都时为其牵挽龙舟的女子。翠黛:画眉用的青黑色螺黛。
[6] 大业:隋炀帝杨广年号,公元605至617年。
[7] 歌吹:歌唱吹奏。
[8] 寒鸦:寒天的乌鸦。
[9] 吹绵:柳絮飘飞。

作者简介

邹德臣,生卒年不详,字孝扬,号竹斋,江苏无锡人,岁贡生。著有《竹斋诗稿》《四书析疑》等。

评析

这首诗以隋堤柳为咏物对象,在首联、颔联、颈联写出隋炀帝杨广在扬州淫游无度而铺张奢靡的景象,尾联点出当日繁华奢靡已成寂寞凄凉之景,批判了杨广荒淫误国的行为。全诗造语清新,气韵流畅。"领袖烟花迷大业"中"大业"一词语意双关,堪称巧妙。

满江红·渡扬子

清 | 沈岸登

铁瓮城开❶，记三国、孙郎曾霸❷。

依旧见、清江几点，翠峰如画❸。

尽日盘涡轻燕掠❹，有时过雨垂虹跨。

看微茫、葭菼划晴沙❺，风吹亚❻。

波万顷，惊涛泻。舟两桨，中流打。

渐危矶路转，妙高台下❼。

隐隐树从京口断❽，纤纤月上瓜洲乍❾。

爱夜深、灯火近扬州，征帆卸。

注：

❶ 铁瓮城：镇江北固山前的一座古城，为三国时孙权所筑。以铁瓮比喻城之坚固。
❷ 孙郎：指吴大帝孙权。
❸ 翠峰：绿色的山峰。
❹ 盘涡：水旋流形成的深涡。
❺ 菼（tǎn）：初生的荻。晴沙：阳光照耀下的沙滩。
❻ 亚：通"压"，低垂之貌。
❼ 妙高台：又称晒经台，在镇江金山。东西南三面均是峭壁，云雾四合，如置身仙境。
❽ 京口：镇江的别称。
❾ 瓜洲：位于扬州城南古运河入江口处，与镇江隔江相望。原为长江中之沙洲，因形如瓜而得名。为历代长江南北水运交通要冲。乍：刚刚，起初。这里是说乍见纤月。

> 作者简介

　　沈岸登（1650—1702），字覃九，号南淳，又号惰耕村叟，浙江平湖（今嘉兴）人。与龚翔麟、朱彝尊等并称"浙西六家"。著有《黑蝶斋诗词钞》。

> 评析

　　此词写夜渡扬子江所见之景，铁瓮城、妙高台等建筑与山水、芦荻交融在一起，以清新之景表达出作者的行旅闲适之意以及安抵目的地的欣喜之情。

京口和韬荒兄❶

清 | 查慎行

江树江云睥睨斜❷,戍楼吹角又吹笳❸。

舳舻转粟三千里❹,灯火沿流一万家。

北府山川余霸气❺,南徐风土杂惊沙❻。

伤心蔓草斜阳岸,独对遥天数落鸦。

注:
❶ 京口:镇江的别称。韬荒:查容(1636—1685),字韬荒,号渐江,浙江海宁人。
❷ 睥睨:斜视。
❸ 戍楼:边防驻军的瞭望楼。
❹ 舳舻:舳,船尾;舻,船头。泛指船只。
❺ 北府:东晋时京口的别称。
❻ 南徐:古代州名。东晋侨置徐州于京口城,南朝宋改称南徐,即今江苏省镇江市。

作者简介

查慎行(1650—1727),初名嗣琏,字夏重,号查田,后改名慎行,字悔余,号他山,晚年居于初白庵,故又称查初白。浙江海宁(今海宁)人,康熙四十二年(1703)以举人赐进士出身,授翰林院编修。论诗以"空灵"创新为尚,宗法苏轼、陆游,著有《敬业堂集》《苏诗补注》等。

评析

此诗首联写镇江地势之雄峻,颔联写镇江之富庶,颈联写镇江历史之悠久,最后写出自己的郁闷寥落之情。全诗布局井然,结构严整。

看运河建坝处

清 | 爱新觉罗·玄烨

十月风霜幸潞河❶,隔林疏叶尽寒柯❷。

岸边土薄难容水,堤外沙沉易涨波。

春末浅夫忙用力❸,秋深霖雨失时禾。

往来踟蹰临渊叹❹,何惜分流建坝多。

注:

❶ 幸:古代帝王到达某地,称"幸""巡幸"。潞河:北运河,海河的支流之一,在今北京市东南部,通县以南至天津市,为南北大运河的起始段。
❷ 寒柯:指冬天树木或树干。
❸ 浅夫:疏浚沟渠、打捞沉船的夫役。
❹ 踟蹰:徘徊不前的样子。

作者简介

爱新觉罗·玄烨(1654—1722),清朝第四位皇帝,定都北京之后的第二位皇帝,年号康熙,庙号圣祖。著有《康熙帝御制文集》。

评析

建坝分流,不仅是水利工程,而且攸关民生。此诗写康熙冬日巡幸潞河的所见之景,表达了作为政治家的康熙帝对水利的重视与民生的关切。

亲阅运河堤

清 | 爱新觉罗·玄烨

旧岁阴霖胜❶，忧勤亿兆难❷。

析津通鹊渚❸，形势接桑干❹。

物理常求治❺，朝堂亦自安。

运堤久未整，岸堰最宜完。

夹道黎民悦，沿河老幼欢。

云容随豹尾❻，暑气拥仙銮。

九酝贤人酒❼，三浆龙凤团❽。

匡床搜典诰❾，流水奏幽兰❿。

棹响逼前驾，渔歌进小滩。

去回四百里，舟次五云端⓫。

注：
❶ 阴霖：淫雨。
❷ 忧勤：指帝王或朝廷为国事而忧虑勤劳。亿兆：指庶民百姓。犹言众庶万民。
❸ 析津：契丹会同元年（938），辽太宗将幽州（今北京西南的广安门一带）定为"幽都府"，辽开泰元年（1012），改南京幽都府为燕京析津府。鹊渚：指济南西北郊鹊山附近的水面。
❹ 桑干：河名，今永定河之上游。相传每年桑葚成熟时河水干涸，故名。
❺ 物理：事物的道理、规律。
❻ 豹尾：天子属车上的饰物，悬于最后一车，后亦用于天子卤簿仪仗。

❼ 九酝：一种经过重酿的美酒。贤人酒：指浊酒。鱼豢《魏略》："太祖时禁酒，而人窃饮之，故难言酒，以白酒为贤人，清酒为圣人。"
❽ 龙凤团：龙凤团茶。
❾ 匡床：安适的床。一说方正的床。典诰：《尚书》中的文体，此处泛指经书典籍。
❿ 幽兰：《幽兰操》，古琴曲名。
⓫ 五云：五色瑞云。此指皇帝驻在之地。

【评析】

此诗写巡阅堤坝所见之景。运河堤坝关乎民生和朝堂稳定，因此康熙帝非常重视水利建设。这首词即表现出康熙帝对水利的重视，以及百姓对康熙帝的赞颂爱戴之情。

浣溪沙·红桥怀古和王阮亭韵❶

清 | 纳兰性德

无恙年年汴水流❷。一声水调短亭秋❸。旧时明月照扬州。

曾是长堤牵锦缆❹,绿杨清瘦至今愁。玉钩斜路近迷楼❺。

注:

❶ 红桥:明崇祯时建,为扬州游览胜地之一。在江苏扬州北门外。王阮亭:王士禛(1634—1711),字子真,号阮亭,又号渔洋山人,山东新城(今山东桓台县)人,清代著名诗人、词人,提出"神韵说",与朱彝尊并称"南朱北王"。

❷ 汴水:隋炀帝大业元年(605),开凿通济渠,自黄河至淮河的一段,因流经汴州(今开封)而称汴水。宋时亦称汴河、汴渠。全长650公里。自河南荥阳的板渚出黄河,至江苏盱眙入淮河。

❸ 水调:隋炀帝巡幸江都时所制,声韵怨切。乐工王令言听后说:"此曲只有去声而无回韵,皇帝恐怕回不去了。"后果如其言。短亭:旧时城外大道旁,五里一短亭,十里一长亭,为行人休憩或送别之所。

❹ 长堤:隋堤,隋炀帝大业元年,开凿通济渠,自洛阳西苑引谷水、洛水达于黄河,自板渚引黄河入汴水,经泗水达淮河,谓之"御河"。河畔筑御道,种植杨柳,名为"隋堤"。锦缆:锦制的缆绳,形容极其奢侈豪华。

❺ 玉钩斜:又名官人冢、宫人斜,是隋炀帝埋葬宫女之处,在今扬州蜀冈西峰南侧高坡。此地是一片由高渐低的斜坡,傍晚时可见新月如钩,故名。迷楼:隋炀帝所建楼阁,因极为精巧,人误入,终日不能出,隋炀帝对左右说,即便神仙到此,也当自迷,故称"迷楼"。

【作者简介】

纳兰性德(1655—1685),原名成德,字容若,号楞伽山人,满洲正黄旗人,大学士明珠长子。纳兰词真挚自然,婉丽清新,善用白描,多写个人命运的幽怨和悼亡之情,笔调哀郁凄婉。著有《通志堂集》《侧帽集》《饮水词》等。

【评析】

此词为作者和王士禛之作。上阕写景,下阕言情,江上景物依旧,与眼下人事全非,正好形成鲜明的对照,充满艺术的张力。

七娘子❶·送人之扬州

清 | 王 策

平山堂俯邗沟水❷。送轻帆、直过红桥里❸。

此地年来,尽多妖丽❹。不须更上迷楼址❺。

玉箫明月真何意。引东都❻、天子扬州死❼。

莫爱停船,长江清泚❽。夜深应有蛟龙起。

注:

❶ 七娘子:词牌名。
❷ 平山堂:位于扬州市西北郊蜀冈中峰大明寺内。始建于宋仁宗庆历八年(1048),当时任扬州知府的欧阳修,极赏这里的清幽古朴,于此筑堂。坐此堂上,江南诸山,历历在目,似与堂平,平山堂因而得名。邗沟:又名渠水、韩江、中渎水。公元前486年,吴王夫差为北上伐齐争霸中原,从邗城下挖沟,引长江水入淮河,为中国大运河最早开挖的河段,为后来京杭大运河的开凿奠定了基础。
❸ 红桥:明崇祯时建,为扬州游览胜地之一。在江苏扬州北门外。
❹ 妖丽:艳丽繁华。
❺ 迷楼:在隋江都郡城西,今扬州市观音山上。设计精巧,人误入,终日不能出。隋炀帝对左右说,即便神仙到此,也当自迷,故称"迷楼"。
❻ 东都:洛阳。
❼ 天子:指隋炀帝杨广。
❽ 清泚(cǐ):清澈。

作者简介

王策,生卒年不详,字汉舒,号香雪,太仓(今属江苏苏州)人。诸生。词多"鬼气",著有《香雪词钞》。

评析

这是一首送别词,因友人所去之地为扬州,因此词人联想起隋炀帝在扬州的荒淫。词中批判了隋炀帝的荒淫误国,也写出了扬州的繁华艳丽。

隋堤曲[1]

清 | 杜诏

隋堤一带官河口[2],不种桑麻种杨柳。

锦帆帝子数巡游[3],厌住东京乐奔走[4]。

将兵西域再征辽,呼韩稽颡诸蕃朝[5]。

江都宫监伺颜色[6],翡翠玻璃恣雕饰。

水晶殿揭珠帘开,香风吹送飞仙来。

凭肩笑语能几回,梦游恍惚吴公台[7]。

吴公台下雷塘路[8],野土茫茫乱烟树。

伤心为吊玉钩斜[9],柳色黄昏不知处。

注:

[1] 隋堤:隋炀帝大业元年(605),开凿通济渠,自洛阳西苑引谷水、洛水达于黄河,自板渚引黄河入汴水,经泗水达淮河,谓之"御河"。河畔筑御道,种植杨柳,名为"隋堤"。
[2] 官河:运河。
[3] 锦帆:隋炀帝南下之船。
[4] 东京:东都洛阳。
[5] 呼韩:汉时匈奴单于呼韩邪的省称。古代亦借指我国北方和西北地区少数民族的首领。稽颡(sǎng):古代一种跪拜礼,屈膝下拜,以额触地,表示极度的虔诚。诸蕃:指边疆各少数民族。
[6] 江都宫:隋炀帝在扬州的行宫。
[7] 吴公台:古台名,在今扬州城西北蜀冈西峰北侧高坡。陈朝将军吴明彻在此筑高台,遂被称为"吴公台"。据说隋炀帝南下扬州时,常在此处徘徊,死后葬此台下。

❽ 雷塘：在今扬州北郊十五里。汉代称雷陂，为王室苑囿。隋炀帝死后葬于吴公台下。武德五年（622）改葬于雷塘北岸。
❾ 玉钩斜：又名官人冢、宫人斜，是隋炀帝埋葬宫女之处，在今扬州蜀冈西峰南侧高坡。此地是一片由高渐低的斜坡，傍晚时可见新月如钩，故名。

[作者简介]

杜诏（1666—1736），字紫纶，号云川，又称丰楼先生，江苏无锡人。康熙四十四年（1705）南巡献诗，特命供职内廷。与高僧结九龙三逸社。著有《云川阁诗集》《浣花词》《蓉湖渔笛谱》等，与杜庭珠合编《唐诗叩弹集》。

[评析]

此词写隋炀帝在扬州游玩时的奢靡铺张，批判了隋炀帝只顾个人享受而罔顾国家大事的行为，通过盛衰对比的手法，烘托出了苍茫的怀古之思。

河堤新柳

清 | 贾国维

官堤杨柳逢时发❶,半是黄匀半绿遮。

弱干未堪春系马❷,丛条且喜暮藏鸦❸。

鱼罾渡口沾微雨❹,茅屋溪门衬晚霞。

最是鸾旗萦绕处❺,深林摇曳有人家。

注:
❶ 官堤:运河上官方修筑的堤坝。
❷ 弱干:柳树柔弱的枝干。
❸ 丛条:聚成一丛一丛的柳条。
❹ 鱼罾(zēng):渔网。
❺ 鸾旗:天子仪仗中的旗帜,上面绣有鸾鸟。

作者简介

贾国维(1671—1743),字奠坤,一字千仞,号毅安,江苏高邮人。康熙四十五年(1706),殿试中探花。曾官翰林院编修,内廷供奉,上书房行走。参与编《佩文韵府》《康熙字典》,著《毅庵诗钞》等。

评析

康熙四十二年,康熙帝第四次南巡,途径高邮。贾国维献《万寿无疆诗》《黄淮永奠赋》,契合帝意,被召至沙船,试以《河堤新柳》七律一首。此诗即当时应试之作,风格清丽典雅。首联"逢时发"三字,暗含颂圣与自荐之意。

舟行鱼台，如故乡风景，同倪稼咸、吴恂士赋[1]

清｜沈德潜

荻萧两岸景凄迷，一路舟行傍大堤。

黄土墙边春店酒，绿树村里午时鸡。

篷窗点笔亲风雅[2]，水槛看山认鲁齐。

赖有同袍相慰藉[3]，乡心不用八行题[4]。

注：

[1] 鱼台：在今山东省济宁市，大运河从此穿城而过。倪承茂：字稼咸，号颇塘。吴县人。乾隆三年（1738）举人。著有《颇塘诗稿》。吴恂士：吴龙见（1694—1773），字恂士，武进人。著有《薛帷文钞》。
[2] 篷窗：船窗。点笔：以笔蘸墨，此处指校勘诗作。此句下原诗有注："时校勘唐宋人诗集。"
[3] 同袍：典出《诗经·秦风》，泛指朋友、同年、同僚、同学、战友等关系。
[4] 八行：古代信纸多一页八行，故以八行代指书信。

【作者简介】

沈德潜（1673—1769），字确士，号归愚，长洲（今江苏苏州）人。乾隆四年进士，授翰林院编修。仕至内阁学士兼礼部侍郎。曾受业于叶燮门下，论诗主"格调说"，提倡复古，诗风中正平和、雍容雅正。著有《沈归愚诗文全集》。

【评析】

此诗前两句描绘了鱼台水村优美的风景，后两句叙述了诗人在旅途中校勘诗集、与友人同游的乐趣，透露出优游闲适的心境。写景清丽有味。

瓜洲夜泊[1]

清｜郑板桥

苇花如雪隔楼台[2]，咫尺金山雾不开[3]。

惨淡秋灯渔舍远[4]，朦胧夜话客船偎。

风吹隐隐荒鸡唱，江动汹汹北斗回[5]。

吴楚咽喉横铁瓮[6]，数声清角五更哀[7]。

注：

[1] 瓜洲：位于扬州城南古运河入江口处，与镇江隔江相望。原为长江中之沙洲，因形如瓜而得名。晋为瓜洲村，唐宋名瓜洲镇。为历代长江南北水运交通要冲。
[2] 苇花：秋天芦苇盛开的花，颜色白如雪。
[3] 金山：山名，在江苏省镇江市西北长江边。
[4] 惨淡：暗淡。
[5] 北斗回：指天将破晓。
[6] 吴楚咽喉：镇江横扼吴楚咽喉。铁瓮：指铁瓮城，镇江北固山前的一座古城，为三国时孙权所筑。以铁瓮比喻城之坚固。
[7] 清角：清冷的号角声。

作者简介

郑板桥（1693—1766），名燮，字克柔，号理庵，又号板桥，人称板桥先生，江苏兴化（今属泰州）人。乾隆元年（1736）进士。官山东范县、潍县县令。"扬州八怪"之一，著有《郑板桥集》。

评析

此诗写诗人夜泊瓜洲江上的所见所闻。苇花如雪，雾气弥漫，渔火闪烁，邻船夜话。诗人心事浩淼，难以入眠，长夜将尽，天近拂晓。五更时分，长江对岸传来几声凄厉的号角声，油然而生苍凉之感。

瘦西湖❶

清 | 汪沆

垂杨不断接残芜❷,

雁齿红桥俨画图❸。

也是销金一锅子❹,

故应唤作瘦西湖。

注:

❶瘦西湖:位于江苏省扬州市西北郊,由隋、唐、五代、宋、元、明、清等不同时代的城濠连缀而成的带状园林景观,并始终与大运河保持着水源相通的互动关系。
❷垂杨:垂柳。古诗文中杨柳常通用。
❸雁齿:比喻桥的台阶排列整齐。红桥:明崇祯时建,为扬州游览胜地之一。在江苏扬州北门外。
❹销金:销熔金钱,形容极度靡费。《武林旧事》云:"西湖天下景,朝昏晴雨,四时总宜,杭人亦无时而不游,而春游特盛焉。日糜金钱,靡有既极。故杭谚有销金锅儿之号。"这里是说瘦西湖之繁华奢靡。

作者简介

汪沆(1704—1784),字师李,号艮同。浙江钱塘(今杭州)人。诸生。早岁能诗,与杭世骏齐名。著有《槐堂诗文集》等。

评析

扬州因大运河而兴,瘦西湖因运河而繁华。此诗赞美了扬州瘦西湖的繁华美丽,也隐含了诗人对瘦西湖奢靡的批评。

风入松·夜泊广陵城外❶

清 | 史承谦

丝丝杨柳故夭斜❷。勾引欲栖鸦❸。

春风夜火扬州路,听城头、画鼓频挝❹。

绣被焚香独自❺,银罂索酒谁家❻?

锦帆犹记到天涯❼,狼藉旧繁华❽。

迷楼丝管今何处❾,但迢迢、野草平沙❿。

惆怅二分明月⓫,当年曾照琼花⓬。

注:

❶ 广陵:扬州的旧称。
❷ 夭斜:袅娜多姿的样子。
❸ 勾引:招引,吸引。
❹ 挝(zhuā):同"抓"。挝鼓即敲鼓。
❺ 绣被:绣有彩色花纹的衾被。
❻ 银罂:银质或银饰的贮器,用以盛流质。
❼ 锦帆:史载隋炀帝乘船游江都,以锦为帆。李商隐《隋宫》诗:"玉玺不缘归日角,锦帆应是到天涯。"
❽ 狼藉:散乱,遗弃在地。
❾ 迷楼:在隋江都郡城西,今扬州市观音山上。设计精巧,人误入,终日不能出。隋炀帝对左右说,即便神仙到此,也当自迷,故称"迷楼"。
❿ 平沙:广阔的沙原。
⓫ 二分明月:出自徐凝《忆扬州》:"天下三分明月夜,二分无赖是扬州。"
⓬ 琼花:扬州名花。叶柔而莹泽,花色微黄而有香。相传隋炀帝开凿运河即为观赏扬州琼花。

[作者简介]

　　史承谦(1707—1756),字位存,号兰浦,江苏荆溪(今宜兴)人。诸生。其词多抒述盘结心底之凄凉情思,不事雕琢而藻采清丽隽秀,于阳羡前辈及"浙派"之外,独具自家风格。著有《小眠斋词》《爱闲斋笔记》《菊丛新话》。

[评析]

　　杨柳轻盈,暗示扬州之繁华妖艳;乌鸦栖息,表明广陵之衰落苍凉。隋炀帝当日巡幸江都,锦帆歌舞,琼花繁盛,而今迷楼管弦不再,唯有野草平沙。诗篇通过盛衰对比的手法写出作者的人生惆怅与历史沧桑之感。

堤上偶成

清 | 爱新觉罗·弘历

运河转漕达都京❶,

策马春风堤上行。

九里岗临御黄坝❷,

曾无长策只心惊。❸

注:

❶ 转漕:转运粮饷。古时陆运称"转",水运称"漕"。
❷ 九里岗:位于清口,在今江苏淮安市,为运河紧要之处。康熙帝巡视时曾面谕大臣:"如肖家渡、九里岗、崔家镇……一带,皆吃紧迎溜之处,甚为危险,所筑长堤与逼水坝须时加防护。"御黄坝:清口西坝,乾隆时期,为防黄河水倒灌淤塞里运河,在清口筑御黄坝。
❸ 长策:良计。

〖作者简介〗

爱新觉罗·弘历(1711—1799),清朝第六位皇帝,定都北京之后的第四位皇帝,年号乾隆,庙号高宗,著有《御制诗集》《御制文集》等。

〖评析〗

此诗作于乾隆二十七年(1762)第三次南巡期间,作者在江苏宿迁一代阅视了黄河与运河汇流处的黄河大坝,发出了何以不能根治黄河水患的喟叹。

过运河

清｜爱新觉罗·弘历

海运便而险，河运艰而平。舍便宁就艰，计画真老成❶。

疏导想前规❷，转输达帝京❸。我来度浮桥，汹涌闻波声。

岸旁柳已绿，渚畔禽争鸣。一派江乡景，谋目恰称情❹。

巨舰列河干❺，截漕罢长征❻。酌兹损益道，念彼茕独氓❼。

注：

❶ 计画：谋划。
❷ 前规：前人的规范、规矩。
❸ 帝京：帝都、京都。
❹ 称情：称心。
❺ 河干：河边、岸边。
❻ 截漕罢长征：将原来运往京城的粮食中，需要返还给各地的部分直接在就近仓口兑现，这样可以减少运输环节。
❼ 茕独氓：指无依无靠的人。茕独：孤单的样子。氓：指百姓。

评析

此诗作于乾隆十三年（1749），表达了作者对运河运输功能的赞美，也写出了作者对百姓民生的关心。

春柳十咏·隋堤❶

清 | 爱新觉罗·敦敏

御河河畔问垂杨❷,飞絮飞花尽可伤。

遗恨绿烟犹夕照,旧游金穗锁横塘❸。

龙舟南幸人安在❹,汴水东流路正长❺。

莫向春来寻故迹❻,鸦啼别苑总回肠❼。

注:

❶ 隋堤:隋炀帝大业元年(605),开凿通济渠,自洛阳西苑引谷水、洛水达于黄河,自板渚引黄河入汴水,经泗水达淮河,谓之"御河"。河畔筑御道,种植杨柳,名为"隋堤"。
❷ 御河:专供皇室用的河道。这里指运河。垂杨:垂柳。古诗文中杨柳常通用。
❸ 金穗:比喻柳丝。横塘:泛指水塘。
❹ 龙舟:史载隋炀帝南幸江都,造龙舟凤䑠,黄龙赤舰,楼船篾舫。人:这里指隋炀帝。
❺ 汴水:隋炀帝大业元年,开凿通济渠,自黄河至淮河的一段,因流经汴州(今开封)而称汴水。宋时亦称汴河、汴渠。全长650公里。自河南荥阳的板渚出黄河,至江苏盱眙入淮河。
❻ 故迹:旧迹、遗迹。
❼ 别苑:专供帝王游猎的园林。

作者简介

爱新觉罗·敦敏(1729—?),字子明,号懋斋,努尔哈赤第十二子英亲王爱新觉罗·阿济格五世孙。敦敏与弟敦诚与《红楼梦》作者曹雪芹交好。官至右翼宗学总管。著有《懋斋诗钞》。

评析

这是一首咏物诗,通过对隋堤柳的描写,引出当日隋炀帝巡游无度的情景并对此有所批判,同时也表达了作者的历史感慨。

德州浮桥

清｜姚 鼐

运河绕齐鲁，势若张大弓。隈中抱泰岳，两萧垂向东。

德州倚河壖，南北适要冲。帆樯绕其外，车马出其中。

浮桥与流水，午贯相横纵。嗟我游中原，来往如飞鸿。

弱冠一川水，屡照将成翁。大泽涌飘云，沧海起飞龙。

鼓荡漳汶气，日观交鸿濛。落叶下河堤，飞雨来淙淙。

观河吾眼在，凭槛望秋风。

注：

❶ 浮桥：在并列的船、筏、浮箱或绳索上面铺木板而造成的桥。
❷ 隈：弓箭的把中部分叫"弣"，"弣"两边弯曲处叫"隈"。
❸ 萧：弓箭的木段。
❹ 河壖（ruán）：河边地。
❺ 要冲：处在交通要道的形胜之地。
❻ 帆樯：桂帆的桅杆。
❼ 午贯：十字形交叉贯穿。
❽ 弱冠：古时以男子二十岁为成人，初加冠，因体犹未壮，故称弱冠。
❾ 漳汶：漳河与汶水。漳河，华北地区海河流域漳卫南运河水系支流。汶水，今大汶河。源出山东济南莱芜北，上游为牟汶河，在泰安大汶口与柴汶河汇集，后流入东平湖。
❿ 日观：泰山峰名，为著名的观日出之处。鸿濛：东方之野，日出之处。
⓫ 淙淙：本指流水声，这里指雨声。

作者简介

姚鼐（1732—1815），字姬传，室名惜抱轩，世称惜抱先生，安徽安庆府桐城（今桐城市）人。清代散文家，与方苞、刘大櫆并称为"桐城派三祖"。乾隆二十八年（1763）进士。乾隆三十八年（1773）入四库全书馆充纂修官。著有《惜抱轩诗文集》，编有《古文辞类纂》。

评析

此诗气韵雄浑，写出了德州处于运河南北要冲的重要地位，将流经齐鲁大地的运河比喻为一张大弓，新奇而贴切。而在描写运河的繁忙景象中，又流露出年华逝去的伤感，寄寓了个人的感喟。

韩庄闸❶（其一）

清 | 翁方纲

秋浸空明月一湾，

数椽茅店枕江关。

微山湖水如磨镜❷，

照出江南江北山。

注：

❶ 韩庄闸：位于山东省峄县，地处微山湖东侧、大运河北岸。明清两代曾在此建闸通湖，引湖济运。乾隆三十年（1765），乾隆皇帝曾巡幸至此，并作有《韩庄闸》诗。
❷ 磨镜：古人使用的铜镜，须时常磨光，方能照影。

作者简介

翁方纲（1733—1818），字正三，号覃溪，晚号苏斋，大兴（今北京市大兴区）人。乾隆十七年进士，选庶吉士，授编修。历督广东、江西、山东学政，官至内阁学士。工书法，擅长考据之学。论诗提倡"肌理说"，其诗好以学问为根柢，肌理细腻，骨骼峻峭。著有《复初斋文集》《复初斋诗集》《石洲诗话》。

评析

此诗如同一幅绝佳的月下山水图画，描绘出了韩庄闸宁静空明的夜景。结尾两句将湖水比作镜子，再借这面"镜子"照出江南江北的群山，构思巧妙，独具匠心。

临江仙·夜泊瓜洲[1]

清 | 吴锡麒

月黑星移灯屡闪[2],依稀打过初更[3]。

清游如此太多情。豆花凉帖地[4],知雨咽虫声。

渐逼疏蓬风淅淅[5],几家茅屋都扃[6]。

茨菇荷叶认零星[7]。不知潮欲落,渔梦悄然生[8]。

注:

[1] 瓜洲:位于扬州城南古运河入江口处,与镇江隔江相望。原为长江中之沙洲,因形如瓜而得名。晋为瓜洲村,唐宋名瓜洲镇。为历代长江南北水运交通要冲。
[2] 星移:星斗变动位置,指季节或时间的变化。
[3] 初更:旧时每夜分为五个更次,晚七时至九时为初更。
[4] 豆花:指豆类植物开的花。
[5] 淅淅:象声词,形容风雨声。
[6] 扃(jiōng):上闩,关门。
[7] 茨菇:泽泻科多年生沼泽草本,原产我国东南部,江南一带常食用。
[8] 悄然:寂静的样子。

作者简介

吴锡麒(1746—1818),字圣征,号谷人,浙江钱塘(今杭州)人。乾隆四十年(1775)进士。能诗,尤工倚声,诗笔清淡秀丽,古体有时藻采丰赡。在浙派诗人中,能继朱彝尊、杭世骏、厉鹗之后,自成一家。著有《有正味斋集》。

评析

此词首两句点明时刻,通过贴地的豆花、雨咽虫声、茨菇、荷叶等景物的描绘,营造出一片清新朦胧的夜景。"渔梦"既可以说是四周安静而欲眠,也可解释成作者有遁世之想。"豆花凉帖地,知雨咽虫声"一句中,"凉"与"咽"二字极为贴切生动。

扬州怀古和倚吟[1]

清 | 金衍宗

形胜江淮控此方[2],芜城一赋容心伤[3]。

滥觞自是来岷峤[4],重甗缘何号蜀冈[5]。

忽报琼花江国艳[6],遂通红粟汴河长[7]。

牙樯锦缆烟消尽[8],赢得雷塘作北邙[9]。

注:

[1] 倚吟:王桢,字倚吟,号狮岩,浙江秀水(今嘉兴)人。嘉庆九年举人,官宁朔知县。著有《絜华楼诗稿》。
[2] 形胜:地理位置优越,地势险要。
[3] 芜城一赋:南朝刘宋文学家鲍照作有《芜城赋》。
[4] 滥觞:江河发源之处。岷峤:岷山,长江发源处。此句写扬州南临长江。
[5] 甗(yǎn):古代蒸食用具。重甗即垒起来的两甗,这里用来比喻蜀岗的形势。蜀冈:在扬州城西北四里,绵亘四十余里,上面有蜀井,相传地脉与蜀相通。
[6] 琼花:扬州名花。叶柔而莹泽,花色微黄而有香。相传隋炀帝开凿运河即为观赏扬州琼花。
[7] 红粟:典出左思《吴都赋》,原指海陵(今泰州)仓库中所储存的红粟,这里指丰足的粮食。汴河:隋炀帝大业元年(605),开凿通济渠,自黄河至淮河的一段,因流经汴州(今开封)而称汴水。宋时亦称汴河、汴渠。全长650公里。自河南荥阳的板渚出黄河,至江苏盱眙入淮河。
[8] 牙樯:象牙装饰的樯杆。一说樯杆顶端尖锐如牙,故名。后为樯杆的美称。锦缆:锦制的缆绳,形容极其奢侈豪华。杜甫《秋兴》:"珠帘绣柱围黄鹄,锦缆牙樯起白鸥。"
[9] 雷塘:在今扬州北郊十五里。汉代称雷陂,为王室苑囿。隋炀帝死后葬于吴公台下。武德五年(622)改葬于雷塘北岸。北邙:北邙山,位于洛阳市北,东汉、魏、晋、北朝的王侯公卿多葬于此。

作者简介

金衍宗（1771—1860），字维汉，号岱峰，浙江秀水（今嘉兴）人。嘉庆五年（1800）举人。官温州府教授。诗沉着清老，气格高爽，雅近中唐。著有《思贻堂文稿》《思贻堂诗稿》《思贻堂词》等。

评析

这是一首咏史怀古诗。前四句写扬州的险要地势，后四句写扬州的历史事件。隋炀帝为了观赏扬州琼花而不惜民力开凿运河，在扬州荒淫无度，终于落个身死国亡的下场。诗作批判了隋炀帝荒淫误国的行为，"赢得雷塘作北邙"一句，感慨颇深。

十二郎·秋水时至,泛舟通惠河即事[1]

清 | 叶绍本

百川灌海[2],浪蹴踏[3]、绛河欲泻[4]。

看急溜喷银,回澜漱玉[5],淼淼素波天罅[6]。

两岸苹花香全浸,又涨到、青枫根下。

羡浴鹭争飞,眠鸥无数,傲人闲暇。

潇洒。恰如身在,江亭烟榭。

乍桂楫轻移[7],兰桡徐动[8],风景依稀图画。

柳外鱼罾[9],苇间蟹簖[10],不羡馀不溪也[11]。

听欸乃[12]、声遏行云万里,东吴帆卸。

注:

[1] 十二郎:词牌名。通惠河,源自北京北郊昌平境内,经昆明湖向东南穿过北京城区,东出至通州,入北运河,全长82公里。
[2] 百川灌海:形容水势浩大。《庄子·秋水》:"秋水时至,百川灌河。"
[3] 蹴踏:踩踏。
[4] 绛河:银河。古代观天象者以北极为基准,天河在北极之南,南方属火,尚赤,因借南方之色称之。
[5] 回澜:回旋的波涛。漱玉:谓泉流漱石,声若击玉。
[6] 罅(xià):裂缝,缝隙。
[7] 乍:起初,刚刚。桂楫:指桂木船桨,亦泛指桨。
[8] 兰桡:小舟的美称。

❾ 鱼罾（zēng）：渔网。
❿ 蟹籪（duàn）：捕蟹之具，状如竹帘，横置河道之中以断蟹的通路，故名。
⓫ 馀不溪：在今浙江德清县，以溪水清澈著称。
⓬ 欸（ǎi）乃：拟声词，行船摇桨或摇橹的声音。

[作者简介]

叶绍本，生卒年不详，字仁甫，号筠潭，浙江归安（今湖州）人。清嘉庆六年（1801）进士，选庶吉士，散馆授翰林院编修，官至山西布政使。著有《白鹤山房诗钞》等。

[评析]

此词写秋天通惠河涨水时作者泛舟河上的所见之景。面对水流如玉如银、苹花香浸、鸥鹭纷飞的如画景象，作者体会到了轻松和闲适，甚至产生了遁世出尘之想。

扬州慢·维扬晚泊[1]

清 | 周之琦

白纻人归[2]，玉箫声换，短篷谁按红牙[3]。

渐邗沟月影[4]，又透入窗纱。

听一杵、清钟唤梦，鬓丝禅榻[5]，休问烟花。

正羁愁、撩乱可堪，尊酒消他[6]。

锦帆在否[7]，算垂杨[8]、曾见繁华。

叹画鹢春波[9]，流萤故苑[10]，何处人家。

殿脚翠螺抛尽[11]，西风外、冷落宫斜。

话兴亡遗事，伤心空付栖鸦。

注：

[1] 扬州慢：词牌名。维扬：扬州的别称。《尚书·禹贡》："淮海惟扬州。"
[2] 白纻：白衣，古代士人未得功名时所穿的衣服。
[3] 短篷：小船。红牙：乐器名。檀木制的拍板，用以调节乐曲的节拍。
[4] 邗沟：又名渠水、韩江、中渎水。公元前486年，吴王夫差为北上伐齐争霸中原，从邗城下挖沟，引长江水入淮河，为中国大运河最早开挖的河段，为后来京杭大运河的开凿奠定了基础。
[5] 鬓丝：鬓边。禅榻：禅床。杜牧《题禅院》诗："今日鬓丝禅榻畔，茶烟轻扬落花风。"
[6] 尊酒：犹言杯酒。
[7] 锦帆：史载隋炀帝乘船游江都，以锦为帆。李商隐《隋宫》诗："玉玺不缘归日角，锦帆应是到天涯。"
[8] 垂杨：垂柳。古诗文中杨柳常通用。

❾ 画鹢（yì）：船头画有鹢鸟的船。
❿ 流萤故苑：萤苑，在今江苏扬州市北，隋炀帝放萤火虫处。
⓫ 殿脚：殿脚女，隋炀帝巡游江都时为其牵挽龙舟的女子。翠螺：妇女的发髻。

[作者简介]

周之琦（1782—1862），字稚圭，号耕樵。河南祥符（今开封）人。嘉庆十三年（1808）进士。授编修。官至刑部侍郎。其词浑融深厚，语语藏锋，兼哀婉、雄健之胜。著有《心日斋词》。

[评析]

此词为诗人夜泊扬州之作。上片写自己年华老去的惆怅之情，下片写隋炀帝当日在扬州游乐时的盛大光景都成为泡影。怀古伤今，传达出吊古之情、迟暮之思。

春晚送客

清 | 龚自珍

潞水滔滔南向流❶,

家书重叠附征邮❷。

行人临发长亭晚❸,

更折梨花照暮愁。

注:

❶ 潞水:潞河,即北运河,海河的支流之一,在今北京市东南部,通县以南至天津市,为南北大运河的起始段。滔滔:大水奔流的样子。
❷ 征邮:古代设置邮亭以传递文书。这里是说托朋友向家里带信。
❸ 长亭:古时于道路每隔十里设长亭,故亦称"十里长亭",供行旅停息。近城者常为送别之处。

作者简介

龚自珍(1792—1841),字瑟人,号定盦,浙江临安(今杭州)人。历任内阁中书、宗人府主事和礼部主事等官职。主张革除弊政,抵制外国侵略。他的诗文主张"更法""改图",揭露清统治者的腐朽,洋溢着爱国热情,被柳亚子誉为"三百年来第一流"。著有《定盦文集》。

评析

诗人见潞水滔滔南流,而自己身在北方,却无法像潞水一样奔流向南,因此托友人给家人带信,表达了作者的羁旅之愁以及对故乡的怀念之情。"更折梨花照暮愁",以梨花为自身写照,极有情致。

己亥杂诗（其八十三）

清 | 龚自珍

只筹一缆十夫多❶，

细算千艘渡此河。

我亦曾糜太仓粟❷，

夜闻邪许泪滂沱。❸

（五月十二日抵淮浦作）❹

注：

❶ 筹：计算的竹牌，这里作动词用，计算的意思。缆：系船用的粗绳。一条船拉纤过闸时，要用一条巨缆，一缆即一条船。十夫：十个纤夫。
❷ 糜：浪费。太仓：古代京师储谷的大仓。
❸ 邪许（yé hǔ）：拉纤时出力吆喝的号子声。
❹ 淮浦：旧称清江浦，在今淮安市，扼苏北大运河中点。

> 评析

　　诗人途径淮浦，看到运河北上的粮船，听到纤夫拉纤沉重的号子，想到自己也吃过这些漕米，不禁泪雨滂沱。此诗感情真挚，尤其独特难得的是从官员角度进行自省，表达了对劳动人民艰难生活的深切同情。

赠太仓水手陈阿三❶

清│魏　源

年百二十岁矣。短身绿瞳，自言雍正末年十六岁，即充粮船水手。其时帮费，每船银五两，即今之漕赠五银也。

百廿年前旧掌篙❷，

自言身阅四朝漕❸。

只今一舸千金费，

当日堪酬四百艘❹。

注：

❶ 太仓水手：为京城粮仓运粮的船工。
❷ 掌篙：撑船。
❸ 身阅：亲身经历。四朝：指清代雍正、乾隆、嘉庆、道光四朝。漕：漕运。
❹ 艘：大船。"只今"二句下原诗有注："国初，银价每两千钱，以今日漕费计之，则四百倍矣。"

作者简介

魏源（1794—1857），字默深，号良图，湖南邵阳人。道光二十四年（1844）进士。官高邮知州。与龚自珍齐名，世称"龚魏"。其诗与顾炎武相近，风格雄浑奔轶，坚苍道劲，且内容多裨益经济，关系运会。著有《古微堂集》《海国图志》。

评析

诗人曾在《钱漕更弊议》中批判地方横加漕费的现象，并在《道光丙戌海运记》中主张将南漕河运、官运的方式改为海运和商运。此作就是在这样的历史背景下写成的。全诗巧妙地通过一名船工的叙述，揭露了当时通货膨胀严重、漕费消耗巨大等社会经济问题，折射出清王朝由盛转衰的历史过程，以小见大，构思巧妙，立意深刻。

扬州四首（其一）

清｜牛焘

炀帝行宫遍水涯❶，

秋风惨淡玉勾斜❷。

三千殿脚齐推挽❸，

不听垂杨叫暮鸦❹。

注：

❶ 炀帝：隋炀帝杨广。水涯：水边。
❷ 玉勾斜：玉钩斜。又名官人冢、宫人斜，是隋炀帝埋葬宫女之处，在今扬州蜀冈西峰南侧高坡。此地是一片由高渐低的斜坡，傍晚时可见新月如钩，故名。
❸ 殿脚：殿脚女，隋炀帝巡游江都时为其牵挽龙舟的女子。
❹ 垂杨：垂柳。古诗文中杨柳常通用。此句化用李商隐《隋宫》"终古垂杨有暮鸦"。

作者简介

牛焘（1795—1860），字涵万，号笠午，丽江人。历任罗平、镇源、邓川等州县儒学教职。咸、同之乱，避乱山洞中，抱琴而死。著有《寄秋轩稿》。

评析

这是一首咏史怀古诗，全诗四句而有两重对比联系，一是以遍布水边的行宫与秋风惨淡的玉钩斜对比，二是以三千殿脚女与垂杨暮鸦联系，在繁华与萧瑟的鲜明对比中感慨今昔，批判了隋炀帝在扬州的游乐无度，深寓荒淫亡国的历史教训。

金缕曲·送纫兰妹往大梁[1]

清 | 顾太清

三载交情重。竟难留、买舟南去,北风初动。行李萧萧天气冷,落叶黄花相送。正河水、冰澌将冻[2]。满载异书千万卷[3],有斯冰[4]、小印随妆笼。千里路,全家共。

年来送客愁相踵[5]。要相逢、都门汴水[6],与君同梦。此后平安书屡寄,慰我愁怀种种。洒清泪、离觞互捧。聚散本来无定数,古阳关[7]、不忍当筵弄。金缕曲,为君诵。

注:

[1] 纫兰:指李纫兰,字诵冰,钱仪吉子钱之万妻,浙江嘉兴人。大梁:战国魏都,在今河南开封市西北。隋唐以后,统称今开封市的大梁。
[2] 冰澌:解冻时流动的冰。
[3] 异书:珍贵或罕见的书籍。
[4] 斯冰:秦代李斯、唐代李阳冰的并称。二人皆以篆书名世。
[5] 相踵:相继。
[6] 汴水:隋炀帝大业元年(605),开凿通济渠,自黄河至淮河的一段,因流经汴州(今开封)而称汴水。宋时亦称汴河、汴渠。全长650公里。自河南荥阳的板渚出黄河,至江苏盱眙入淮河。
[7] 古阳关:古曲《阳关三叠》的省称,亦泛指离别时唱的歌曲。

作者简介

顾太清（1799—1877），名春，字梅仙，号太清。原姓西林觉罗氏，满洲镶蓝旗人。贝勒奕绘侧福晋。清代著名女词人，著有《天游阁集》，共存千首诗词。

评析

道光十七年（1837）李纫兰随家人离京前往大梁，词人想象自己身在北京却依旧能与身在"汴水"的闺中友人同梦，表达了女词人的依依不舍之情。全词明白如话，情出肺腑，可谓是"为情造文"之作。

探芳讯·瓜洲夜渡[1]

清 | 蒋春霖

大江暮。渐远寺沉钟,津亭换鼓[2]。趁荒荒残月[3],斜帆夜深渡。瞢腾梦在寒潮里[4],浪齧船唇语[5]。信西风、棹入菰芦[6],缆维霜树。

回首竹西路[7]。剩鸦宿孤村,雁惊遥戍。星火微茫,晓色乱瓜步[8]。数声渔笛吹秋起,往事空烟浦[9]。正无聊,篷背潇潇细雨。

注:

[1] 瓜洲:位于扬州城南古运河入江口处,与镇江隔江相望。原为长江中之沙洲,因形如瓜而得名。晋为瓜洲村,唐宋名瓜洲镇。为历代长江南北水运交通要冲。
[2] 津亭:古代建于渡口旁的亭子。鼓:古代计时单位。夜间有"五更"之时,亦称"五鼓",每至换更之时则击鼓报时,故称"换鼓"。
[3] 荒荒:暗淡之色。
[4] 瞢(měng)腾:形容恍恍惚惚,神志不清。
[5] 齧(niè):咬,此处意指拍打。浪拍打着船只,发出声响,如同说话一般,故说"浪齧船唇语"。船唇:船边。
[6] 棹:船桨,此处为动词,指用船桨划动。菰芦:菰和芦苇。
[7] 竹西路:扬州城东禅智寺旁有竹西亭,是著名风景区。唐杜牧《题扬州禅智寺》:"谁知竹西路,歌吹是扬州。"遂以竹西代指扬州。
[8] 瓜步:山名,在江苏六合东南二十五里。水际谓之步,古时此山南临大江,又相传吴人卖瓜于江畔,因以为名。
[9] 烟浦:云雾迷漫的水滨。

> 作者简介

蒋春霖（1818—1868），字鹿潭，江阴（今属无锡）人，后居扬州。谭献评价蒋春霖在清词史上与纳兰性德、项鸿祚鼎足而三。其词宗尚张炎、姜夔，主要表现晚清动乱中士子的漂泊离乱情怀。著有《水云楼词》。

> 评析

词的上片交代词人夜渡的具体时间与相关景物，西风残月、菰芦生凉，营造出萧瑟之意境。下片写渡过瓜洲后的回望之景，鸦宿孤村、雁惊遥戍、星火微茫都烘托出秋日的凄清寥落，借此衬托出诗人孤独落寞的羁旅情怀与无聊情绪。

邗沟[1]

清 | 陈 锦

鸿沟千里碧潺潺[2],一面潢池巨浸环[3]。

河水连天何必海,沙堤如阜别无山。

涨添淮雨来偏速,并作江潮去不还。

薄暮西风吹更紧,浪花高泼马篷湾[4]。

注:

[1] 邗沟:又名渠水、韩江、中渎水。公元前486年,吴王夫差为北上伐齐争霸中原,从邗城下挖沟,引长江水入淮河,为中国大运河最早开挖的河段,为后来京杭大运河的开凿奠定了基础。
[2] 鸿沟:大沟,这里指邗沟。潺潺:水流的样子。
[3] 潢池:池塘。巨浸:大水,指大河流。
[4] 马篷湾:又名马棚湾,位处淮扬运河高邮、宝应交界拐弯处。传说秦代于此设置驿站,有棚拴马,故名。

【作者简介】

陈锦(1821—?),字昏卿,号补勤,山阴(今浙江绍兴)人。清道光二十九年(1849)举人,官至山东盐运使候补道。著有《橘荫轩全集》。

【评析】

此诗首联写邗沟之长之广,颔联写邗沟有如海之势、如山之堤,颈联写雨水落入邗沟,化作潮水流向大江,形象地描述了邗沟连通淮水与长江水系的功能,尾联写风吹邗沟河水,在马篷湾激起高高的浪花,体现出诗人对邗沟水流观察的细致。

马陵道中❶

清｜陈 倬

运河水浅碍舟行，辘辘征车走一程❷。

人语冲寒过小市❸，马蹄和雪踏新晴。

沙飞旷野天无色，风撼危崖树有声❹。

遥指帆樯出京口❺，金焦山色隔江迎❻。

注：

❶ 马陵：马陵山，位于郯城县境东部，地跨山东临沭、山东郯城、江苏新沂三县。
❷ 辘辘：象声词，形容车行声。
❸ 冲寒：冒着寒冷。
❹ 危崖：高峻的悬崖。
❺ 帆樯：挂帆的桅杆。京口：镇江的别称。
❻ 金焦：金山与焦山，都在镇江。

作者简介

陈倬（1825—1861），字培之。江苏吴县（今苏州）人。咸丰十年（1860）进士，官至户部郎中。著有《隐蛛庵诗集》《隐蛛庵文集》等。

评析

此诗写诗人在马陵道中舟、马交替赶路的行程体验。因为运河水浅，故而弃舟乘马。虽然天气寒冷，马蹄踏雪，诗人依旧感受到新晴后的清新爽朗。而后又弃马乘船，沙飞旷野、风撼危崖即是舟行所见之景。想象不久即将到达京口，金山焦山也仿佛隔江相迎，诗人心中涌起欣悦之情。

菩萨蛮八首（其六）

清 | 余一鳌

琵琶隔舫瓜洲月❶，月明风静人离别。

别意满侬怀，怀中豆蔻胎❷。

郎如风漾絮，妾似花沾雨。

雨细蝶飞迟，迟君杨柳枝。

注：

❶ 瓜洲：位于扬州城南古运河入江口处，与镇江隔江相望。原为长江中之沙洲，因形如瓜而得名。晋为瓜洲村，唐宋名瓜洲镇。为历代长江南北水运交通要冲。

❷ 豆蔻胎：豆蔻为多年生草本植物。高丈许，秋季结实。产于岭南。豆蔻未大开时，形状如怀孕之身，故称含胎花。

[作者简介]

余一鳌（1838—？），字成之，号心禅居士。江苏无锡人。曾从水师戎幕，官候选通判。著有《楚楚词》《觉梦词》等。

[评析]

此词写离别之情。从琵琶、画舫等意象来看，词中所写女子或为青楼歌妓。男女主人公在瓜洲运河上的画船中分别。"郎如风漾絮，妾似花沾雨"，比喻生动贴切，将女子对别离的悲伤与担忧描写得细致传神。八句词中有七句头尾顶针，蝉联而下，具见匠心。

拱宸桥夕发❶

清 | 宋伯鲁

树映陂塘雪映帘,三年留滞岂终淹❷。

故人已似沉沉黟❸,好句争传昔昔盐❹。

流水马声双槛外,夕阳塔影两山尖。

归期未筮翻西去❺,愁绝河桥翠柳纤。

注:

❶ 拱宸桥:位于杭州市区大关桥北,横跨京杭大运河,是京杭大运河到杭州的终点标志。清代此地十分繁华,船只往来,商肆林立,旅客云集。
❷ 留滞:羁留,身处困境。维新变法失败后,宋伯鲁四处逃亡,曾羁留杭州。
❸ 沉沉黟:沉沉,形容宫殿富丽深迥的样子。黟,形容随从众多。此句典出《史记·陈涉世家》,形容故人多已飞黄腾达。
❹ 昔昔盐:乐府曲辞名,始见于隋代诗人薛道衡。薛道衡《昔昔盐》描写的是闺中妇女思念在外远征的丈夫的情形,其中"暗牖悬蛛网,空梁落燕泥"句为千古流传的名句。
❺ 筮(shì):占卜。翻:反而。西去:此诗末有作者注:"四月十三日赴伊犁。"

作者简介

宋伯鲁(1853—1932),字芝栋,醴泉(今陕西省礼泉县)人。光绪十二年(1886年),进士及第,选为庶吉士,授散馆编修。二十二年,任都察院山东道监察御史、山东道御史。曾参与戊戌变法,诗作多忧国忧民。著有《海棠仙馆诗集》等。

评析

戊戌变法失败后,诗人四处逃亡,曾藏匿于杭州,后又远赴伊犁避祸。此诗作于从杭州赴伊犁的出发之际,通过描绘诗人在拱宸桥上的所见、所思,渲染了辗转逃亡途中凄苦愁绝的心境。

潞水舟次[1]

清 | 文廷式

春色在杨柳，北风犹峭寒[2]。

城阴连岸暝[3]，浦浪激云宽。

蔬少厨人计，钟残旅梦安。

箧书留谏草[4]，未折寸心丹。

注：

[1] 潞水：潞河，即北运河，海河的支流之一，在今北京市东南部，通县以南至天津市，为南北大运河的起始段。舟次：行船途中，船上。
[2] 峭寒：料峭的寒意。
[3] 暝：幽暗不明。
[4] 箧：小箱子。谏草：谏书的草稿。

作者简介

文廷式（1856—1904），字道希，号纯常子，江西萍乡人。清光绪十六年（1890）榜眼，官至翰林院侍读学士、大理寺正卿。著有《云起轩词抄》《文道希先生遗诗》《云起轩文录》等。

评析

此诗写于作者被革职之后，诗人乘船沿运河南归，途径潞水，有感而作。首联点出写作的时节，颔联写舟中所见之景，也表明了具体的时间，颈联写在条件相对简陋舟中的自适之意，尾联写自己对家国的一片深沉赤子之心。"城阴连岸暝，浦浪激云宽"，雄浑中体现出作者观察之细腻，"连""激"二字奇绝。

图书在版编目（CIP）数据

大运河古诗词三百首 / 程章灿，赫兆丰主编 . — 南京：江苏凤凰文艺出版社，2020.9（2024.8重印）
ISBN 978-7-5594-5162-0

Ⅰ . ①大… Ⅱ . ①程… ②赫… Ⅲ . ①古典诗歌 – 诗集 – 中国 Ⅳ . ① I222

中国版本图书馆 CIP 数据核字（2020）第 170720 号

大运河古诗词三百首

程章灿　赫兆丰　主编

出 版 人	张在健
责任编辑	张　黎　姜业雨
装帧设计	师　悦
责任印制	刘　巍
出版发行	江苏凤凰文艺出版社
	南京市中央路 165 号，邮编：210009
网　　址	http://www.jswenyi.com
印　　刷	苏州市越洋印刷有限公司
开　　本	700 毫米 × 1000 毫米 1/16
印　　张	26.25
字　　数	210 千字
版　　次	2020 年 9 月第 1 版
印　　次	2024 年 8 月第 2 次印刷
书　　号	ISBN 978-7-5594-5162-0
定　　价	128.00 元

江苏凤凰文艺版图书凡印刷、装订错误，可向出版社调换　联系电话 025 – 83280257